PEACA an tSINSIR

Peaca an tSinsir

Pádraig Ó Siadhail

Cló Iar-Chonnachta
Indreabhán
Co. na Gaillimhe

An Chéad Chló 1996

ISBN 1 900693 24 0

Pictiúr Clúdaigh
Pádraig Reaney

Dearadh Clúdaigh
Johan Hofsteenge

Dearadh
Foireann CIC

Faigheann Cló Iar-Chonnachta Teo., cabhair airgid ón g**Comhairle Ealaíon**.

Foilsíodh sliocht as an saothar seo in **Oghma 6**.

Clóchur: Cló Iar-Chonnachta, Indreabhán, Conamara.
Fón: 091-593307 Facs: 091-593362
Priontáil: Clódóirí Lurgan Teo., Indreabhán, Conamara.
Fón: 091-593251/593157

do Nicole is do Renée
a thaispeáin Ogopogo dom;
do Liam Piaras
nach bhfaca go fóill é

Leabhair eile leis an údar :
Bairbre Rua agus Drámaí Eile (Eag.), CIC 1989
Parthas na gCleas, CIC 1991
Stair Dhrámaíocht na Gaeilge 1900-1970, CIC 1993
Éagnairc, CIC 1994

Féile an Altaithe

I gcreapascal cuisneach argail na deargmhaidine a treoraíodh an triúr truán amach chun a gcoinne chinniúnach a choinneáil le La Guillotine. Bhí Jacques Lebeouf ag béicíl agus ag tabhairt na mionn go dtí an dé fhuilteach deiridh, faoi mar a thug tuairisceoir Le Vendéen le fios. Thit Roger Gosteau i bhfanntais ar fhágáil a chillín dó agus iompraíodh amach é. Níor mhothaigh sé a dhath gur teilgeadh isteach sa saol eile é. Níorbh fhada gur scaipeadh ráfla gur chroch Gosteau é féin le suaithne i gcaitheamh na hoíche chun bob fealltach a bhualadh ar chóras an chirt ach gur leanadh de shearmanas an dícheannaithe le taispeáint nach raibh aon éalú neamhcheadaithe ón Ghadaí Síoraí. Focal ar bith níor labhair Alain Verreault, sa dóigh chéanna nár tháinig siolla uaidh i rith a thrialach faoi dhúnmharú a thuismitheoirí. Nuair a socraíodh a chloigeann ar bhloc íochtarach an ghilitín, d'éirigh na sluaite plódaithe corraithe agus chualathas gáire neirbhíseach is cogar faoin 'ainchríost' gur ardaíodh an ceann fordhearg. Bhí Verreault chomh rúndiamhrach ina bhás agus a bhí lena bheo.

Méadaíodh ar an rúndiamhracht chéanna nuair a fógraíodh ní ba dhéanaí gur scríobh Verreault uacht bháis. Ní raibh ann ach an t-aon airteagal amháin: go ndéanfaí peillic tobac as a chraiceann agus go mbronnfaí ar an Bhreitheamh, M. Martin, í ionas go mbeadh boladh fíorchoirpigh faoina pholláirí go deo aige! Ní bhfuarthas amach riamh an ndearnadh de réir achainí an mhéidhigh . . .

Ba go bogásach a shuigh Berry siar sa chathaoir sclóine. D'athléigh sé an dá alt. Má bhain sé uair go leith as lena scríobh, bhí an píosa múnlaithe agus snasta chun a shástachta aige faoi dheireadh. Bhí sé ag féachaint le stíl shnítheach sheolta a chothú a léireodh don léitheoir ní hamháin trocha na ndaor ach an greann dubh a bhain leis an eachtra. Ba phíosa é a chuireadh Berry ag gáire i dtólamh, ainneoin go raibh sé léite aige go minic cheana. Ba é a dhúshlán mar scríbhneoir é a chinntiú go mbraithfeadh an léitheoir an greann céanna air.

Níor thuig Berry Alain Verreault, ar a shon go raibh breis agus fiche bliain caite aige ag plé le dúnmharuithe is le dúnmharfóirí. Is beag leid a bhí le fáil ó na tuarascálacha cúirte nó ó na tuairiscí nuachtáin a mhíneodh nó a shoiléireodh a cheannfháthanna: cad chuige ar dhíothaigh sé féin is a bheirt chomrádaí an tseanlánúin nó cad chuige ar dhearlaic Verreault a fhéirín diongna ar an bhreitheamh. Tuathánach ab ea Verreault, ball d'aicme nár nós leo bua an phinn a bheith acu san am. Bhí sé le tuiscint ó chuntas an iriseora gur chreid an pobal gurbh Faust de shaghas Verreault a raibh margadh déanta aige leis an Áibhirseoir agus gur shampla an scríobh ar an chumhacht a tugadh dó mar mhalairt ar a anam síoraí. Ní raibh a dhath sna tuarascálacha oifigiúla a dhearbhódh aon bhaint a bheith ag an asarlaíocht leis an scéal.

Chuir Berry múchna air féin nuair a mhothaigh sé glórtha Lynn agus a clann mhac thíos ag an loch. Bhí faoi plé a dhéanamh ar mhóitíf an toiriall tairiall sa bhéaloideas idirnáisiúnta, mar a bhain le scéal Verreault. Ach ní inniu a gheobhadh sé an ciúnas a bheadh de dhíth air, ar seisean leis féin go míchéadfach, agus é ag aimsiú na bhfonótaí cuí is ag sábháil an ábhair uilig ar an diosca ríomhaire. Ní bheadh ó na stócaigh ach an tráthnóna a mheilt agus iad ag cnagadh siar beorach is ag clabadh stéigeacha. A chuidsean beorach is stéigeacha.

Bheadh an dís ag greadadh leo athuair an mhaidin dár gcionn. Bhí Duane le déanamh ar a champa traenála haca in Seattle agus súil aige go mbainfeadh sé an grád amach mar imreoir proifisiúnta faoi dheoidh. Bhí Dwight le gluaisteán a thiomáint ó Vancouver go Calgary. Bheadh na turasóirí Seapánacha ag fágáil an chairr fhruilithe ag an aerfort in Vancouver, agus iad ar a mbealach abhaile, agus ba shaoire dóibh íoc as duine a thiomáinfeadh aniar é.

Ar ócáidí saoire mar seo amháin anois a thugadh clann mhac Lynn cuairt orthu. Róghafa lena saol féin a bhí siad. Nó d'imídís le stopadh lena n-athair in Toronto. B'fhada ba spéisiúil le Berry – chíor sé féin is Lynn é sna laethanta úd nuair a phléidís a leithéid go fóill – go dtagadh an dís in éineacht i dtólamh. Ba dhoiligh dó cuimhneamh siar ar an uair dheiridh nach raibh i láthair ach duine amháin acu. I dtús báire, chreideadh Berry gur bhraitheadar míchompordach leis-sean, lena leasathair. Cibé ruainní den fhírinne a bhain leis an steiréitíp sheanchaite sin, rith sé leis ó shin gur dheacair do na stócaigh déileáil le gean a máthar. Bhí siad plúchta ag an ollmhothúchán sin mar a tharraing is a theann sí a "cuid buachaillí" chuici is a d'imchlúdaigh iad le clóca a caithise. Dá réir sin, ba ghnách leis na hógfhir a gcuairteanna a chomhordú is ualach ceana is ciontachta a máthar a roinnt eatarthu.

D'éirigh Berry óna dheisc ina phluais staidéir nuair a osclaíodh an doras scáthláin.

"Nár las tú an *barbeque* go fóill, John?"

"Bhí mé ag iarraidh roinnt scríbhneoireachta a chríochnú," a ghlaoigh sé go haranta. Tháinig sé amach ón phluais, thrasnaigh an chistin agus d'imigh amach ar an deic gan a thuilleadh a rá. Thabharfadh cúram na cócaireachta faill shealadach éalaithe ón chomhluadar dó. Nuair a bhí Berry ag cóiriú an *barbeque*, chonaic sé, trí fhuinneog na cistine, na stócaigh ag déanamh slad ar a raibh sa chuisneoir.

De réir dealraimh, bhí na cábáin eile ar an réiléis talún seo cois locha bánaithe diomaite den cheann seo acusan is de chábán mhuintir Tufftie. Bhí na húinéirí bailithe leo ar ais i dtreo na gcathracha móra, amhail na dturasóirí lae a phulc an pháirc shiamsaíochta i gcaitheamh an deiridh seachtaine fhada. Trí bhothóg a bhí idir ceann Berry is ceann Tufftie, ach bhí sé soiléir ón toit is ón bholadh go raibh an *barbeque* seo acusan ar lasadh acu. Ní raibh le feiceáil ar an deic ach Ellen, agus í ag amharc go cuidsúlach griandaite faoina feisteas éide tláithghlas. D'ardaigh sí leathlámh leabhair agus lig scairt leis. Rud éigin faoi shuaimhneas an locha a bheith ar a gcomhairle féin acu arís, dar le Berry. Ansin d'imigh sí as radharc isteach sa teach.

Níorbh eol dó cá fhad a bheadh na Tuffties ag stopadh. Ní raibh caite acu anseo le bliain ach corrdheireadh seachtaine ó cheannaíodar an láthair is ó thóg siad a gcábán. Dá mba cheadmhach sin a thabhairt ar áras trí urlár ina raibh cúig sheomra codlata agus trí sheomra folctha. Nach mar sin a bhí an scéal riamh le lucht gustalach na bproifisiún a bhí ag ceannach gach orlach talaimh cois locha? Dheamhan cur amach a bhí acu ar shaol is ar scála an locha mar ar fhéachadar le hárais scóipiúla na cathrach gona n-áiseanna nua-aimseartha gona n-acraí suas-chun-dáta a athchruthú. Dlíodóir corparáideach in Vancouver ab ea Vaughn a bhain earraíocht as a phost chun cead pleanála speisialta a fháil dá theach abhus. Scríbhneoir ab ea Ellen a raibh dornán leabhar ar fheiniméan reiligiún na Nua-Aoise foilsithe aici. Bhí an lánúin gan mhuirear, cibé tairbhe a bhain siad as an spás breise.

Dhírigh Berry ar ghualach an *barbeque* a lasadh. Sular imigh an triúr amach ar an luamh, thathantaigh Lynn air cromadh ar an bhéile a dhéanamh réidh. A thúisce is a ghreadadar leo, d'éirigh sé gafa le heachtra Verreault. Ba é seo an chéad uair, ó tháinig a chuid leasmhac, a raibh áiméar aige dreas oibre a dhéanamh agus ba le dúthracht a thapaigh sé an deis. Bhí an sceideal oibre a leag sé amach dó féin, tar éis dó an ollscoil a fhágáil, réabtha deireadh seachtaine seo Fhéile an Altaithe. Amárach, agus na stócaigh imithe is Lynn ar ais ag obair, thiocfadh leis tosú ar a chuid scríbhneoireachta arís.

B'fhuath leis na hócáidí "teaghlaigh" seo. Sna laethanta luatha dhéanadh sé a dhícheall cairdeas a chothú leis na buachaillí. Trí bliana déag is dhá bhliain déag d'aois faoi seach a bhí Dwight is Duane nuair a pósadh é féin is a máthair sé bliana roimhe sin. Bhí an chlann óg go leor go fóill, dar le Berry ag an am, go dtiocfadh leis ról folláin deimhneach a chruthú dó féin ina saol. Bhí sé féin óg go leor fós chun páirt ghníomhach a imirt sa saol sin. Thug sé leis ag campáil is ag iascaireacht iad. Thug chuig cluichí peile iad. Thug ag rothaíocht iad. Sin is a thuilleadh, gan trácht ar ar chaith seisean is Lynn d'am is d'airgead leo. Chreid Berry gur bhaineadar dís sult as a chuideachta. *Ok*, níorbh é a n-athair é. Bhí a leithéid acu cheana, bíodh sé olc maith ná dona agus ba leor d'aon ainchríostaí duine amháin díobh siúd. Déanta na fírinne, is éard a bhí uaidh, a deireadh Berry leis féin go humhal modhúil, go bhfeicfeadh sé cuid éigin de féin sa bheirt acu tar éis ar chaith sé de dhua leo. Thosaigh an míshásamh ag borradh ann nuair a thuig sé nach raibh rian dá laghad de féin le sonrú ar a chuid leasmhac.

Faoin am seo, dhúisigh na hócáidí – is cuairteanna Dwight is Duane tríd síos – an míshásamh céanna agus an chuimhne chiontach ann go raibh lámh aige in oiliúint an dá spreasán úd. Eisean, oide agus fear léinn. Eisean a chaith a shaol iomlán in institiúidí léinn. Dhá scór bliain ó bhunscolaíocht go hollscolaíocht go hollúnacht gur ghlac sé leis an luathscor. Agus b'fhear tacsaí agus fear imeartha haca a bhí oilte aige!

Dheamhan spéis a bhí ag ceachtar de na deartháireacha san oideachas riamh. Ó chuir Berry aithne orthu, ní bhíodh ar siúl acu ach a bheith ag stánadh ar Bhealach na Spórt ar an teilifíseán. Ba chuma cén saghas cluichí a bhí ann – ó aclaíocht go táclaíocht – bhíodh mo bheirt sínte searrtha os comhair an bhosca draíochta. Diomaite de na sosanna fógraíochta nuair a d'argaidís an cuisneoir le cibé éadáil a bhí ann, *popcorn, pop* is *pizza*, a chartadh leo. I dtús báire, chromadh Berry ar iad a mhealladh le tabhairt faoina gcuid staidéir. D'fhéachadh sé le cur ina luí orthu gurbh é sin an t-aon slí chun jab breá a chinntiú. Bhronnadh sé leabhair de gach sórt orthu. Cheannaigh ríomhaire is cláir oideachasúla dóibh. Bheadh sé sásta anois dá dtoilídís ar na cluichí fístéipe féin a imirt. Ar a laghad, bheadh comhartha fann ann go raibh an dís acu beo. D'fhanaidís go marbhánta os comhair an bhosca.

An chéad chéim eile ná an teilifíseán a mhúchadh is bagairt ar an dís go dteilgfí amach an fhuinneog é. Ligidís araon liacha is goldar go leor astu. Má thug an diachaireacht nuallach seo sásamh cam do Berry, tharraing sin Lynn isteach sa troid. Ar an taobhlíne a mhoillíodh sí go dtí seo. Is ea, ba chóir do na gasúir díriú ar an staidéar. Is ea, ba dhócha go raibh siad ag breathnú ar an teilifíseán barraíocht. Is ea, chaithfí smacht a chur orthu, rud nár chuir a n-athair riamh orthu. A luaithe is a d'airigh sí a cuid mac beannaithe ag éamh, ámh, níor dhuine réasúnta Lynn a thuilleadh. Ní raibh fúithi ceadú d'aon duine an bhrúidiúlacht fhisiciúil is an diach síceolaíoch a chleachtadh ar na créatúir bhochta. Ar scor ar bith, nár rud normálta é go mbeadh ó pháistí seal a chaitheamh os comhair an teilifíseáin? Nach raibh an ní ceannann céanna ar siúl ag a gcairde scoile? Ina theannta sin, nár pháistí maithe iad a thuig na bunluachanna tábhachtacha: go gcaithfeadh meas a bheith acu ar a gcomhdhuine is gan dochar a dhéanamh don timpeallacht amuigh?

B'iomaí uair mhífhoighneach a d'fhreagair Berry Lynn gur chuma leis faoin bholscaireacht fhaiseanta a bhí á craobhscaoileadh sa chóras scoile. Chomh maol le meilit scian ime a bhí na luachanna a bhí á leathadh ann. Is éard a bhí uaidh, mar oideachasóir, ná daoine a mbeadh na scileanna faobhracha acu chun critic ghéar a dhéanamh ar an saol mór is nach mbeadh meallta ag cibé teachtaireacht a bhí á fógairt ag lucht an fhaisin.

Má bhí an cumas critice sin le cothú, is ón teaghlach amháin anois a gheobhadh an páiste é, dar le Berry. *Is níor rús is níor chritic go daigh is go diachair.* Chaithfeadh an t-aos óg a thuiscint gur áit iltaobhach an domhan seo, go raibh níos mó le fáil ann ná an tsiamsaíocht, nach bhfaighidís achan rud a bhí uathu, go díreach, ar an toirt, i bhfaiteadh na súl, go maolabhrach, ar iompú boise, láithreach, anois. Ar ndóigh, in ionad tábhacht is tairbhe na critice is na péine a mhúineadh dá gclann, is éard a bhí ag titim amach go raibh tuismitheoirí ag fógairt go raibh siad chun na muirir seo acusan a shábháil ón fhoréigean fisiciúil is ón bhatráil shíceolaíoch a d'fhulaing siad féin cois teallaigh, sna scoileanna agus ó na heaglaisí. An ollmheancóg a bhí á déanamh acu, dar le Berry, go mbeadh a bpáistí dall ar chuid normálta den teacht in inmhe.

Gan Berry a bheith cinnte go raibh an ceart ag Lynn go dtiocfadh maolú ar a chuid tuairimí dá mbeadh páistí dá chuid féin aige. A shíol is a shliocht. Nárbh é sin port Lynn go leáfadh an pheataireacht a dhéanfadh sé ar a pháinteach plobartha a chuid prionsabal is an dianchaint ar pheannaid is ar phian? Bhí sé rómhall le fáil amach anois. Ar shroicheadh an dá scór bliain do Berry, rinneadh collphoc de. Sciot sceat. Ní raibh an rud a tharla do chara leis, Warren Faulkes, le tarlú dó. Saolaíodh cúpla do bhean luí Warren, a bhí ag druidim le leathchéad bliain d'aois san am. In ionad a bheith ag luascadh chliabhán chlann a chlainne, bhí sé ag caitheamh bhlianta an phinsin ag troid is ag argóint le déagóirí pusacha grusacha a bhí beag beann ar ghoire is nach raibh ag déanamh tinnis dóibh ach cairr is cailíní. Ba mhillteanach an spalpas é ach ba lú an phian an siosúr i ndeireadh na dála. B'fhusa gearradh feadáin anois ná gearradh bród amach anseo.

Ní raibh aithne ag Berry ar Lynn san am. Sna blianta luatha ina dhiaidh sin, bhíodh sí ag magadh faoi. Gan aon luaidhe ina phionsail aige. Gan ach cartúis chaocha ina ghunna aige. Lee Mionúr, an Fear Sé Dhollar. Thathantaigh air babhta nó dhó labhairt le máinlia. D'fhéadfadh *laser* fear nua *Bionic* a dhéanamh de. Bheadh sí sásta páiste eile a bheith aici dá mbeadh a oidhre féin uaidh. Ní raibh, arsa Berry go diongbháilte, ar a shon go mbíodh cathuithe air scaití. B'fhada anois ó luaigh Lynn an tairiscint.

Má d'admhaigh Lynn sna chéad laethanta gur aontaigh sí le foirceadail Berry faoi oiliúint páistí, faoin am a raibh sé soiléir go mbeadh síoreisíth idir a céile nua is a clann mhac, thosaigh sí ag cúrsú a nuachair.

"Tusa ag ceasacht ar an normáltacht, John, agus tú ag meilt do chuid ama ar maos i ndúnmharuithe fuilteacha. Uaireanta, cuireann tú scanradh orm mar braithim go mothaíonn tú níos compordaí i measc dúnmharfóirí ná i measc daoine sibhialta normálta mar muid féin.

"Cibé ar bith, seo thusa ag tarraingt ar leathchéad bliain d'aois. Ní raibh tú pósta roimhe seo. Níl sliocht ar bith ort. Níor chuir tú faicín ar leanbh riamh. Ach tá na freagraí uilig ar bharr do ghoib agat. Tá a fhios agat na rudaí contráilte atá déanta agamsa is ag gach tuismitheoir eile. Nach réidh duitse, John, suí ar do chlaí acadúil is an saol mór a lochtú? Nach tú atá rórighin anscuithe conróideach, is tú i do sheanbhaitsiléir feoite a bhfuil do shaol caite agat i d'aonar gan de mhortabháil ort ach do chuid taighde."

Bhí an ceart ag Lynn nuair a chuir sí an righne ina leith. Is má d'athraigh sé cúinsí a bheatha le déanaí, bhí sé rómhall dó a bhéascna is a bharúlacha a athrú. An rud nár thuig Lynn riamh gur eascair siad sin óna chuid staidéir, óna dhianmhachnamh ar dhaoine is ar a nduáilcí. Bheadh sé ag loiceadh air féin is ar a ghairm dá dtréigfeadh sé anois iad.

Rud eile de: níor thuig Lynn a clann mhac. Sampla breá ab ea an comhrá a bhí ag Berry léi tamall roimhe sin faoi mhacghníomhartha an phéire.

"Nach aisteach an scéala é nach labhraíonn siad faoi chailíní?"

Más mar sin a tharraing sé anuas an t-ábhar, níorbh aisteach le Berry é sin ar chor ar bith mar gheall ar mhothálacht mháithriúil Lynn.

"Tá dalladh ama acu le haghaidh a leithéidí. Caithfidh nár casadh mná deasa óga go fóill orthu a bhfuil dúil acu iontu."

"Beirt ógfhear scór bliain d'aois nach mór nár casadh orthu mná deasa – nó mná nach bhfuil chomh deas sin! Lynn, ní thig leat a bheith chomh mothaolach sin!"

"B'fhéidir go bhfuil mná óga acu cheana. Nuair a bheidh na buachaillí réidh lena dtabhairt abhaile ar cuairt, beidh fáilte rompu. Ach níl mé chun brú a chur orthu."

"Ar smaoinigh tú riamh gurb iad mic a n-athar iad?"

"Ní homaighnéasaigh mo chuidse mac," a d'fhreagair Lynn go feargach duainéiseach. "De réir na loighce céanna, ba dhual duitse a bheith i do . . ."

"Abair é, Lynn. Abair é," arsa Berry go duáilceach.

"I do dhúnmharfóir."

"Ba dhual dom, tá an ceart agat." Mhoilligh sé meandar. "Ar scor ar bith, níl na mic seo agatsa chomh saonta is a cheapann tú. Bhí paicéad coiscíní ag Duane i scipéad lámhainní a chairr an uair dheiridh dá rabhadar anseo."

Mhungail Lynn trína cuid fiacla go labhródh sí le Duane faoi seo. Thabharfadh Berry an leabhar nár labhair is nach labhródh go deo. Is nár chreid sí fiú amháin go bhfaca seisean a bhfaca sé. Ní shiortódh sí carr Duane ach oiread. Níor theastaigh aon fhianaise uaithi a mhillfeadh an pictiúr breá idéalaíoch a bhí cruthaithe aici dá clann bheannaithe. Maidir le Berry, níor chruthaigh an fhianaise thuas a dhath ach gur dual don mhacra a bheith macnasach. Cibé ar bith, in aois aicídeach seo SEIF, bhí a ndóthain céille acu a bheith cúramach, cibé rud a bhí á chlárú acu. B'fhéidir gur fhoghlaim an dís acu ceacht éigin óna leasathair.

Bhí an *barbeque* faoi chiúir le haghaidh na stéigeacha aige. Bhuail Berry ar ghloine na fuinneoige. Lynn a thug na dabaí feola amach. Bhí an bheirt eile fós ina luí os comhair an bhosca draíochta.

"Tá sailéad ullmhaithe agam."

"Tá buidéal fíona sa chuisneoir fosta. An osclóidh tú é?"

"Ó, tá sé oscailte cheana ag Duane."

"Cheannaigh mise an buidéal sin d'aon ghnó don suipéar," arsa Berry go ruibheanta. "Cad chuige nach n-ólann siad a gcuid féin? Tagann siad anseo agus an dá lámh chomh fada lena chéile acu."

"Cuir uait, John. Ba cheart go mbeadh gloine an duine ann dúinn fós. Is leor sin."

"Fág an buidéal acu."

"Is d'fhágfadh sin cnámh spairne eile agat, John. Gheobhaidh mé é." Agus mar bhuille na sní: "Cuireann tusa an anabaíocht ina leith i dtólamh ach is tú an leanbh is mó abhus. Tá tú an-ghar duit féin, John, ach ar ndóigh, ní fhéadfaimis a bheith ag dréim lena mhalairt ó sheanbhaitsiléir."

Má bhuail na hurchair an sprioc, ba bheag damáiste a rinne siad. Bhí Berry cleachtach díonta orthu. Agus ar na hionsaithe faoin dóigh inar fhreagair sí do chlann Lynn. Faoina chuid éadaigh: "Bheadh babhdán níos faiseanta ná tú, John. Tógfaidh mé amach ag siopadóireacht thú ag an deireadh seachtaine go bhfaighimid feisteas éigin nach bhfuil dath na buinní air." Agus faoina fheithicil: "Tig leat seanbhaitsiléir a aithint trí shuí isteach ina charr. Eisean an diúlach a bhfuil crann cumhráin ar crochadh ar an phludchlár aige."

Faoin am seo, lig Lynn dó a rogha éadaí a chaitheamh. Maidir leis an chumhrán, ní bhíodh sé láidir go leor riamh, dar le Berry, chun B.O. is bromanna an dá bhuachaill a chealú. An t-aon rud nár ionsaigh sí riamh ná a bhuanna is a scil mar chócaire. Bhí sí féin go hainnis.

Tháinig siad triúr amach ar an deic ar ball. Chrom Lynn ar an tábla a chóiriú. Bhí an t-ádh orthu, ar sise, gur lá breá te a bhí ann agus go bhféadfaidís ithe lasmuigh. Ó thús Dheireadh Fómhair, chaithfidís a bheith ag súil le drochaimsir.

Thuig Berry gur thaitin sé le Lynn go suífeadh gach ball den teaghlach síos le haghaidh béile fhoirmiúil ar fhéile mar seo, cé go raibh stéig le bheith acu in ionad turcaí. Ba bharrúil le Berry é gur fhéach sí le cruth an teaghlaigh thraidisiúnta a chruthú nó a athchruthú nuair nach raibh os a comhair aici ach macasamhail theaghlaigh úra neamhfheidhmiúla Mheiriceá Thuaidh. Ina dtost a d'fhan na hógfhir ó tháinig siad amach ar an deic. Ba bheag a bhí le rá ag Berry féin. Ní raibh a dhath le comóradh nó le ceiliúradh aige. Ní dhéanfadh sé altú ar bith go dtí go mbeadh sé in ann luí isteach ar a chuid scríbhneoireachta arís.

Rinne Lynn iarracht ar an triúr a tharraingt isteach sa chomhrá i gcaitheamh an tsuipéir. Ba chóir do Dwight a bheith faichilleach ar an mhórbhóthar trí na Rockies go Calgary. Ba chóir dó stopadh thar oíche ar eagla go dtitfeadh néal codlata air agus é ag an roth stiúrtha. Ba chóir dó lón éigeandála, toirse is sluasaid, a choinneáil sa charr ar fhaitíos go dtiocfadh síobadh tobann sneachta. Nach raibh ceann acu cheana in Calgary i mbliana? Ansin thiontaigh sí chuig Duane. Bhí súil as Dia aici go dtoghfaí ar an fhoireann é an iarraidh seo. Bhí sé tuillte aige tar éis a chuid luaine is traenála. Ach ba chóir dó gan barraíocht struis is straidhne a chur air féin is gan dochar a dhéanamh dá shláinte. Agus mura n-éireodh leis áit a fháil ar an fhoireann, níorbh aon mhasla ná ábhar náire dó é.

Choinnigh Berry aird ar cheannaithe is ar fhreagairt na n-ógfhear le linn na seanmóirí. Bhíodar araon dúnárasach go leor. Ní áireofaí soilbhre ná saibhreas cainte ar a mórbhuanna choíche. Bhí cuma uascánta umhal ar Dwight is gan le cluinstin uaidh ach neart "Is ea, a mhaim." D'fhan Duane ina thost mífhoighneach, is rith sé le Berry go raibh air gobán a chur ina bhéal uair nó dhó ar eagla go bpléascfadh sé.

Mar chúpla a bhreathnaíodh Berry ar a chuid leasmhac. Toisc nach raibh ach bliain aoise eatarthu agus go raibh Duane, an té ab óige, lúfar mórchnámhach. Le bliain nó dhó anuas amháin a thosaigh Berry ag tabhairt na difríochta faoi deara. Má bhí Dwight ciúin beagfhoclach, níorbh aon sainchomhartha é sin gur mheabhraitheoir domhain inbhreathnaitheach é. Déanta na fírinne, ba dhoiligh a shamhlú go raibh aon mhachnamh intleachtúil d'aon saghas ar siúl taobh thiar de na súile geala donna sin. Chuir sé i gcuimhne do Berry sciar maith de na mic léinn ollscoile a bhíodh istigh ina bhunranganna Béarla. Ba leor abairt ghairid ghonta ghoineach amháin le hachoimre a dhéanamh ar theilgean cinn na bhfaidhfileánna: an teach ar bharr amháin solais ach gan éinne sa bhaile! Chomh bánaithe le poll dubh na cruinne a bhí cloigeann Dwight.

Má bhí intleacht Duane inchomórtais le gin mhíosa, bhí mianach ann nár thuig Berry go hiomlán. Ó thosaigh Duane ag gabháil don haca go lánaimseartha a mhothaigh Berry é. Bhí rud éigin bagrach ag baint leis. Dála a dhearthár, ní dhéanadh sé mórán mionchainte ach bhí faghairt leathfholaithe ina shúile a thug le fios go raibh paisean ann a bhí faoi smacht, ar éigean, aige. Go nuige seo, bhí a aire is a éitir dírithe ar haca, ach bhí Berry ag feitheamh leis an ócáid nuair a phléascfadh Duane go huile is go hiomlán. Idir an dá linn, chruthódh sé go héifeachtach mar smísteoir tairpeach haca, áit nach ndéanfadh an toirt is an díbhirce lá dochair dó.

Ag crá na stócach faoin Nollaig a bhí a máthair anois. Go dtí go raibh ocht mbliana déag d'aois slán acu, bhí orthu géilleadh do choinníollacha na feighlíochta gurbh é teach na máthar a bpríomháit chónaithe ach gur leis an athair a chaithfidís tromlach na laethanta saoire samhraidh is Nollag. Cibé cnádántacht is siúite a bhí idir Lynn is Jay, a hiarchéile, a shíolraigh ó na socruithe is ó na costais a bhain leo, chinntigh na dlíodóirí gur chomhaill na tuismitheoirí na coinníollacha a bheag ná a mhór. Anois fágadh faoin chlann mhac a n-intinn féin a shocrú cá rachaidís le haghaidh na laethanta saoire. Dá réir sin, chreid Lynn nár mhór di neart réamhstocaireachta a dhéanamh go n-aontódh na mic go gcaithfidís féile na Nollag anseo ag an loch. B'fhollasach le Berry é gur leasc leis na hógfhir, fiú le Dwight féin, rud a dhéanamh ar a máthair an babhta seo, is gur dhócha go rabhadar faoi réir le haghaidh na ceiste.

"Nuair a bhíonn an pobal mór saor, sin an tréimhse is gnóthaí againne, a mhaim. Bhí an t-ádh dearg orm gur ráinig liom cúpla lá a thógáil saor le haghaidh Fhéile an Altaithe. Beidh mé ar diúité i gcaitheamh na Nollag is na hAthbhliana."

"Beidh an fhoireann ag scuchadh go Moscó ar camchuairt go díreach i ndiaidh na Nollag. Má roghnaítear ar an fhoireann mé, beidh orm fanacht in Seattle le haghaidh na Nollag."

Bhí a fhios ag Berry go paiteanta cad a thitfeadh amach anois. Chuirfeadh Lynn smuitín púrach púiciúil uirthi agus chromfadh ar chur in iúl don dís faoi staincín go gcronódh sí iad agus go raibh pleananna speisialta aici dóibh uilig, ach dá mb'amhlaidh go rabhadar róchruógach le ham a spáráil le haghaidh a máthar . . . An mogallú an téarma a bhí ag na saineolaithe. Murar aithin Berry an focal go dtí gur léigh sé i dtéacsleabhar síceolaíochta é, thuig sé i bhfad siar cad a bhí ar siúl ag Lynn. Ag féachaint lena clann a choinneáil spleách uirthi, ceangailte le sreang a himleacáin, a bhí sí trí mheán na gcluichí cumhachta seo. Dála éisc a chuaigh i bhfostú san eangach, ní raibh aon bhealach éasca le héalú ó na mogaill. Ach amháin tríd an eangach a réabadh. Faoi láthair, ní raibh na maighrí fir ach á dtraochadh féin agus iad in achrann sna mogaill.

Ba mhinic a d'áitigh Berry ar Lynn gan na cleasanna seo a imirt ar a cuid mac. Shéan sí i dtús báire go raibh a dhath mínormálta ar siúl aici, ansin chinn ar ghabháil chuig comhairleoir síceolaíoch faoi dheoidh. Leigheas sé sin an fhadhb ag an am. Bhí sí ar ais ag an tseanealaín ó bhain na mic aois fir amach. Agus iad ag féachaint lena neamhspleáchas a dhearbhú is lena rólanna féin a aimsiú sa saol mór, bhí sí ag iarraidh iad a gheimhliú go síceolaíoch is go mothúchánach.

Ní raibh faoi Berry moilliú anseo anois agus éisteacht le pléadáil Lynn. Nuair a d'éirigh sé ón tábla, d'iompaigh sí chuige.

"An dtógfaidh tú amach an phióg puimpín, le do thoil, John?"

"Tá mé ag gabháil suas go dtí an pháirc shiamsaíochta. Beidh lámh chuidithe de dhíobháil ar na forairí chun an áit a dhúnadh."

"Ach cad faoin mhilseog?"

"Gheobhaidh mé mo chuid faoina bhfillfidh mé ar ball," ar seisean go deimheasach.

* * * *

Ar thiomáint suas ina thrucail dó, bhí an fhoireann ag ullmhú leis an pháirc a dhúnadh. Bheadh neart oibre le déanamh go ceann seachtaine chun na hinnill mhóra a dhíchóimeáil, an trealamh a chlúdach, is píosaí fearais eile a chur i dtaisce le haghaidh an gheimhridh. Ní raibh le cur i gcrích anocht ach ligean do thuismitheoirí a gclanna, a málaí, a bhféiríní is a nduaiseanna a chruinniú le chéile, iad uilig a threorú trí mhórgheataí na páirce, an bruscar a bhailiú, cinntiú go ndearnadh socrú chun an fhoireann a íoc, deimhniú gur bánaíodh an suíomh, an aibhléis a mhúchadh is glas a chur ar na geataí.

Ní raibh air teacht aníos ar chor ar bith. Bhí an fhoireann déagóirí iontaofa tairiseach. Ar scor ar bith, bhí an bainisteoir, sean-Starr, ar diúité. Ach d'fhóir sé dó anocht go raibh an leithscéal seo aige. D'fhéadfadh sé uair an chloig a mheilt abhus roimh fhilleadh ar an chábán.

Chabhraigh sé leis na teaghlaigh dheireanacha a mhealladh amach as an pháirc. Ba leasc le cuid acu greadadh leo abhaile. Ba é seo an dream a tháinig isteach tar éis a cúig a chlog nuair a íslíodh an táille is a bhí ag féachaint le luach a gcuid dollar a fháil. Mar seo a bhíodh an scéal i dtólamh. Ach de réir a chéile, cuireadh an ruaig orthusan agus teannadh leis an obair eile. Nuair a bánaíodh an suíomh is nuair a múchadh na soilse ceann ar cheann, bhí cuma uaigneach ag teacht ar an áit. Ba é an ceann deireanach a cuireadh as ná an solas neoin ar mhórchuaille eolais na páirce: IONAD SPRAOI OKIE. Bhí séasúr eile thart.

D'fhan Berry taobh le Starr go dtí go raibh an fhoireann déagóirí bailithe leo: na bundúchasaigh ina dtrucail ionsar a bhfearann caomhnaithe, na daoine geala sa veain. Ba as Winston, an baile mór ba ghaire don pháirc, formhór na n-ógánach geal is d'fhágfaí ar ais iad i lár an bhaile mhóir. Ba dhócha go mbeidís ag gabháil amach chun ceol a bhaint as an chuid eile den fhéile mar bheidís ar ais ar scoil an mhaidin dár gcionn. D'eagrófaí béile an tseachtain ina dhiaidh sin chun buíochas a ghabháil leis an fhoireann uilig as a gcuid oibre i gcaitheamh an tsamhraidh. Ba dhoiligh a rá an dtiocfadh na bundúchasaigh chuige sin.

Ar chúrsaí tinrimh is ar theacht isteach an deiridh seachtaine fhada a labhair Berry is Starr le chéile. Ba é seo an chéad séasúr a d'fhan an pháirc ar oscailt chomh mall seo san Fhómhar, más ar an deireadh seachtaine amháin a d'osclaítí Ionad Spraoi Okie ó thús Mheán Fómhair. Sách ard a bhí an tinreamh ó shin, a chiallaigh go ndéanfaí brabach fad is nach raibh na costais róthrom. Bhí roinnt fadhbanna teicniúla acu leis an Chóiste Roithleáin inniu, a d'fhógair Starr. Ar eagla timpiste, dúnadh ón ardtráthnóna é, rud a chuir cancracht ar sciar maith den phobal. D'éiligh corrdhuine aisíocaíocht. Sásaíodh an chuid eile acu nuair a tugadh cead dóibh triail saor in aisce a bhaint as Léim an Ghaiscígh. Chiúnaigh sin iad. Rinne Berry gáire. Bheadh leisce airsean tabhairt faoin *Bungee-jump* sin, ach mar a thuig sé faoin am seo, dheamhan teorainn a bhí le líon na ndaoine a d'íocfadh airgead tirim go gcuirfí líonrith orthu! Ar scor ar bith, faoi mar a d'fhreagair sé, bhí an t-ádh orthusan go raibh an séasúr thart. D'fhéadfadh baill an chomharchumainn suí síos amach anseo is cinneadh a dhéanamh arbh fhiú infheistiú i *Rollercoaster* nua.

Bhí Berry ag déanamh réidh le himeacht abhaile, nuair a labhair Starr de chogar:

"Ar mhothaigh tú an scéala nua?"

"Cén scéala?"

"Bhí cruinniú den bhuíon Indiach ar siúl Dé Sathairn."

"Is ea, chuala mé go mbeidís ag teacht le chéile."

"Cíoradh na pleananna chun an lab airgid atá le fáil ó Ottawa acu a chaitheamh."

"Cad a dhéanfaidh siad leis?"

"Tá siad chun páirc nua shiamsaíochta a thógáil lasmuigh de Kelowna. Oíche mhaith anois, a Uasail Berry."

A thúisce is a bhí an fhaisnéis seo sceite uaidh aige, shiúil Starr leis i dtreo a chairr. Fágadh Berry leis féin chun ciall a bhaint as an bhlúire eolais.

Dhá bhliain roimhe seo a cheannaigh sé na scaireanna sa pháirc leis an intleamh a thug sé leis mar phacáiste scoir ón ollscoil. Dhíoladar an teach in Calgary an samhradh roimhe sin is tháinig amach anseo go lánaimseartha. D'úsáid Lynn a cuid den mhaoin chun leathpháirtíocht i ngnó fiaclóireachta a cheannach in Winston. Fágadh faoi Berry an fuíoll a infheistiú. Chomhairligh Lynn dó bannaí Rialtais a cheannach. Slán sábháilte a bheadh an t-airgead, ar sise, mar má bhí an tír ag titim as a chéile – arís – mar gheall ar stádas bunreachtúil Québec, níorbh aon bhananaphoblacht Ceanada fós, ar a shon gur dhoiligh sin a chreidbheáil uaireanta, ón dóigh a raibh na polaiteoirí meata ag feacadh do Washington is ag creathnú roimhe. Bhí Berry féin ag smaoineamh ar an airgead a infheistiú i bhfíonghort beag. Le seal maith de bhlianta, b'iontach an dul chun cinn a bhí déanta ag an fhíonsaothrú in ithir shuthach arúil Loch Okanagan agus cáil idirnáisiúnta á tabhú ag an fhíon. Tharla gur mhothaigh Berry go raibh teaghlach seanbhunaithe, ar fágadh gan oidhre iad, lena n-eastát a chur ar an mhargadh. Thairg an grúpa logánta, a bhí chun an t-eastát a cheannach, deich faoin gcéad de na scaireanna do Berry ar chéad míle dollar. Bhí dúil aige sa scéim, cé go n-ídeofaí a raibh i mbunchúil aige. Lynn a chuir ina coinne, agus í ag dearbhú nach bhfágfaí fionna feanna acu dá dteipfeadh ar an fhíniúin. Thuig Berry gurbh éard a bhí ag cur eagla uirthi gurbh eisean féin an cliant ba rialta a bheadh aige agus go ndiúgfaí idir bhunchaipiteal is bhrabach.

Ag an am sin a tháinig an pháirc shiamsaíochta ar an mhargadh. Ceann beag ab ea é a bhí ar oscailt nuair a cheannaigh Berry an láthair cois locha fiche bliain roimhe sin. Sna laethanta úd, mura raibh a oiread sin tithe ar an réimse talaimh seo, bhí an pháirc in ann brath ar na cuairteoirí lae chun brabach réasúnta a shaothrú. Anois, agus an mótarbhealach nua go Vancouver faoi réir, ba mhillteanach anráchairt a bhí ar thalamh is bhí brú dá réir sin ar úinéirí na páirce géilleadh don chathú is don mhaoin a bhí ar tairiscint ag na hamhantraithe sealúchais. Nuair a poiblíodh an scéal gur dhócha go leagfadh na grabálaithe talún ó Vancouver a gcrúba ar an ionad, bhailigh na seanáitritheoirí le chéile chun an cheist chonspóideach seo a phlé. Ba é an toradh a bhí ar an chaint gur cinneadh ar fhrithairiscint a dhréachtú is a chur faoi bhráid na n-úinéirí go gceannódh comharchumann an láthair is go bhforbrófaí an t-ionad siamsaíochta. In ainneoin bhrú airgeadais is polaitíochta na n-amhantraithe, glacadh leis an fhrithairiscint seo.

Comhréiteach ab ea é gur shuncáil Berry a chuid airgid i bhfiontar an chomharchumainn. D'fheil sé do Lynn mar shampla den tslí gurbh fhéidir le daoine beaga neamhchumhachtacha comhoibriú is cur le chéile chun ollphéist an chorparáidis a shárú. Fiú má ba dhlíodóirí, cuntasóirí is fir ghnó leathchuid den chomharchumann! Ó bhíodar le stopadh ag an loch go lánaimseartha, d'fheil sé do Berry nach gcoillfí suaimhneas an tsaoil cois locha trí cheadú d'amhantraithe a thuilleadh tithe a thógáil. Is d'fhóir an comhréiteach seo dó ar chúis amháin eile: jóc príobháideach ab ea é, fiú má bhí bleaist mhaith den domlastacht ag roinnt leis mar jóc. Nach raibh seónna déanta díobh féin ag na hollscoileanna, a dtiocfadh an t-aos aermaíochta chucu chun airgead a dhiomailt, chun spraoi a bheith acu is chun an t-am a mheilt ar an dóigh ba lú pian dóibh féin? Chreid an pobal lasmuigh, idir thuismitheoirí, pholaiteoirí is bhrúghrúpaí – agus feall a bhí ann nach raibh a dhath déanta ag na hollscoileanna chun an dearmad seo a chomhbhréagnú – go raibh cead acu dúnghaois na n-institiúidí léinn a stiúradh is go raibh ar na hollscoileanna freastal ar an phobal in ionad freastal ar an léann. Sorcas, páirc shiamsaíochta, faiche imeartha . . . Ba chuma cé acu. D'fhóirfeadh aon cheann acu do na hollscoileanna, nach gcíortaí anois iontu ach ábhair neamhurchóideacha ar bhealaí sábháilte, ar leibhéal éadomhain frithintleachtúil, ar bhonn na ceartaiseachta polaitiúla. Ó cheannaigh sé na scaireanna san fhiontar abhus, ba mhinic a chaith Berry ciúta chun Lynn nár fhág sé a sheansaol ina dhiaidh tar éis dó imeacht ón ollscoil. Ní raibh ann ach gur aistrigh sé ó pháirc shiamsaíochta amháin go dtí an chéad cheann eile.

Más mar sin a bhí, tháinig an comharchumann in oidhreacht ar fhadhb achrannach amháin. Má ba le teaghlach seanbhunaithe eile í leis na cianta cairbreacha, teaghlach measúil fíréanta a bhí chomh diaganta sin nach n–osclóidís an pháirc go hardtráthnóna ar an Domhnach ionas go mbeadh dalladh ama ag an dea-phobal chun an tsabóid a choimeád, bhí duáilce bheag bhídeach dheargna dhaonna amháin acu: níor thaitin na hIndiaigh leo. Brocach bradach bruíonach a bhí na bundúchasaigh, dar leo, is d'obadar jabanna a thabhairt do na hIndiaigh ina bpáirc shiamsaíochta. Bhí fearann caomhnaithe beag de chuid na treibhe Okanagan, ónar sloinneadh an loch, thart ar fhiche ciliméadar ón pháirc. Barclíonta le hógánaigh dhífhostaithe a bhí sé ach le cuimhne phobal geal dhúiche an locha, níor fostaíodh riamh duine den chine dearg ann. Thuig Berry go raibh sé féin chomh ciúinchiontach leis an phobal geal i gcoitinne sa scannal seo. B'annamh a thaobhaigh sé an pháirc i gcaitheamh a laethanta saoire abhus, is dá réir sin, ba é a leithscéal é nár airigh sé riamh gur ghá dó a bheith buartha faoin scéal. Cibé ar bith, a deireadh sé leis féin, ní raibh ann ach sampla beag eile de rúnchlaontaí pobail a chreid is a mhaígh go rabhadar saor ar chiníochas barbartha a gcomharsan ar an taobh theas den teorainn idirnáisiúnta. Nár mhír den mhiotas Ceanadach é gur fhear siad na bearga fáilte roimh sclábhaithe gorma bochta a theith aneas ó na Stáit Aontaithe? Ba go sásta a rinneadh dearmad ar an fhaillí a d'fhulaing na daoine gorma ó shin, nuair a sacadh iad, gan áiseanna oideachais, gan obair, ar riasclach is ar bhoireann lasmuigh de na bailte móra. Ba bhlúire eile den mhiotas céanna é an dóigh ar caitheadh leis na bundúchasaigh. Murab ionann is an cine geal sna Stáit Aontaithe a d'fhéach leis na hIndiaigh a dhíothú trí mheán bholgach Dé is an ghunna, ba í bóisc bhródúil na gCeanadach séimh sibhialta í go ndearna a Rialtas – Rialtas na Breataine Móire den chuid is mó – síocháin chothrom leis na bundúchasaigh trínar bronnadh stádas, sláinteacht is parthas na bhfearann caomhnaithe orthu. Dheamhan milleán a bhí ar an chine geal ó shin murar bhac na hIndiaigh le hoideachas, má d'ólaidís barraíocht, má bholaídís glae barraíocht is má chuiridís lámh ina mbás féin.

Tar éis don chomharchumann an pháirc shiamsaíochta a cheannach, tapaíodh an deis an éagóir a chúiteamh trí shlám jabanna samhraidh a thairiscint don aos óg bundúchasach is tríd an Indiach, Starr, a fhostú mar bhainisteoir. Ní raibh a dhath cloiste ag Berry ó shin a thabharfadh le fios dó gur chuir na déagóirí Indiacha as do chuairteoirí geala goilliúnacha nó gur thosaigh na bundúchasaigh aon trioblóid san ionad siamsaíochta, ach ba léir nár leagadh múr na cinedheighilte a scar an dá aos óga óna chéile. Ní chaitheadh dream amháin am leis an ghrúpa eile tar éis na hoibre. Níor thaistil siad riamh le chéile. Ní bhíodh aon stócach geal ag siúl amach le cailín dearg.

Ag an am céanna bhí feabhas iontach i ndiaidh teacht ar mhianach is ar áiseanna na páirce seo le dhá bhliain anuas. Tógadh cúrsa nua mionghailf; deisíodh na losáin; cuireadh leis na beáir bheobhia; suiteáladh neart síobanna, eitiltí is rití roithleáin a raibh ainmneacha andúchasacha orthu a ghoill ar Berry go pearsanta is go proifisiúnta mar iarollamh le Béarla: 'An Sutrall Suthain', 'Balla an Bháis', 'An Splanc Thintrí', 'An Chaor Thine', 'An Diúracán Daonna', 'Luascroth an Laoich'. Baineadh anuas is athchóiríodh an sean-*Rollercoaster* is tógadh an túr ónar theilg curaidh na saobhchéille iad féin. Tríd is tríd, bhí go leor déanta is go leor caite ag an chomharchumann le teacht i dtír ar líon na gcuairteoirí a bhíodh ag triall ar an loch gach samhradh.

Áit chúlánta ab ea í nuair a cheannaigh Berry a láthair cois locha. Mura raibh sé in ann cónaí cois farraige, dhéanfadh loch intíre cúis. Gamall ab ea é, dar lena lucht aitheantais in Calgary. Nár thuras lae ó dhubh go dubh thar na Rockies é? Bhí an t-alltar seo chóir a bheith chomh fada céanna ó shibhialtacht Vancouver fosta. Eisean féin a thóg an cábán cearchaille. É féin is cúpla duine dá mhic léinn iarchéime. Chaitheadar an samhradh uilig ag an loch, agus iad ag cur fúthu i dtrucail is i bpubaill gur slíodh is gur míníodh an suíomh, gur leagadh píobaí is córas séarachais, gur claíodh tobar, gur ardaíodh an creatlach tí agus gur cuireadh an fhuanacht air. Faoi dheireadh an tsamhraidh, bhí an cábán inchónaithe. Ó shin i leith, ar ndóigh, bhí go leor athruithe is deisiúchán déanta ag Berry ar an bhunteach, mar a raibh gach samhradh nach mór, chomh maith leis an dá bhliain shabóideacha, curtha isteach aige.

Thart ar dheich mbliana roimhe seo a chrom na sluaite ar a n-aghaidh a thabhairt ar an cheann seo den loch. Timpeall an ama sin foilsíodh sraith alt i nuachtáin lasmuigh de British Columbia faoi ollphéist dhearmháil an locha, Ogopogo. Seachantach a bhí Ogopogo. Rúndiamhrach a bhí Ogopogo. Dofheicthe a bhí Ogopogo. Doghafa a bhí Ogopogo. Múnlaithe scun scan ar ollphéist Loch Nis a bhí Ogopogo. Níorbh fhios faoin am seo cérbh iad nó cén áit ar thosaigh na tuairiscí, nó an raibh aon bhunús leo i scéalaíocht ársa na mbundúchasach. Níor dhócha gur ceistíodh na hIndiaigh faoin ollphéist riamh. Ba chuma anois. Bhí clú is cáil Ogopogo i ndiaidh saol an locha a chlaochlú, mar bhí na ruibhní ag triall ó Vancouver, ó Alberta, ó chósta thiar na Stát Aontaithe, is ón tSeapáin féin, agus súil chíocrach acu go bhfeicfidís an peata sin d'orc locha.

Bhí an pháirc shiamsaíochta i ndiaidh déanamh go maith as ainm Ogopogo. Bhí idir bhrabach is bhunairgead i mbaol anois má bhí na hIndiaigh chun páirc nua a fhorbairt mar ní raibh Kelowna ach uair an chloig uathu. Bhí ráfla cloiste ag Berry roimhe seo go raibh na hOkanagain ag lorg airgead Rialtais chun ionad oidhreachta agus turasóireachta a thógáil sa limistéar. Cíoradh an luaidreán seo i bhfad siar ag cruinnithe den chomharchumann, is tathantaíodh ar an M.P. áitiúil, ar bhall den pháirtí i réim é, a fhiosrú an raibh aon bhunús leis an suainseán. Tháinig an scéala ó Ottawa nach raibh. Ach i ndiaidh nuacht Starr, caithfidh go raibh an t-airgead faighte ag na hIndiaigh. B'fhollas nár labhair an M.P. leis na Státseirbhísigh chearta.

Ar a bhealach go carrchlós na páirce, bhí Berry ag meabhrú ar an fhaisnéis seo uilig. Má thug an rúid ghairid faoiseamh dó ó chuideachta rudta chlann Lynn, tugadh ábhar úr marana dó. Chuirfeadh sé glao gutháin ar bhaill eile den chomharchumann ar ball le fáil amach an raibh a dhath ar eolas acu.

Bhí sé bundorcha agus é ag tiomáint abhaile. Is ciúin go leor a bhí an bóthar a shín síos go dtí an réimse sin acusan den loch. Agus é i bhfoisceacht ciliméadair den teach, mhoilligh sé luas na feithicle nuair a thit a chuid ceannsoilse ar choisí. D'aithin sé an deilbh is stop. Ellen Tufftie a bhí ann, cibé rud a thug amach ag spaisteoireacht í. D'ísligh Berry an fhuinneog.

"An bhfuil síob uait, Ellen?"

Stad sí is thrasnaigh chuig an fhuinneog oscailte.

"Haló, John. Táim amuigh ag cóstóireacht leis na réaltaí is ag bolú aer úr folláin na tuaithe."

Ón aithne a bhí ag Berry uirthi cheana, bhí a fhios aige nár dhuine í a bhí cleachtach ar fhocal amháin a úsáid nuair a d'fhéadfadh sí deich gcinn a dhiomailt.

"Bhuel, má tá do shá faighte agat, suigh isteach."

"Tá sé ag éirí fionnuar anois is tá mo chosa ag éirí tinn, caithfidh mé a admháil," ar sise agus í ag bogadh chuig an doras eile.

Agus an trucail faoi shiúl athuair, d'fhiafraigh Berry d'Ellen an raibh a dhath cloiste aici féin is ag Vaughn faoi scéim nua ar bith a bhí beartaithe ag na hIndiaigh. Ní raibh, a d'fhreagair sí go giorraisc. Ní dúradh aon rud eile gur labhair seisean.

"An fada eile a bheidh sibh ag stopadh abhus an babhta seo?"

"Bhí ar Vaughn imeacht ar ais go Vancouver go moch ar maidin ar chúiseanna gnó. Maidir liomsa, tá tobar na hinspioráide seo agamsa tráite faoi láthair. Tá an sprioc-am chun an scríbhinn a chríochnú ag druidim liom agus cheap mé gurbh fhiú tairiseamh abhus go ceann tamaill féachaint an féidir liom an spréóg a fhadú."

"Cad air a bhfuil tú ag obair?"

"Ar leabhar faoin tslí gur féidir linne inniu ceacht a fhoghlaim ó reiligiún na sean-Cheilteach faoi mhaireachtáil go cothrom cosantach leis an chomhshaol."

Ba é an t-aon chur amach a bhí ag Berry ar na Ceiltigh ná na seanscéalta Éireannacha a bhí léite aige. Lomlán a bhíodar le feillghníomh, le fionaíl, le folradh is le fuadach. Má ba dhoiligh na gnéithe sin a réiteach le híomhá na réimiúlachta, bhí go leor léite is cloiste ag Berry le seal de bhlianta le tuiscint go raibh daoine ann – is deisceabail na reiligiún nua-aoiseach orthu – a bhí i ndiaidh tuirlingt go cíocrach ar chorp gnéasúil na gCeilteach, dála badhbh, is na cnámha a lomadh is a chreimeadh chun tacú lena bhfealsúnacht mhalartach frithbhunaíochta. Gan amhras, bhí cead ag na daoine sin, ar bhaill den bhunaíocht a dtromlach, cibé uisce doilfe ba mhian leo a tharraingt ar a muileann féin, dar le Berry, ach bhí pointe bídeach amháin follasach go leor: b'fhearr le céatadan ard díobh ionathar an tsaoil Cheiltigh gona fhréamhacha geala Eorpacha a iniúchadh ná féachaint siar ar nósanna is ar mhodhanna oibre na mbundúchasach Indiach a d'fhóir don timpeallacht ar an Mhór–Roinn seo ar feadh na gcianta.

Bhí Berry róthraochta le cromadh ar an díospóireacht seo le hEllen. Ina ionad sin, mhaígh sé go héadrom.

"Ceilteach de shaghas atá ionam, tá a fhios agat. Ba as Éirinn mo mhuintir i bhfad siar."

B'fhollas gur bheag spéis ag Ellen i scéal a mhuintire, mar ní dúirt sí ach "Feicim." Nó b'fhéidir gur shonraigh sí a phatuaire is a bhí an fhreagairt seo aigesean ar ball beag. Dá mbeadh a fhios aici, dar le Berry, cé chomh suimiúil is a bhí cuid dá ghaolta . . .

Stop sé an trucail lasmuigh de theach Ellen. Chas sé chuici.

"'Ní feoir go beoir', mar a deir mic léinn ollscoile. Aon seans go bhfaighinn braon leanna, Ellen?"

Rinne sí idir gháire is ghrus. "Nach tú atá dána!"

"Nach mé atá spalptha leis an úthach tarta!"

"Tar isteach mar sin. Ach níl fágtha agam ach fíon."

Pháirceáil sé an trucail is lean í. Ba chóir dó a bheith ag greadadh abhaile. Bheadh Lynn agus an phióg phuimcín ag feitheamh leis. Is ea, agus an dá leasmhac mallachta a shniog a chuid dí . . . Bhí sé chomh maith aige moilliú abhus is cúpla deoch a longadh sula dtabharfadh sé aghaidh ar a theaghlach cátúil. Fiú dá mbeadh air cur suas le seamanna cainte an dá bhean tí.

Ar scor ar bith, nár bhean ghrástúil tharraingteach Ellen? Gan roic ar bith ina grua a thabharfadh le fios go raibh sí thart ar dhá scór bliain d'aois. Ach na laethanta seo, ní bheadh a fhios ag ainchríostaí bocht cén mháinliacht mhaisitheach a bhí fulaingthe ag bean ar an aghaidh nó ar an chabhail. An cambéal dírithe anseo; an chamshrón mínithe ansin; an t-ucht ardaithe ansiúd. Chuireadh sé alltacht ar Berry líon na scoláirí mná dá chuid a chuaigh faoin scian nó faoin *laser* chun an cruth a creanadh orthu ó dhúchas a chlaochlú. D'imíodh an láithreog bhronnfhairsing léi sa samhradh is d'fhilleadh péarla an bhrollaigh bháin san fhómhar.

Nuair a thug Ellen dó cuach draidlíonta – den fhíon Meiriceánach ó Stát Washington, a thug sé faoi deara – ghrinnscrúdaigh Berry í, idir cheannaithe is cholainn. Ní raibh ach slí amháin ann le fáil amach go deimhin.

Ba é seo an dara huair a bhí sé sa teach seo. Oíche Chinn na Bliana roimhe sin d'eagraigh Ellen is Vaughn cóisir is thug cuireadh d'áitreabhaigh na gcábán eile. Seans do na Tuffties ab ea é, dar le Berry ag an am, aithne a chur ar a gcomharsana béil dorais is dea-mhéin a chothú i measc na ndaoine a bhí buartha faoi na stocairí gustalacha nua.

Bhí sé chomh deacair sin dealú idir fíoreach folúil is miúil cosbhuí is a bhí sé dealú idir Ellen is Vaughn. Nuair a sheasadar ag an phríomhdhoras Nollaigmhaisithe, agus iad ag fearadh forbhfháilte roimh a n-aíonna, dóbair gur thosaigh Berry ag gáire. Bhí sise ard ealaíonta faoina bradhall cneasluiteach gona dealg ornáideach Cheilteach. Bhí seisean ina tháiríneach plobartha faoina chulaith fhoirmiúil chumhachta. An Amasóin ardcheannach corradh le cúig horlaí níb airde ná an t-arc athsmige. Ag pointe áirithe i gcaitheamh an tráthnóna, mar a thaispeáin Ellen an teach áirgiúil do na mná, bhí

Berry sáinnithe i gcúinne san fhleiteach le Vaughn is le cúpla fear eile. Ar shuáilcí iolartha na tuaithe a bhí an grúpa fear ag caint. Thaitin an iascaireacht is an fiach leis, arsa Vaughn, go háirithe dá bhféadfadh sé féin is lucht a champa éalú leo don deireadh seachtaine. "Ach an bhean bheag, tá a fhios agat, féachann sí le mé a choinneáil ar téad." Ní raibh aon rian den ghreann nó den fhéinmhagadh san abairt sin.

Ba bheag spéis a bhí ag Berry sna daoine seo nó in ábhar a gcainte is ráinig leis teitheadh roimh i bhfad. Cibé ar bith, bhí air a mhún a dhéanamh. Bhí na mná thíos san íoslach. Dhreap Berry suas go léibheann cheann staighre. Bhí na doirse uilig iata. D'oscail sé an chéad cheann. Ceardlann Ellen a bhí ann, de réir dealraimh. D'oscail sé an dara doras. Ba é seo an príomhsheomra codlata. Sheas sé ar feadh meandair agus é ag amharc ar an ré a bhí frámaithe go maorga ag fuinneoga stuacha an tseomra. Bhí se ar hob cúlú nuair a bhain an guth taobh thiar de cliseadh as.

"Nach iontach an radharc é sin?"

"Gabh mo leithscéal. Táim ar lorg an tseomra folctha."

Thrasnaigh Ellen an léibheann is d'oscail doras eile. Ba go maolchluasach a rinne Berry ar an seoimrín scóipiúil fearastúil sin. Ar theacht amach dó, bhí doras an tseomra codlata ar leathadh agus bhí an ghealach dallta múchta ag gathanna na spotsoilse a bhuail na scátháin shíleála. Dalba go leor a bhí Berry anois go ndúirt sé le hEllen a bhí ag teacht amach as an seomra:

"Tagaim leatsa go mbeadh radharc iontach le fáil ansin," is rinne gáire leathghraosta leathpháistiúil mar a d'imigh sé síos an staighre.

Bhí Ellen ina suí ar tholg trasna uaidh anois. Bhí a folt rua scaoilte saor aici cé go dtabharfadh Berry an leabhar nárbh é sin a bhundath. Ba chuma, ba bhean bhreá í. Agus nár thug sí cuireadh isteach de shaghas dó. Ar a laghad, níor chuir sí ina choinne. Mar a thosaigh Berry ag meabhrú ar an bhruíon thuas staighre, mhothaigh sé cigilt ina ghabhal. Ba bhreá údar altaithe éigin a bheith aige inniu.

"Feicim go raibh na stócaigh ag stopadh libh don deireadh seachtaine."

"Is ea, beidh siad ag imeacht leo amárach." Má bhí air cur suas le mionchaint shóisialta sula dtiocfadh an scéal go dtí an ball beatha ab ansa leis féin, b'fhearr leis gan a bheith ag bleadracht faoina chuid leasmhac.

"An airímse ó do thiúin nach bhfuil mórán ceana agat orthu?"

"Faoin am seo, tá siad ag déanamh na nithe is tábhachtaí leo féin. Ní thógaim sin orthu."

"Nach é sin freagra is freagairt gach tuiste?"

Bhí Berry ar tí a rá nár leis-sean an bheirt sin nuair a thuig sé ó fhaoilte a gáire go raibh Ellen ag magadh faoi.

"Bhí mé ag caint le Lynn inniu, thíos ag an luamh sin agaibhse. Taitníonn do bhean chéile liom. Tá imní uirthi fútsa, tá a fhios agat, faoin dóigh a gcaitheann tú lena cuid mac."

Ag dul ó mhaith a bhí an comhrá seo, dar le Berry. Dá leanfaí den ealaín seo, níorbh fhada go mbeadh Ellen ag tosú ar a cuid briochtaí sí nua-aoiseacha agus ag maíomh gur chóir dó a bheith i dteagmháil leis an pháiste inmheánach laistigh de, go raibh air teacht chun réitigh le cibé deamhain a bhí ag cur isteach ar an ghaol seo aigesean lena chlann leasmhac. Gan trácht ar a bhean chéile. Gan dabht, bheadh Ellen in ann comhairleoir maith a mholadh dó. Cara léi féin, nach ngearrfadh ráta ró-ard ar chara eile le hEllen.

"Sílim gur féidir linn féin aon fhadhbanna atá againn nó eadrainn a réiteach chun ár sástachta."

"Tá na constaicí a bhíonn le sárú ag leastheaghlach dian go leor. Ar chuimhnigh tú ar labhairt le comhairleoir riamh?"

"Socróimid aon fhadhbanna atá ann gan a bheith i dtaobh le síceolaithe is le lucht teiripe."

"Is ea, bhí Lynn ag rá inniu nár thaitin sé leat gur lorg sí cabhair comhairleora cúpla bliain ó shin."

"Ní hé nár thaitin sin liom," arsa Berry go cosantach. "Ní raibh ann ach gur chreid mé go raibh fuascailt a cuid fadhbanna fúithi féin."

Rinne Ellen frigháire.

"Is ea, cloisimse gur fuath leat . . . cad a thug sí air? . . . is ea, 'tionscal an íobartachais trína spreagtar daoine le breathnú orthu féin mar íobartaigh de chuid na géarleanúna. De chuid ghéarleanúint na bhfear is an chórais uasalathartha i gcoitinne!'"

"Caithfidh go ndearna sibhse dalladh cainte inniu," arsa Berry go searbhánta. "Ach, is ea, is achoimre bheacht é sin ar a gcreidimse, ceart go leor."

Dhiurnaigh sé a ghloine. Bhí sé le himeacht leis, ós léir nár thairbhe dó fanacht. Ach d'éirigh Ellen, thrasnaigh chuige leis an bhuidéal is líon a shoitheach athuair. Má bhí imir oilc air go raibh

Lynn ag caint léi faoi, níor thuig Berry cén cluiche a bhí ar siúl ag Ellen. Mura raibh sí ag déanamh stocaireachta dá lucht aitheantais, ba dhoiligh a shamhlú gur iarr Lynn uirthi labhairt leis. Níor dhócha sin. Ar ndóigh, b'fhéidir nach raibh ann ach go raibh an bhean bhocht buailte air! Anois, má bhí sé le moilliú anseo, ba mhithid an brú a chur ar Ellen agus í a thástáil.

"Cad fútsa is faoi Vaughn?"

"Cad fúinne?"

Thaitin tiúin chosantach Ellen agus an dóigh a raibh sí ag méaraíocht leis an dealg leis. Bhí laige aimsithe aige d'aon iarraidh amháin is bhí faoi teacht i dtír uirthi.

"An ndéanann seisean géarleanúint ortsa, Ellen? An íobartach eile de chuid an chórais phatrarcaigh thú?" arsa Berry go meargánta, agus é ag sméideadh a chinn ar an staighre is ar bhruíon na scáthán thuas.

Ba go leisciúil a rinne Ellen smiotaíl gháire anois, dar leis.

"Ní haon chuid de do ghnó é."

"Ní haon phlúithid Vaughn, mar sin. Tá éad orm leis."

"Is mithid duit dul abhaile, John," a d'fhreagair sí go ciúin.

"An bhfuil an seisiún teiripe thart, Ellen? Ag éirí suimiúil a bhí sé."

D'fhág Berry a ghloine lán ar an taobh-bhord is d'éirigh óna chathaoir.

"Tá díomá orm, Ellen, nach bhfuil tú chun an radharc sa phluais draíochta thuas a thaispeáint dom anocht."

"Más é seo do shárdhícheall suirí, John, is cúis díomá domsa tú. Ní duine de do mhic léinn shochomhairleacha mise. Níl sé chomh furasta sin cluain a chur ormsa. C– a thabharfainn duit ar an iarracht chiotach sin. Anois, téigh abhaile agus déan do chuid fearúlachta a ídiú ar do bhean chéile."

Bhí an comhrá seo imithe ó smacht, dar le Berry. Ach má bhí sise chun tabhairt faoi le teann tarcaisne, d'fhéadfadh sé í a bharraíocht.

"Cheap mise i gcónaí gur chleacht na Ceiltigh seo agatsa an grá gintlí, Ellen."

"Inis an rud seo dom, John, cad chuige a gceapann sibhse, fir, go bhfuil an ceart agaibh tabhairt faoi gach bean a labhraíonn libh a shárú. Fás suas."

"Agus cheap mise gur bean thar an choitiantacht tusa, Ellen."

"An í sin an líne chéanna a d'úsáid tú leis an bhean óg sin san ollscoil? An bhean a chuir lámh ina bás féin."

Bhí a dhóthain cloiste aige. Rug Berry ar a chuid eochracha, chas ar a sháil agus amach an doras leis go beo, gan slán ná beannacht a fhágáil ag Ellen.

*   *   *   *

Agus é ina shuí sa trucail lasmuigh den chábán, mhothaigh sé pian ina bholg. Ar ámharaí an tsaoil, bhí a chuid táibléad frithaigéid aige. Chogain sé trí cinn acu. Ón torann istigh, bhí na hógfhir ag amharc ar chluiche haca ar an teilifíseán. Bhí Lynn ag léamh, is dócha. B'fhearr dó gan iad a fheiceáil go fóill mar bhí eagla air go dtabharfadh sé faoi Lynn as labhairt le hEllen faoi. Ba chuma tagairt do na fadhbanna, mar dhea, a bhí aige le Dwight is le Duane ach Marjorie Benjamin a lua. Ar ndóigh, b'fhéidir nach ó Lynn ach ó fhoinse éigin eile a d'airigh Ellen sin.

Ba dhoiligh a mheas cén tairbhe a bhainfeadh Ellen as an chomhrá seo anocht. I ndáiríre, cad a d'fhéadfadh sí a dhéanamh? Labhairt leis an sealgaire mór, Vaughn, agus tathant air teacht ar thóir Berry lena mhothar is magairlí an fhiaigh a chur ar crochadh mar chomhramh is mar rabhadh d'éinne eile a thriailfeadh onóir a chéile? Rith chuig Lynn leis an scéala gur fhéach a fear lena sárú? Thuig Berry óna shaoltaithí go lochtódh fear a bhean as ligean do choimhthíoch fireann teacht isteach sa teach. Is níor nós le bean deifriú chuig bean eile le sceitheadh ar an fhear i gcás mar seo.

Ar scor ar bith, áibhéil ab ea é a mhaíomh gur thug sé faoi Ellen a shárú sa dóigh chéanna gurbh áibhéil é a rá, mar a mhaígh Ellen ar ball, gur chuir Marjorie Benjamin lámh ina bás féin nó go raibh lámh aigesean sa tubaiste sin. Ach dá mba mhian le hEllen scéal mór a dhéanamh den eachtra bheag amaideach seo anocht, gheobhadh sí sin a dhéanamh. Ní bheadh ann ach an focal seo aicisean ach ba go daor a bhí sé foghlamtha aige go raibh brúghrúpaí ann a ghoinfeadh, a bháfadh agus a loiscfeadh é ar chogar i gcluas. Nárbh in é an ní a tharla dó san ollscoil?

Níorbh í Marjorie an chéad bhanscoláire dá chuid ar éirigh sé róchairdiúil léi. Trudi Allen, iarchéimí, ar dhuine acu siúd a thóg an cábán í, ab ea an chéad duine. Bhí sise ag scríobh tráchtas máistir ar shaothar drámata Christopher Marlowe faoina stiúradh. Leath bealaigh tríd an samhradh cois locha, chuadar dís amach ag ól in Winston, d'fhill, thug aghaidh ar cheann de na pubaill is d'fhan le chéile go dtí gur chríochnaigh Trudi an tráchtas. Thuigeadar beirt go raibh an cumann thart ansin mar bhí sise le tarraingt ar Ollscoil McGill in Montréal le tosú ar a dochtúireacht. Bhí sí ag teagasc in Columbus, Ohio, anois agus í pósta ar dhuine den lucht riartha san ollscoil. Don Ollamh John Berry, cara agus comhghleacaí, a thíolaic sí beathaisnéis Marlowe a bhí foilsithe aici ó shin.

D'imigh Trudi is tháinig Jenny. Bhí Jennifer Shannon ag tiaráil ar a tráchtas ar choiméidí Ben Jonson. Tar éis chóisir Nollag de chuid na Roinne a cuireadh i gcrích an cumann seo acusan. Mheileadar na laethanta saoire ina theach go tús an téarma nua acadúil gur dhírigh Jennifer ar a cuid staidéir athuair. Ba bheag am a chaitheadar le chéile ina dhiaidh sin. Bhí fear óg ag Jennifer, oifigeach i bhfórsaí armtha Cheanada a bhí ar seirbhís le NATO sa Ghearmáin. Bhí seisean ar a bhealach abhaile, ar sise le Berry go leithscéalach an oíche sula raibh an deoraí le filleadh agus, bhuel . . . bhí uaithi fáil amach cad a bhí i ndán di is dá hoifigeach. Bhí sin dlite dósan. Chríochnaigh Jenny an tráchtas is phós an t-oifigeach. Bhí sé cloiste ag Berry ó shin go raibh an lánúin scartha óna chéile anois is go raibh sise ag teagasc thuas sa Yukon.

Gan dabht, bhí Berry i ndiaidh ceol a bhaint as comhluadar is súlach a bhaint as colainneacha na n-ógbhan seo. Ach chreid sé i dtólamh gur cúitíodh sin leo mar a stiúir sé iad ar shlí na tuisceana agus an léinn. Ba eisean an t-ollamh, an ceardaí, a bhí ag múineadh a ngairme do na hábhair scoláirí. Is ea, bhí sé ag briseadh rialacha na hollscoile, ach níor úsáid sé a chuid cumhachta chun stócántacht ar na mná seo géilleadh dó, dar le Berry. Bhí na coinníollacha soiléir is thuig na mná iad. Ní bheadh ann ach rud sealadach gearrthéarmach is bheadh cead ag éinne acu tarraingt siar nuair ba thoil leis/léi. Agus in ainneoin na collaíochta, bhraith Berry gur chumann aithriúil nach mór a bhí aige leis na mná seo agus a chuid saineolais á roinnt aige orthu. Agus, ar ndóigh, bhí seisean aosta a dhóthain le bheith ina athair dóibh. Blianta ní ba dhéanaí, agus ceist chiorrú coil i mbéal an phobail, ba é an ciúta seo gur mar athair de shaghas a d'amharc Berry air féin a dhaor is a dhamnaigh é nuair a tuairiscíodh é.

Ansin bhí Marjorie ann. Bhí Berry i ndiaidh deontas taighde a fháil ó cheann de na gníomhaireachtaí maoinithe in Ottawa chun staidéar a dhéanamh ar shaothar Thomas Kyd, drámadóir eile ón Ré Eilíseach. Faoi dheireadh is faoi dheoidh tar éis na mblianta, bhí an t-airgead ag Berry chun cúntóir taighde a fhostú. Cuireadh agallamh ar dhornán scoláirí óga dúthrachtacha. Ar scríbhinní Sheabhac na Spéire amháin a bhí cur amach acu uilig go dtí gur tháinig Marjorie Benjamin, céimí tibhreach Meiriceánach, i láthair. Bhí léiriú ar *The Spanish Tragedy* feicthe aici i Londain, ar sise, is bhí uaithi cromadh ar thráchtas ar théama an díoltais i ndráma Kyd. Thaitin meabhair chinn is géarchúis Marjorie le Berry is fuair sí an jab. D'fhoghlaim seisean ní ba dhéanaí nach raibh a dhath ar eolas aici faoi Kyd gur chomhairligh comhghleacaí le Berry, a raibh dúilín i dtobairín Marjorie aige, is go raibh uaidh, ní hé amháin go bhfaigheadh sise an post, ach go mbeadh sí faoi chomaoin aigesean, gur chomhairligh sé di sceitse beathaisnéise faoi Kyd a chur de ghlanmheabhair.

Bhí go maith is ní raibh go holc. Ba mhinic a bhí ar an Ollamh Berry is ar a chúntóir bualadh le chéile chun a taighde a phlé. Níorbh fhada gur thosaigh sí ag teacht ar cuairt chuig a theach. Ba ghearr is ba dhíreach an turas ón tábla cistine go dtí an tocht uisce. "Is tú mo chéad PhD," arsa Marjorie leis go caithréimeach, amhail is go raibh sí ag cur scóir eile i maide nó ag athdhréachtú a C.V. lena thabhairt suas chun dáta. Leis an fhírinne a dhéanamh, ba ise a cheansaíodh faoin súisín é. Den chéad uair ina shaol, bhraith Berry go raibh sé ag éirí ró-aosta le haghaidh na healaíne seo uilig.

Ráithe ní ba dhéanaí a thosaigh an treabhlaid nuair a chinn Marjorie ar theacht chun cónaí leis go buan. Bhí sé seo i gcoinne rialacha Berry. Fiú murar chaitheadar mórán ama iontu, bhí árasáin dá gcuid féin ag Trudi is ag Jennifer tríd síos. Chinntigh sin go mbeadh príobháideacht de chineál éigin ag gach duine. Ní ba thábhachtaí ná sin, faoi mar a chreid Berry, níor éirigh aon bhean rócheanúil air nó ar a áit. Níor den chríonnacht é dá dtabharfadh sí suas a hárasán féin, ar seisean le Marjorie. An oíche ar thuirling sí féin is a cuid bagáiste ar leac a dhorais thuig Berry gurbh ise an t-oide is gurbh eisean an mac foghlamtha agus go gceansódh sí rachadh i gceannas air lasmuigh den leaba fosta.

"Tóg go bog é, John."

Cheap sé i dtosach nach raibh ann ach sampla den bhearna mhór aoise eatarthu. Nó b'fhéidir gur rud cultúrtha é a scar na Ceanadaigh shéimhe ó na Meiriceánaigh stróinéiseacha sin. Cibé ar bith, ní raibh sé cleachtach ar dhaoine ag ordú dó an rud seo nó gan an rud sin a dhéanamh. Ba ghairid go raibh dearg-ghráin aige ar na focail sin: "Tóg go bog é."

"Tóg sos, John. Tá tú ag obair barraíocht."

D'ardaigh sé a rosc ón deisc ina sheomra staidéir mar a raibh sé ag ceartú aistí ar *Macbeth*. Bhí cancracht air cheana agus é i ndiaidh dhá uair an chloig a chaitheamh le léamh truflaise de shaghas: "Bheadh an dráma seo níb fhearr dá scríobhfaí é i stíl shimplí éasca a thuigfeadh gach duine" nó "Masla is ea an léargas a dhéanann Shakespeare ar na mná, idir an Bhantiarna Mac Beatha agus an Triúr Ban Feasa. Ní thuigim cén fáth nár roghnaigh sé fear, in ionad Dheirfiúracha na Diamhrachta, le seasamh ar son an Oilc, ós rud é gur fear Mac Beatha." Chonaic Berry Marjorie ina seasamh ag an doras, a cloigeann ligthe siar leis an ursain, tuáille fillte uirthi go scaoilteach bréagmhodhúil, agus cos fhada nocht sínte go dúisitheach drúisiúil aici. D'aithin Berry go géilliúil go raibh fonn spórtaíochta uirthi.

"Nár mhaith leat teacht isteach sa chithfholcadán le do *honey-bunch*?" ar sise den ghlór bréagpháistiúil piachánach *marilynmonroe*ach a d'úsáideadh sí go minic na laethanta seo.

"'*Double, double, toil and trouble; /Fire burn, and cauldron bubble*'," ar seisean de ghlór spíonta íseal. Ansin, dúirt ós ard: "Lean ar aghaidh, Marjorie. Caithfidh mé an obair seo a chríochnú anocht."

"Ba cheart duit rudaí a thógáil go deas bog, John. Tar liom agus lig do do chailín beag an straidhn a bhaint dá daidí mór."

Bhí sé ar tí cur ina coinne ach thrasnaigh sí chuig an deisc. Nuair a luigh sí siar air, leag sí an carn aistí.

"Tá daidí mór ag déanamh neamairt ina chailín," ar sise agus í ag cuimilt ghabhal a bhríste. "Ní ligfidh mé dó sin a dhéanamh feasta."

"'*But in a sieve I'll thither sail, /And like a rat without a tail, / I'll do, I'll do, and I'll do*', " ar seisean go tuirsiúil. B'fhuath le Berry é féin agus Marjorie araon san am ach bhuaigh an drúis ar an diongbháilteacht ar an ócáid seo is ar a liachtaí ócáidí eile.

Bíodh sin mar atá, shocraigh sé a intinn go gcaithfeadh sé fáil réidh léi gan mhoill tar éis di labhairt faoi phósadh, faoi chlann is faoi na leabhair a scríobhfaidís le chéile. Bhí seisean achrannach neamhshocair gearánach anois. Ní raibh sé chun ceadú di a shaol a stiúradh a thuilleadh is chuir sé ina coinne trí phrionsabail mhóra thábhachtacha a dhéanamh de cheisteanna beaga suaracha.

"Is fuath liom an nós sin," ar seisean go giorraisc.

"Cén nós?" a d'fhreagair sise go biorach dúshlánach agus lean dá saothar.

"Nach féidir leat é sin a dhéanamh sa seomra folctha?"

"Níos compordaí an áit seo. Tig liom mo chosa a chur ar an *Ottoman*."

"Ach ní ghlanann tú an áit."

"Glanaim."

"Tagaim i gcónaí ar shlisíní ingne i bhfostú sa chairpéad."

"Eitlíonn corrcheann ar strae. Ní fiú tráithnín é sin."

"Ní bheadh an fhadhb ann dá mbearrfá ingne do chuid ladhracha sa seomra folctha."

Tháinig teannas i dtobairín a smige, agus muc ar gach mála aici ar a bealach go dtí an seomra folctha di.

"Ní bheadh aon fhadhb ann dá dtógfá go bog é. Ach tá tú rórighin. Is tá tú ró-anabaí le cónaí le duine eile."

"Ní mise a thug cuireadh duit teacht chun cónaí i mo theach."

"Agus ní tusa a ligfidh dom dearmad a dhéanamh air gur leatsa an teach seo agus nach bhfuil ionamsa ach stocaire."

D'fhéadfaí aon ábhar a phiocadh ach ba é an cnámhscéal ceannann céanna é anois ó bhí an chogaíocht dhearg á fearadh ag Berry ar Marjorie. Faoin am ar bhailigh sise is a bagáiste leo tar éis ráithe eile, is ar éigean a bhí an t-ollamh is an cúntóir ag caint le chéile.

Níor thúisce imithe í gur thug crann na sílíní barr searbh. D'éirigh Marjorie as a cúrsa staidéir gur aistrigh chuig ollscoil eile. Is fuair Berry glao práinneach gutháin ó rúnaí Uachtarán na hollscoile le teacht anuas go dtí an oifig. Ar dhul síos dó, síneadh chuige litir ag cur in iúl go raibh Marjorie Benjamin ag bagairt an dlí ar Berry, agus í ag maíomh go ndearna a seanollamh í a ghnéaschlipeadh.

Ní gan fáth maith a baisteadh 'Tiuc Tiuc' ar R. Charles MacLeod. Cearc ghoir chruthanta ab ea é nuair a bhí an baol ann go gcacfaí ar oineach na hollscoile. Bhí scanradh an domhain air anois go bhfoilseofaí scéal oilbhéime go poiblí. An dlíodóir a bhí fruilithe ag Ms. Benjamin, ar seisean go cliseach le Berry, ba dhuine iomráiteach í a bhí i ndiaidh feidhmiú ar son roinnt mhaith ban i gcásanna gnéaschiapála. An rud ba chiallmhaire ná an fhadhb bheag phríobháideach seo a réiteach sula ndéanfaí ceist mhór phoiblí di. B'fhollasach do Berry gur chuma le Tiuc Tiuc an raibh aon bhunús leis an chúiseamh. Ní raibh uaidh ach go n-admhódh Berry a chiontacht ionas go bhféadfaí tosú ar éiric oiriúnach a shocrú a choinneodh Marjorie ciúin.

Ba go diongbháilte a d'fhógair Berry nach raibh faoi pléadáil ciontach. Clúmhilleadh gránna, bréag tharcaisneach ab ea an cúiseamh. Is ea, choill sé na rialacha ach ba go toilteanach a ghéill Marjorie dó. Bheadh sé sásta dá mba mhian leis an Uachtarán gearán oifigiúil a chur faoi bhráid Choiste Smachtaithe na Dáimhe. Sula dtiocfadh sé ar fhreagra deimhin, a d'fhreagair Tiuc Tiuc, ba chall do Berry a thuilleadh marana a dhéanamh ar impleachtaí an scéil seo dó féin is don ollscoil.

Ní dhearna Berry ach gabháil go díreach chuig Gillian Adams, ollamh leis an Pholaitíocht is Cathaoirleach Cheardchumann na Dáimhe. Ar ócáid ar bith eile, ba bharrúil le Berry an cruinniú sin. Feiminí radacach ab ea Gillian, dar le sciar ard de chomhghleacaithe fireannacha Berry. Ní hé amháin go raibh uaithi, dar leo, iad a bhriseadh as a bpoist is mná a insealbhú ina n-ionad ach go ndéanfadh sí peilt na bhfear céanna a inneonadh! An bhliain roimhe sin a toghadh Gillian mar uachtarán ar an cheardchumann nuair nach raibh éinne eile sásta seasamh ina coinne. Ó shin i leith thapaigh na dineasáir dhiorraingeacha gach deis chun í a dhíspeagadh. Ba é an t-ábhar ab ansa leo ná saol pearsanta Gillian. Bhí sí breis is dhá scór bliain d'aois agus í díomhaoin.

"An mbeidh Gillian ag teacht anocht," a d'fhiafraigh Albertosaurus ag cóisir oíche amháin tigh Dhéan na nEalaíon.

"Thabharfainn an leabhar nach dtagann Gillian ar chor ar bith," a d'fhreagair Edmontosaurus go mailíseach. Dóbair gur thit a raibh i láthair sna trithí dubha gáire.

Ceann de na nithe a bhí déanta ag Gillian le bliain anuas ná coiste a bhunú a bhí ag dréachtú sainmhínithe agus sraith treoirlínte ar an ghnéaschiapáil. Mar an gcéanna, reáchtáil sí dornán saotharlann chun na ceisteanna seo a phlé. Má rinne cuimse dineasár baghcat ar an choiste is ar na saotharlanna, ní raibh ann ach nár thug Berry mórán aoidhe ar an scéal. Bhí tráth ann nuair a shuigh sé ar choistí acadúla éagsúla, is an Coiste Ceapúchán is an Coiste Smachtaithe orthu siúd. Ba bhall de Bhord na nGobharnóirí é dhá bhabhta. Anois ní raibh aon chomhar amuigh ag an ollscoil air is bhí uaidh díriú ar a chuid taighde féin.

Agus an cháil a bhí ar Gillian, ní raibh Berry ag súil le héisteacht bháúil, ach tar éis dó an scéal a ríomh dúirt sí go ndéanfadh sí an cheist a fhiosrú de Thiuc Tiuc. Má bhí mac léinn meáite ar an dlí a chur ar Berry, ba dhoiligh sin a chosc ach dá bhfanfadh an scéal laistigh de mhúrtha na hollscoile, níor dhócha go mbeadh Berry thíos leis.

"Tá an t-ádh dearg ort, John," ar sise agus aoibh fhann ar a haghaidh. "Beidh an cód iompair nua i bhfeidhm chomh grod is a thosaíonn an conradh oibre nua an fómhar seo chugainn. Deirtear ann go soiléir nach bhfuil cead againn a bheith ag clárú ár gcuid scoláirí."

Níorbh fhada go bhfuair Gillian amach, tar éis a cuid fiosrúchán, nach raibh lá deifre ar dhlíodóir Marjorie an bhagairt dlí a aistarraingt. Bhíodar ag feitheamh go bhfeicfí cad é mar a láimhseodh an ollscoil an scéal. Ag feitheamh le fáil amach cad é an cúiteamh ab airde a bheadh ar tairiscint, arsa Berry go goibéalta.

Idir an dá linn, d'iarr Tiuc Tiuc ar an Choiste Smachtaithe gearán Marjorie a chíoradh. Go hoifigiúil, ábhar rúin ab ea an cúiseamh ach leath an scéal chomh sciobtha le dóiteán foraoise i gcroílár tirim sácráilte an tsamhraidh. Ba léir nár leasc le Marjorie a leagan teicnidhaite dá gcumann a insint dá seanchairde. Lena chois sin, mhothaigh Berry go raibh sé á fhógairt ag baill den Choiste os íseal gur mhian leo scéala a fháil ó bhanscoláirí ar bith eile a raibh gearáin acu faoi iompar an Ollaimh Berry. Bhí fonn orthu fáil amach ar nós leis cliúsaíocht le banscoláirí, ar chreid duine ar bith acu gur ghearr sé pionós orthu toisc gur mhná iad agus ar úsáid sé ciútaí maslacha sa rang. Bhí an fiach faoi lánseol.

Bhíodh sé féin discréideach cúramach, dar le Berry, agus é ag plé le Trudi Allen is le Jennifer Shannon. Ag an am céanna, ba iad sin na laethanta órga réchúiseacha sula raibh mórán cainte, olc maith nó dona, ar an ghnéaschiapáil. Mar an gcéanna, murar fhógair sé le callaire i gclós na hollscoile é, níorbh aon rúnscéal mór é ach oiread go raibh Berry is Trudi cairdiúil le chéile nó gur chaith Jenny laethanta saoire na Nollag leis. Déanta na fírinne, bhí rudaí den saghas céanna ar siúl ag cuid mhaith de chomhghleacaithe Berry. Ar scor ar bith, bhí a fhios ag neart daoine, idir ollúna is iarmhic léinn, faoin bheirt bhan eile. Mar sin, níorbh aon údar alltachta do Berry é nuair a seachadadh litreacha ó Trudi is ó Jennifer ag rá go raibh dlíodóir Marjorie i dteagmháil leo le fáil amach an dtabharfaidís fianaise faoi iompar a seanollaimh. Dhiúltaigh siad dís ach dá rachadh an cás os comhair cúirte, ba dhócha go ndéanfaí *subpoena* a chur orthu.

Sa tréimhse ó d'airigh sé faoi ghearán Marjorie go dtí gur ordaíodh dó teacht os comhair an Choiste Smachtaithe, ba dhoiligh do Berry eolas cruinn a fháil ar an chúiseamh a bhí curtha ina leith ag Marjorie. Is ea, bhí sí ag maíomh gur clipeadh í ar bhonn gnéis ach cén uair go díreach a tharla sé sin is cén tslí ar thit sé sin amach go baileach? An freagra a fuair Berry nach raibh cead ag an Choiste an t-eolas sin a thabhairt dó go mbeadh a gcuid fiosrúchán críochnaithe. Idir an dá linn, bhí fúthu an dá pháirtí a cheistiú.

Ní raibh sa seomra ach baill an Choiste, Berry féin is Gillian Adams, ionadaí an Cheardchumainn, an mhaidin a ceistíodh é. De réir rialacha na hollscoile, níor cheadmhach d'aon duine ón Roinn chéanna leis an chosantóir a bheith ar an Choiste. Ní raibh ach breacaithne ag Berry ar thriúr as an chúigear, ar bhaill de Dhámh na hEolaíochta iad. Má ba chara leis Warren Faulkes ó Dhámh an Oideachais, b'iomaí díospóireacht achrannach a bhíodh ag Berry, óna laethanta ar Bhord na nGobharnóirí, le Cecile Dupuis ó Dhámh na Tráchtála. San am bhí lucht na Tráchtála san ollscoil ag stocaireacht chun Clár dochtúireachta le Trádáil a thabhairt isteach. Bhí Berry is formhór na n-ollúna sna Dámha eile, is muintir na nEalaíon go háirithe, buartha go ndiomlófaí airgead uilig na hinstitiúide ar oiliúnt ábhair chaipitlithe óga. Ba é an ola ar chroí Berry é gur fhoghlaim sé gur ullmhaigh comhairleoir seachtrach tuarascáil a cháin is a dhamnaigh an clár máistir a bhí ar tairiscint cheana ag Dámh na

Tráchtála, toisc gan é a bheith ag freagairt do riachtanais na bhfostóirí amuigh. Go dtí sin, bhí éirithe leis an Dámh an tuarascáil a thoirmisc ach seal roimh an chruinniú nuair a chuirfeadh an Bord a shéala ar an Chlár nua dochtúireachta, sheol ollamh sa Roinn a raibh faltanas aige do Dhéan Dhámh na Tráchtála cóip den tuarascáil chuig Berry.

Ba é an rud ba charthanaí arbh fhéidir le Berry a dhéanamh ná labhairt le Cecile Dupuis roimh an chruinniú is ceadú di an scéim a tharraingt siar go ciúin. Ach bheadh sé sin ró-éasca, dar le Berry. Bhí faoi beithíoch Dhámh na Tráchtála a threascairt go poiblí. Mhoilligh sé gur thosaigh an plé ag an chruinniú sular fhiafraigh sé de Cecile cad chuige ar chreid Dámh na Tráchtála gurbh fhéidir leis na fadhbanna inmheánacha a bhí acu lena gclár máistir a réiteach trí chéim nua dochtúireachta.

"Ní thuigim cad tá i gceist agat," arsa Cecile go tapa.

"Cén fáth a gceapann Dámh na Tráchtála gur íocshláinte draíochta a bheidh sa chlár beartaithe seo nuair atá neart clamhsán cloiste acu faoina gclár máistir?"

"Clár a bhfuil aitheantas náisiúnta aige is ea an chéim mháistir. Creidimid go dtabhódh an chéim dochtúireachta aitheantas idirnáisiúnta don ollscoil seo."

Ba gheall le heascann a raibh an duán i bhfostú ann is a bhí ag tabhairt na gcor Cecile nuair a lean Berry dá cheistiúchán. Faoi dheireadh, mar a d'ardófaí an dorú is a dholfaí an t-iasc, d'ardaigh Berry an chóip den tuarascáil rúnda is thug an *coup de grâce* do Cecile is dá scéim. Cuireadh an cruinniú ar ceal gan mhoill go ndéanfaí iompar Dhámh na Tráchtála a iniúchadh. Níor mothaíodh a dhath faoi chlár dochtúireachta sa Tráchtáil ó shin.

Anois bhí an tOllamh Dupuis ina suí os comhair Berry is bhí a faill aici díoltas a imirt air. Ag an am céanna, bhí Gillian ann le cinntiú go bhfuair sé cothrom na Féinne. Sásta go leor a bhí Berry leis an scéal, tríd is tríd – bhí sé i ndiaidh cuntas sách macánta a thabhairt ar a chumann le Trudi, le Jenny is le Marjorie – gur chaith Cecile amach a céad duán.

"Nach fíor gur chothaigh tú atmaisféar i do ranganna a d'fhág cuid de na banscoláirí neamhshocair?"

"Ní thuigim cad tá i gceist agat," a d'fhreagair an eascann mhí-ámharach.

"An rud atá i gceist agam gur ghoill an t-atmaisféar naimhdeach frithbhanda i do rang ar bhanscoláirí de do chuid."

"Tabhair sampla den atmaisféar naimhdeach sin dom, le do thoil."

Mar a chaith Cecile bomaite ag cuardach i measc na bpáipéar a bhí ina luí i gcarn os a comhair, thuig Berry go raibh sí ag iarraidh cur ina luí air go raibh neart baoite aici. Faoi dheireadh d'ardaigh sí duilleog is cuileog.

"Mar shampla amháin, an cúrsa sa scríbhneoireacht chruthaitheach a reáchtáil tú dhá bhliain ó shin." Stad Cecile, amhail is go raibh sí ag tabhairt seans deireanach do Berry bratach bhán an ghéillte a ardú sula gcromfadh sí ar an ár.

"Is ea, cad faoi? Cúrsa breá tairbheach ab ea é." B'fhéidir go bhfaigheadh sé amach ar ball go raibh lámh máite ag Cecile ach bhí sé chun ligean air go raibh an mámh mór aigesean. (Léiríodh an mearbhall aigne a bhí air san am ag a chuid pocléimeanna ó mheafair a bhain le hiascaireacht go cogaíocht go cearrbhachas!)

"D'iarr tú ar do rang scéal faoi dhúnmharú a scríobh?"

"D'iarr."

"Faoi dhúnmharú mná?"

"Is ea. 'Slí is Fiche le do Mhamó a dhíothú'."

"Ba bhreá liom cuid de na bealaí chun bean a mharú a léamh: í a thachtadh, í a dhícheannadh, í a nimhniú, í a chrochadh, í a sceanadh le miodóg, í a shá san oigheann, í a phlúchadh, í a leagan le carr, í a chaitheamh le haill, na hinní a bhaint aisti, í a theilgean isteach san inneall bainte féir . . ." Stop Cecile go méaldrámata.

"Agus í a bhá san inneall nite gréithe," arsa Berry. "Rinne tú dearmad ar an cheann sin agus ar na deich ndóigh fhuilchraosacha eile."

"Ó na cáipéisí atá feicthe agam, rith dís bhan amach as an rang agus iad ag sileadh na ndeor. Tuigim go raibh orthu dul le haghaidh comhairlithe."

"Ní raibh a fhios agamsa san am gur chuir uncail le duine acu lámh ina bhás féin agus gur daoradh athair an duine eile as iarracht a dhéanamh ar a máthair a lámhach."

"Anois sampla eile . . ."

"Is mian liom rud éigin a rá faoin rang sin. Caithfear na cúinsí a chur san áireamh. Admhaím go ndearna mé earráid ansin, ach ní foláir a raibh ar siúl agam a mheabhrú."

"Sílim go dtuigimid go maith faoin am seo céard a bhí ar siúl agat."

"Éist liom nóiméad le do thoil, Cecile. Bhí mé ag stiúradh cúrsa sa scríbhneoireacht chruthaitheach. An tseachtain sin bhí ar na daltaí gearrscéal a scríobh le cur i láthair an ranga. Scór duine a bhí sa rang. Scór scéilín dáiríre dúthrachtach duairc a fuair mé. Scéilíní inar léiríodh céasadh is dearóile an tsaoil mhóir. Ní chreidfeá cá mhéad duine – na fir ach go háirithe – a chuir síos ar thriantáin shuthain thriamhnacha a bhí lomlán le traigéide, le crá croí is le bambairneach pháistiúil den chineál sin. Bhí mé ag iarraidh taispeáint dóibh nach gá go mbeadh an litríocht gruama dólásach, nach bhfuil aon ábhar ná ionramháil ar ábhar ar bith crosta orthu is gur féidir spraoi is spraíúlacht leis an litríocht trí bheith ag manaois is ag macnas léi."

"Gan ábhar ar bith a bheith crosta . . . dúnmharú mná . . . spraoi . . . ag manaois is ag macnas léi . . ." Chogain is d'athchogain Cecile na focail go mallbhriathrach amhail is go raibh uaithi a chinntiú go dtuigfí an ceangal díreach le hiompar cam claonta Berry.

"Ba mhaith liom díriú ar ghné eile de d'iompar," ar sise faoi dheoidh agus chuaigh ag ransú sa charn duilleog athuair. Chonacthas do Berry gur chreid Cecile, ní hé amháin go raibh aiste ar an eascann, ach go raibh sí i ndiaidh duán a chur inti go feirc is í a dholadh. Ní raibh fágtha ach í a mharú lena ga iascaigh.

"Is minic a thugann tú cuireadh do mhic léinn teacht chuig do theach?"

"Nár labhraíomar faoin Ollamh Allen, faoi Jennifer Shannon is faoi Ms. Benjamin cheana?" arsa Warren Faulkes go giorraisc.

"Táim ag caint ar mhic léinn eile."

"Ó am go ham bíonn baicle acu istigh agam le haghaidh béile nó dí." Ní raibh tuairim dá laghad ag Berry cén bobghaiste a bhí leagtha ag Cecile dó an iarraidh seo. (Agus bhí na meafair mhíleata chun tosaigh athuair.) Bhíodh idir ógmhná is stócaigh ina theach ach má bhí babhtaí cliúsaíochta deánta aige leis na mná, b'in a raibh ann.

"Cuireadh in iúl don Choiste seo gur reic tú ag na hócáidí seo scéalta greannmhara, mar dhea, a ghoill ar chuid de na mná."

"Mar shampla?"

Arís, d'ardaigh Cecile duilleog amháin ón charn os a comhair.

"Mar shampla amháin: 'Cad chuige ar oil NASA banmhairnéalaigh spáis?'" Mhoilligh sí meandar méaldrámata. "'Toisc gurb éadroime iad ná innill níocháin soithí!'"

Thosaigh Warren ag gáire is chuala Berry seitgháire múchta ó Gillian taobh leis.

"Is ea, d'inis mé an scéal amaideach sin. Ach an bhfuil a fhios agat cad a bhí ar siúl agam san am? Bhí mo chrúba ar maos i sobal gallúnaí dhoirteal na cistine agam. Arís, Cecile, caithfear na cúinsí a chur san áireamh."

"Nach léiríonn an dá rud sin, a Ollaimh Berry, go bhfuil patrún diúltach sa chaoi ina gcaitheann tú le banscoláirí?"

"Ní léiríonn an dá rud sin a dhath ach go bhfuil feitis mhífholláin agam faoi innill níocháin gréithe! Ach ní mé cé chomh claon saofa is atá sí sin."

Faoin am ar chríochnaigh an seisiún, bhí Berry ar a sháimhín só arís. Ní raibh breac an tlú le Cecile in ainneoin a cuid brille breaille. Dheamhan greim fianaise a bhí aici ar eireaball na heascainne. Bhí a cuid eochraí ar bharr an duáin aici ach níor iascadh léi is níor doladh an t-eo. Bhí na meafair ag teacht go tiubh.

D'aontaigh Gillian nach raibh mórán fianaise ina choinne ag an Choiste is gurbh é fiamh Dhámh na Tráchtála faoi deara an bhatráil a thug Cecile dó. Anois bhí achan rud ag brath ar fhianaise Marjorie. Bheadh sise os comhair an Choiste an mhaidin dár gcionn. D'fhanfadh Berry sa bhaile ar eagla go bhfeicfeadh sé í.

An tseachtain ina dhiaidh sin a tháinig an litir oifigiúil ag fógairt nár chreid an Coiste Smachtaithe go raibh cás gnéaschlipthe le freagairt ag an Ollamh Berry. Moladh, ámh, go bhfreastalódh sé ar shaotharlanna Gillian. Murar thaitin Berry le Cecile, ba léir nár tugadh éisteacht bháúil do Marjorie ach oiread. Nuair nár cuireadh i bhfeidhm bagairtí a dlíodóra, shíl Berry go raibh an eipeasóid thart is go raibh an trodán iata. Thart agus iata a bhíodar gur maraíodh Marjorie Benjamin.

Bhí cúinsí beatha Berry athraithe tromach tramach faoin am sin. Nár thug sé raidhse mionn agus rabharta móideanna nach mbeadh teagmháil phearsanta fhrithghairmiúil aige lena chuid banscoláirí go deo arís? Lena chois sin, bhí sé i ndiaidh tarraingt siar a thuilleadh ó imeachtaí na hollscoile is diúltú glacadh le mic léinn iarchéime. An t-athrú ba mhíorúiltí a tharla dó go raibh sé faoi chuing an phósta faoi dheireadh is faoi dheoidh.

Bhí aithne ag Berry ar Lynn Bohdanowicz le cúig bliana déag anuas. Ba í a dhéidlia í ó bhásaigh an fiaclóir a bhí aige roimpi. Ba go heolaíoch a roghnaigh Berry í: dheamhan fiaclóir a bhí liostaithe faoin litir 'A' sa leabhar teileafóin agus ba ise an chéad duine faoi 'B'. Ba mháthair óg í a bhí i ndiaidh filleadh ar Calgary ó Toronto nuair a chéadchuir sí táthán i bhfiacail leis. Bhí sí ina tuiste singil sula raibh dreas comhrá ag Berry léi ar ábhar ní ba thromchúisí ná an aimsir, laethanta saoire, a chuid déad cailce is na buntáistí deimhneacha fadtréimhseacha a bhaineas le flasáil. Áibhéil ab ea í a mhaíomh gur chroch Berry Lynn leis i gcuaifeach rómánsaíochta i dtreo na haltóra tar éis a gcéad chomhrá dháiríre, nó a gcéad chupán Tae Pholannaigh – braonán tae lag báite ag dram trom *Vodka*. Ba leor a admháil gur thaistil seisean, sise, an dís mhac is cúpla gaol le Lynn i dtionlacan dhá fheithicil chuig an chlárlann dhá ráithe i ndiaidh an chomhrá chinniúnaigh chéanna.

D'admhaíodh sé dó féin fosta gur ar éigean a bhí colainn mná thuas sna tríochaidí ar saolaíodh clann di inchurtha le hionnús ilghnéitheach ilghréasach ilfhillteach plúróige ach bhí aer sábháilte staidéartha ag eisileadh ó bhean nár scanraíodh roimh phósadh ná roimh mháithreachas. Is ea, is bhí sí i ndiaidh teacht trí cholscaradh colgnimhneach agus téarnamh as. Nár theist bhreá í sin ar a mianach is ar a carachtar? Ag an am céanna, bhí sí pósta sách fada nár ghá dó a bheith buartha gur ghuagóg í a thréigfeadh é tar éis na chéad troda. Bean abaí chiallmhar dhílis ab ea í. Lena chois sin, ní raibh sé féin ag éirí níb óige is ba mhithid dó tuiscint, tar éis a chuid saoltaithí, gur chóir ligean do mhná óga scór bliain d'aois ógfhir aon bhliain is fiche a thóraíocht. Bhí ré an Phocaide Berry réidh.

Bhuel, bhí sé geall le bheith réidh ó pósadh é. Ghéill sé don rachmall uair nó dhó ag comhdhálacha acadúla. Thosaigh imní ag teacht air nuair a casadh Judith, ollamh le Béarla ó Toronto, air ag dhá chomhdháil acu. Ní raibh ann ach radadh aon oíche, dar le Berry tar éis an chéad seisiúin. Sé mhí ní ba dhéanaí i ndiaidh an dara rabhait, d'aithin sé na comharthaí sóirt. Bhí pleananna aici faoina choinne. Bean díomhaoin sna tríochaidí ab ea Judith. Í ard díreach stifeáilte. Níorbh fholáir, ar sise leis, gurbh í an airde sé troithe sin a scanraigh na fir uilig a raibh aithne aici orthu i gcaitheamh na mblianta. Nó b'fhéidir gurbh í a meabhair chinn í. Bhí eagla ar fhir roimh bhean chliste, cinnte. Nó an é nach raibh dúil acusan ach i rud amháin agus a thúisce is a luafadh sise an todhcaí nó cumann fadtéarmach nó an pósadh, d'imeoidís ina dtáinrith tríd an doras, táinrith a bhí chóir a bheith chomh tapa amscaí is a bhí cuid acu di faoin chuilt ar ball beag?

Faoin chuilt an chéad uair a tharla an comhrá seo. Shiúil Berry go tiarnúil tríd an doras an mhaidin dár gcionn agus é ag fágáil slán aici. An dara huair, bhí sí ag caint ar leanbh a bheith aici sula mbeadh sé rómhall. B'fhéidir gurbh é an smaoineamh gur fhéach sí air mar stail nó nach raibh uaidh a admháil gur gearradh a chuid feadán cheana faoi deara gur loic a threalamh is a chumas scaipthe is spréite air an babhta seo. Ní síolchur ach siolgaireacht a bhí ann. Bhrostaigh sé an doras amach an iarraidh seo. Ina dhiaidh sin, thosaigh sí ag scríobh chuige faoi chúram na hollscoile is ag cur glaonna air agus bhí sí ag caint ar theacht amach chuig comhdháil in Calgary. Cheal fios a bheith aige cad ba cheart dó a dhéanamh ach an fhírinne a insint di gurbh fhear pósta é – bhí dearmad déanta aige ar an mhionsonra sin a lua léi – níor fhreagair sé aon cheann de na litreacha. Botún ab ea é sin, a d'admhódh sé anois. De réir mar a rinne seisean neamhaird ar a comhfhreagras, ba amhlaidh ba mhó a tháinig cuil ar Judith leis is a bhí na litreacha ag dul i bhfíochmhaire. Chun clabhsúr a chur ar an chomhfhreagras aontaobhach, sheol sé nóta gairid chuici ag gabháil leithscéil léi as a fhaillí náireach ach . . . bhuel . . . fear nuaphósta ab ea é anois . . . Freagra aonabairte a tháinig anoir le casadh an phoist: "An chéad uair eile a bhfuil scriúáil sciobtha uait, aimsigh duine atá ar comhairde leat féin, a ghilidín an philibín fhabhtaigh!"

Níor thaobhaigh Berry comhdhálacha acadúla ó shin, rud a chuir leis an aonaránacht shóisialta is intleachtúil a bhí mothaithe aige ó d'fhág sé tearmann na hollscoile. Ach b'fhearr na hócáidí sin a sheachaint. Má bhraith sé uaidh an seans le bualadh le comhghleacaithe is le héisteacht le cuntas ar a gcuid taighde, bhí cuimse daoine uaigneacha ann fosta a thagadh chucu le héalú óna saol cúng féin is a bhíodh ar lorg scleondair de shaghas, bíodh sé sin sealadach nó buan. B'fhearr iadsan a sheachaint fosta.

Tríd is tríd, d'fhan Berry dílis do Lynn ó phós siad. An teideal faiseanta a bhí ar a leithéid ná 'an t-aonchéileachas srathach,' is é sin le rá nár léim tú isteach i leaba le páirtí nua go raibh a tópar tugtha agat do do sheanpháirtí. In aois mharfach seo SEIF, ba bharrúil gur téarma den saghas céanna a d'úsáidtí ina leith siúd a dhúnmharaíodh duine i ndiaidh duine. Ach bhí Berry sásta go leor go fóill lena stádas nua mar chéile srathach – murab ionann is leasathair – nuair a d'fhill Marjorie Benjamin air. Nó ba chirte a rá gur thÉarnaigh a sprid. Sa tréimhse cheithre bliana ó theip ar a cás gnéaschiapála, ní raibh sí feicthe ag Berry ach bhí sé cloiste aige go raibh a tráchtas gan chríochnú is gur bhailigh sí léi go Tulsa, Oklahoma, a cathair dhúchais. Bádh í tráthnóna seaca amháin tar éis dá carr an bóthar a fhágáil is titim isteach i gcumar. Bhí sí curtha le mí sular airigh Berry an scéala.

Ina oifig ollscoile a bhí sé lá nuair a fuair sé glao gutháin ó iriseoir i Nua-Eabhrac. Bhí sí ag ullmhú scéilín faoi Marjorie Benjamin dá hiris mhíosúil *Nua-Ré*, arsa an t-iriseoir. Bhí aithne ag an Ollamh Berry ar Ms. Benjamin, nach raibh? Bhí ar ndóigh, a d'fhreagair sé, ar a shon nár thuig sé cén fáth ar mhaith le muintir na hirise labhairt leis-sean. Ansin a fuair sé amach faoi bhás Marjorie.

"Bhí sí i dteagmháil linn seal ó shin mar fhreagra ar fhógra a d'fhoilsíomar ar lorg ban a d'fhulaing an ghnéaschiapáil."

"Níl a dhath le rá agamsa libh ach amháin go bhfuil aiféala orm faoina bás," arsa Berry go creathánach sular phlanc sé síos an glacadóir.

Faoin am ar chuir an t-iriseoir glao air athuair an lá dár gcionn, bhí Gillian Adams i ndiaidh cur in iúl do Berry gurbh iris fheimineach *Nua-Ré*. Is bhí seisean féin i ndiaidh labhairt le dlíodóir.

"Má chuirtear i mo leith in aon alt go ndearna mé Marjorie Benjamin a ghnéaschlipeadh nó má dhéantar aon mhífhaisnéis chalaoiseach orm, cuirfear an dlí ortsa go pearsanta is ar d'iris as clúmhilleadh. Nuair a cíoradh líomhaintí Ms. Berry, bhí Coiste Smachtaithe na hollscoile seo ar aon aigne nach raibh aon bhunús leo," arsa Berry leis an iriseoir.

"Níl fúinn d'ainm a lua san alt. Is éard atá uainne ná do thaobhsa den scéal."

"Má tá a thuilleadh ceisteanna agat, tig leat labhairt le mo dhlíodóir."

Murar ainmníodh Berry, tagraíodh don ollscoil san alt foilsithe. Ina theannta sin, tugadh cuntas fada – nó leagan amháin de, cibé ar bith – ar chumann Marjorie lena hollamh a chuir brú síceolaíoch uirthi géilleadh dá dhrúis. Is áitíodh nár chaith an ollscoil go maith léi nuair a ghearán sí leo. In ionad éisteacht léi, díbríodh í ar eagla go mbeadh smál ar ainm na hinstitiúide. Dá réir sin, milleadh saol is todhchaí Marjorie, ní hé amháin de bhrí nár chríochnaigh sí a staidéar acadúil ach go bhfuair sí sceimhle is gur chlis na néaróga uirthi. Scriosta a bhí bean a raibh cuimse tallann aici is a raibh a oiread sin geallta fúithi. Ainneoin nár reiceadh go neamhbhalbh é, bhí an teachtaireacht shoiléir le piocadh as an phíosa go raibh Marjorie Benjamin marbh idir aigne is anam i bhfad sular bádh í.

Sheol *Nua-Ré* cóip den iris chuig Berry is thug cuireadh dó alt freagartha a scríobh. Thaispeáin sé an iris dá dhlíodóir. Bhíodar ciallmhar discréideach gaoiseach go leor is gan ainm Berry a lua, a dúirt an dlíodóir. Is ea, ainmníodh an ollscoil ach cá mhéad duine i gCeanada a d'fheicfeadh an iris bheag seo? Níor ghá do Berry a bheith buartha. Bhí deireadh leis an scéal.

Níorbh fhíor don dlíodóir, ar ndóigh. D'aimsigh *Gion!* nó "an liarlóg luarga luaidreán is mó díol in Iarthar Cheanada," mar a thug sé air féin go maíteach, d'aimsigh sé cóip de *Nua-Ré* is ghlaoigh ar Berry. Fuaireadar an freagra céanna is a fuair *Nua-Ré*. Lá corrabhuaise níor chuir sin orthu mar d'fhoilsíodar an scéal ar an phríomhleathanach faoi cheannlíne bhloclitreach: AN tOLLAMH LE TÁTH!! Agus fós i mbloclitreacha thíos faoi ghrianghraf Marjorie: AN ÓGBHEAN OIDHIÚIL AGUS A hOIDE OLLSCOILE. OILBHEART ONCHONTA!!

Mura raibh an uaim fhileata thar mholadh beirte, ba dheacair do Berry gan díoltas Marjorie a mholadh. Agus cé gurbh amaideach an smaoineamh é, ba mar ghníomh díoltais a d'amharc sé air faoin am seo. Dá dhéanaí é agus bíodh go raibh sí san uaigh, d'fhéadfadh sé Marjorie a shamhlú ag baint taitnimh as cur i gcrích a scéime. Murar chríochnaigh sise a tráchtas ar Thomas Kyd riamh, chonacthas do Berry gur fhoghlaim sí neart faoin díoltas ó *The Spanish Tragedy*. Bhí céim mháistir oinigh iarbháis tuillte aici.

Arís, níor ainmníodh Berry in *Gion!* Ach bhí dalladh cainte ar an 'athair' a tháinig i dtír ar bhanscoláire óg saonta. Má d'éirigh Berry as a bheith ag léamh an phíosa i ndiaidh dó teacht ar roscadh file faoin dóigh ar "dhúisigh mé de theip tar éis do néal teacht orm, agus sinne ag caint ar ár dtaighde, agus cá raibh mé ach i mo luí tarnocht ar thocht uisce an ollaimh . . .," ba léir go ndeachaigh ag go leor daoine san ollscoil an píosa a alpadh is a shlogadh ina iomláine. Is níorbh fhada go raibh a fhios ag cách cé a bhí i gceist ag an liarlóg.

Claochlaithe go mór a bhí an t-atmaisféar ó cheithre bliana roimhe sin. Bhí oifigeach frithchiapála lánaimseartha fostaithe ag an ollscoil anois a bhí i ndiaidh an diandhúnghaois frithchlipthe a chur i bhfeidhm is gníomhú thar ceann na ngearánach. Thuig Berry go raibh dineasáir ar an Dámh a mhaífeadh gurbh é leas an oifigigh chéanna é, chun a jab a choimeád, teacht ar chásanna frithchiapála.

Bhí Berry ar hob tosú ar léacht ar John Marston is ar thraidisiún na n-ógaisteoirí sa Téatar Eilíseach nuair a mhothaigh sé daoine ag éirí óna suíocháin ag cúl an halla léachta. Sheas baicle scoláirí, idir mhná is fhir, suas agus póstaeir ina nglac acu. "Cuimhnigh ar Marjorie, Íobartach Eile," "Cá mhéad Íobartach Eile a Bheidh Againn?", "Ciap an Ciapálaí" na cinn a chonaic Berry. Níor labhraíodh focal, níor tógadh clampar gur shiúladar amach tar éis cúpla nóimeád. Lean cuid den rang iad.

D'fhóir sé do Berry a chreidbheáil i dtús báire nárbh agóid í seo a bhain leis-sean go pearsanta. Ba ghairid gur cuireadh a mhalairt ar a shúile dó. Bhí lucht na bpóstaer ina chéad rang eile an mhaidin chéanna ach anois chromadar ar bhualadh ar na boird is ar bhéicíl: "Ní chuirfimid suas le gnéaschiapálaí!" is "Bris an ciapálaí as a phost!" D'fhéach Berry lena léacht a thabhairt ach bhí a ghuth múchta báite ag an chiaramáboc ó chúl an tseomra. Faoi dheireadh shiúil sé i dtreo an dorais mar a raibh an chóip ag mabáil thart. Diomaite den íde béil a tugadh dó, caitheadh seile air nuair a bhí sé ag brostú amach.

Leanadh den obair seo ar feadh trí lá. Théadh Berry chuig a chuid ranganna ach bhristí isteach orthu sa dóigh gurbh éigean iad a chur ar ceal. Má bhí tacaíocht oifigiúil ag Berry ón ollscoil is ón cheardchumann, ba bheag tacaíocht mhorálta a bhí á fáil aige agus cúrsa laethúil na mallachtaí is na seile á rith aige. Thionlaic roinnt dá chomhghleacaithe chun na ranganna é agus ar ais arís, ach b'fhollas go raibh an Dámh féin deighilte faoin cheist. Bhíodar ann gan dabht a chreid gur chóir go ngearrfaí pionós ar Berry. Bhíodar ann a raibh eagla orthu go mbeadh a dtodhchaí féin, ó thaobh shealbhaíocht nó ardú poist de, i mbaol amach anseo dá mbeidís truaillithe ag aon cheangal le duine cosúil le Berry. Bhí na dineasáir imithe in éag nó i bhfolach. An t-aon duine a sheas is a shiúil leis lá i ndiaidh lae ab ea Gillian Adams, iaruachtarán ar an cheardchumann. Údar iontais ab ea é go fóill, dar le Berry, an dóigh ar thug Gillian faoi bhean bhocht amháin sa líne agóide.

"Tugann tú feiminí ort féin, is dócha. Inseoidh mé rud amháin duit. Níl san ealaín seo ach an Faisisteachas. Ábhar náire is ea sibhse dóibh siúd atá ar lorg na córa."

Dúirt sí le Berry ní ba dhéanaí, nuair a cheistigh sé í faoin eipeasóid sin:

"An rud nach dtuigeann tú féin is riar maith de do chomhghleacaithe, John, gurb iomaí saghas feiminithe atá ann. Tá neart againn ann atá buartha faoin bhealach a bhfuil an cheartaiseacht pholaitiúil á húsáid chun cosc a chur leis an díospóireacht. Tá sí frithintleachtúil. Is níor throid mise go gcuirfí gobán i ndaoine. Sin atá ar siúl anseo nuair a leathann atmaisféar na heagla is na bagartha sna hollscoileanna. D'fhéadfadh gur mise a bheadh thíos leis seo amach anseo dá dtabharfaí cead a gcinn do na lútálaithe amuigh. Bheinn ag dréim le do thacaíocht ansin."

Mhol a dhlíodóir do Berry na póilíní a thabhairt isteach. Agus é ag smaoineamh siar air anois, ba chúis sásaimh do Berry é nár mheabhraigh sé ar rith chuig lucht riartha na hollscoile is impí orthu fios a chur ar na póilíní. Ní raibh faoi íobartach fann lústrach eile a dhéanamh de féin, ar seisean leis féin san am. An rud a bhí i gceist aige, ar ndóigh, nach raibh sé sásta go n-aistreofaí ainm is ualach an íobartaigh uaidhse chuig an chóip a bheadh in ann maíomh go ndearna na húdaráis géarleanúint orthu. Dá réir sin, ní raibh idir Berry is an lucht linseála ach dornán ball breacaosta ballchreathach d'oifigigh shlándála na hollscoile. Sin is na hiriseoirí a scríobh is a thaifead píosaí doiléire dá nuachtáin is dá gcláir raidió is teilifíse toisc gan cead acu na mionsonraí a lua, Berry a ainmniú is a ghrianghraf a thaispeáint ar fhaitíos go gcuirfí an dlí orthu.

In ainneoin a raibh ráite aige le hEllen Tufftie ar ball, d'amharc Berry air féin mar íobartach, íobartach de chuid chóras is thionscal na ceartaiseachta polaitiúla, íobartach de chuid riarthóirí ollscoile nach raibh an oiread sin gusa iontu seasamh ar a chearta is a bhí i bhfách le fáil réidh leis a thúisce is a thosaigh an chonairt fhuilchíochrach fhaltanasach ag tafann sa tseilg. (Ar chúis iontais í, i ndáiríre, nach raibh mórán dúile aige san fhiach riamh? Ba eisean an tórán tráth!) Ní raibh air géilleadh, arsa Berry leis féin. Má ba go patuar é, bhí an ceardchumann taobh thiar de. Bhí Gillian is Warren Faulkes is cúpla duine eile ag tathant air troid. Ansin faoi dheireadh na seachtaine, tháinig toscaireacht, ar a raibh an leasuachtarán is an stiúrthóir poiblíochta, chuige. Chaitheadar seal ag cur is ag cúiteamh go dtí gur luaigh siad gurbh fhéidir gurbh fhiú do Berry a bheith ag smaoineamh ar an luathscor. Ar ndóigh, bheadh tacaíocht iomlán na hollscoile aige dá gcinnfeadh sé ar fhanacht ach . . . Ba go colgach a chuir Berry clabhsúr ar an agallamh seo. Bíodh sin mar atá, ba é an buille fill seo buille na tubaiste dó. D'imeodh sé leis. De réir an tsocraithe leis an ollscoil a dréachtaíodh an deireadh seachtaine sin, chaith Berry an chuid eile den téarma ar lánphá ar shaoire bhreoiteachta is réitíodh pacáiste scoir a chumhdódh a phinsean. Bhí fadhb bheag na hollscoile fuascailte is fuilchraos na sealgóirí ceansaithe.

Bhí eachtra amháin neadaithe i gcuimhne Berry go fóill. Bhí sé i ndiaidh a oifig a fholmhú agus an ollscoil a fhágáil don uair dheiridh sula ndeachaigh sé ar a shaoire bhreoiteachta. Bhí dhá iris sactha ina pholl poist in oifig an rúnaí. San uimhir nua de *Gion!* inar ainmníodh Berry den chéad uair, fógraíodh ar an chlúdach: OLLAMH LE TÁTH FAOI LÉIGEAR!! OLLSCOIL INA CÍOR THUATHAIL!! Bhain an cheannlíne in *An Ceannródaí, Pravda* oifigiúil na hollscoile, le corn a bhí gnóthaithe ag an fhoireann peile.

Uaireanta fós bhraith Berry an tseirbhe is an domlastacht ag borradh taobh istigh de agus iad geall le bheith á phlúchadh. Má bhain Marjorie Benjamin sásamh as ón saol eile, ba ar an ollscoil is ar na comhghleacaithe a loic air ba mhó a bhí a fhearg dírithe. Trí chaitheamh leis mar a rinneadar, b'fhianaise dhobhréagnaithe í sin go rabhadar i ndiaidh feall a dhéanamh ar bhráithreachas an léinn is an oideachais. Ar bhealach, ba mhaith a bheith réidh leo siúd a dhéanfadh feall mar sin. B'fhéidir go raibh an t-ádh ar mhic Lynn gur fhanadar glan ar ollscoil.

Ar scor ar bith, sheas Lynn leis go dílis ar a shon gur chuir an eipeasóid ghránna a thuilleadh brú ar a bpósadh. Ach ba chuma cad a tharla, cad a tharlódh amach anseo, bhí a chuid taighde aige. Ba é sin an rud ba thábhachtaí leis. Ba chóir dó scríobh chuig a fhoilsitheoir go luath is cur síos ar an leabhar nua. Foisí ceart ab ea é féin, faoi mar a thuig Berry. An rud ba mhó a bhí de dhíth air anois ná sprioclá a thabharfadh air luí isteach ar an obair i gceart. Is ea, sin a bhí uaidh i ndáiríre mar má ba leasc leis é a admháil, bhí sé ag éirí ní ba dheacra díriú ar an obair sin. Uaireanta, bhraith sé gur chóir dó é a leagan i leataobh. Ach admháil a bheadh ina leithéid nárbh fhiú dó cromadh air ó thús, nárbh fhiú dada a chuid taighde. Lena chois sin, cad eile a dhéanfadh sé faoin am seo? Ní fhaigheann seanollúna bás: cailleann siad a meabhair.

Ba mhithid dó dul isteach. Ar a laghad, bhí a bholg socair go leor anois tar éis dó corradh le huair an chloig a chaitheamh amuigh anseo. Cheana féin, bhí an solas lasta i seomra codlata Lynn. Níor dhócha go ligfí dó a chuid fearúlachta a ídiú ar a bhean chéile, faoi mar a mhol Ellen Tufftie, fiú dá mbeadh sin uaidh. B'fhada ó chodail siad sa seomra céanna. Rachadh sé ag obair ina phluais go ceann tamaill.

* * * *

Bhí a chuid leasmhac ina suí i mbun gleamhscála os comhair an teilifíseáin go fóill. Dheamhan spéis a bhí ag Berry sa haca. Má bhí foréigean le bheith ann, b'fhearr an paisean lom pléascach ná an chearmansaíocht a chleacht na plíomaí plátáilte seo. Mar an gcéanna, ní raibh suim aige in aon chaitheamh aimsire ar leith. Tar éis an phósta, d'fhéach Lynn lena earcú i ranganna damhsa ón rince cearnach go dtí an válsáil. Chuaigh sé chuig cúpla seisiún chun í a shásamh. Agus í ag smaoineamh go raibh sé ag socrú síos, d'fhógair Berry nár chompordach leis na daoine ná na héidí is dhiúltaigh gabháil léi arís.

Ba é an club drámaíochta an eagraíocht dheireanach ar fhéach sí lena earcú ann.

"Buailfidh tú le daoine ann a bhfuil dúil acu sa téatar," ar sise go dóchasach. B'fhollas do Berry go raibh sí ríméadach aisti féin as cuimhneamh ar an tseift seo.

"Tig liom bualadh lena leithéidí ag comhdháil. Imigh thusa féin ann, Lynn."

Is d'imigh sí. Lena cairde chuig na seisiúin rince, chuig an rinc scátála, chuig an amharclann. Thugadh sí cuireadh do Berry dul ina cuideachta go hócáidí foirmiúla sóisialta a bhain lena cuid oibre agus ghlacadh sí go tostach leis na freagraí diúltacha uaidh. Níor bhac seisean le hócáidí den saghas céanna san ollscoil a thuilleadh.

Bhuail sé faoi ar chathaoir uilleann anois. Bheadh an dís ógfhear ag bailiú leo go moch. D'éireodh Lynn le breacadh an lae chun bricfeasta mór a ullmhú dóibh. Mura raibh sé féin le bheith ina shuí, ba chóir dó slán a fhágáil leo. Ach bhíodar beirt ag stánadh ar an bhosca gan sos gan staonadh, fiú nuair nach raibh ach fógraí ar siúl. Ghoill sé ar Berry beagán nár thaispeáin siad gur thug siad faoi deara é a bheith sa seomra. Ag an am céanna, b'fhearr an scéal mar sin. Bhí sé rómhall tosú ar mhúrtha an tosta is na míthuisceana a leagan.

D'éirigh sé ón chathaoir, rinne ar a phluais staidéir is dhún an doras ina dhiaidh. Thrasnaigh sé chuig an deisc, las an lampa is shuigh ar an chathaoir sclóine. Ba é seo an seomra ab fhearr leis sa chábán. Ar a shon go raibh sé cúng go leor, bhí seilfeanna leabhar ó urlár go síleáil ar thrí thaobh. Ar an bhalla eile bhí craiceann béir a cheannaigh sé ó bhaicle Indiach blianta roimhe sin. I lár an tseomra bhí an deisc dharach ar a raibh an ríomhaire is an lampa. Ar thaobh amháin den deisc a bhí an comhadchaibinéad ar ar luigh raidió. Ar an taobh eile a bhí a sheanchathaoir luascáin a shuíodh sé inti nuair nach mbíodh sé ach ag léamh. Tearmann ab ea an phluais seo. Ní gan chúis a fágadh an seomra gan aon chathaoir eile: ní raibh fáilte roimh dhaoine ann. Bhí seanscannán ó na daichidí feicthe ag Berry inar dhiúltaigh fear an tí ceadú dá theaghlach a sheomra staidéir a thaobhú is thug faoina bhean bhocht a thagadh isteach chun an áit a ghlanadh, chun toit tobac a dhíbirt trí fhuinneog a oscailt, chun cupán deas cócó a thabhairt isteach dá tiarna is dá máistir. Mura raibh fuinneog sa phluais, murar ól sé cócó nó tobac is murar mhúnlaigh sé an phluais ar an seomra staidéir sa scannán, thuig Berry don fhear céanna.

Tar éis dóibh cur fúthu anseo go lánaimseartha, bhí faoi Lynn an cábán a athdheisiú is a athchóiriú. "An bhfuil a fhios agat, John," ar sise leis lá, "go bhfuil dathanna do chuid éadaí is dathanna an tí seo ag teacht le chéile? Tá dath na buinní ar achan rud anseo!" Murar chuir sé ina coinne go tréan, leag sé síos coinníoll amháin nach gcuirfí isteach ar a phluais a bheag nó a mhór. Diomaite de sin, bhí cead aici cibé athrú ba mhian léi a dhéanamh. A bhuí le Dia, díoladh an chuid ba mhó de rothaí an tseantí in Calgary. Ba é an tocht uisce an t-aon phíosa a raibh fonn ar Berry a thabhairt amach go dtí an cábán. Is ar éigean a bhí Lynn sásta leis sin, tar éis a raibh cloiste is léite in *Gion!* aici faoi ghiúlán Berry ann. Déchoimisiúnaíodh is scuiteáladh é.

In ainneoin na ndathanna pastail is na gcuirtíní comhoiriúnacha is na bplandaí searntha sna seomraí eile, ba é seo a dhíseart is ba mhairg a chuirfeadh isteach air ansin. Thathantaigh Lynn air i bhfad siar fáil réidh leis an chraiceann béir. Bhí sé lofa le dreancaidí, ar sise. Chiallaigh sin nár thaitin sé léi go raibh earra de chuid thionscal an fhionnaidh ar crochadh sa teach.

"Ná cráigh leis an raiméis bhréagliobrálach sin mé," a d'fhreagair Berry go haranta. "Bhí sé anseo sular mothaíodh a dhath faoin chacamas sin. Beidh sé anseo nuair nach mbeidh sa cheartaiseacht pholaitiúil ach iarnóta staire."

Bhí Lynn patuar ón tús faoi ghluaiseacht idir chorp chleite is sciathán ó Calgary. Duine cuideachtúil ab ea í ar thaitin comhluadar léi is nár thuig an dúil a bhí ag Berry ina chuideachta aonarach féin.

"Ní maith leat daoine, John," ar sise leis seal roimh an aistriú siar.

"Ní bhraithimse chomh huireasach sin go mbíonn cuideachta shóisialta de dhíobháil orm an t-am ar fad. Is fearr liom cibé am saor a bhíonn agam a chaitheamh ag plé le mo chuid taighde is le mo chuid scríbhneoireachta."

"Cad fúmsa? An bhfuil mé ag cur isteach ar do chuid oibre?"

"Níl. Tá a fhios agat nach bhfuil."

"Is minic a mhothaím gurbh fhearr leat a bheith asat féin athuair."

B'iomaí uair a mhothaigh sé sin, ceart go leor, is a mhothaigh doicheallach roimh an bhean seo a bhí i ndiaidh seilbh a ghlacadh ar a thearmann cois locha. Ag an am céanna, bhí Berry sách géarchúiseach gur thuig sé go raibh Lynn de dhíth air. Mar a d'éirigh a shaol ní ba chúinge is ní ba dhoilbhe, ba cheangal, ba shnáithe í leis an saol mór amuigh, is cosaint ab ea í ar an té istigh ann féin. Ba riachtanas anois dó í is b'fhuath leis sin.

"Cheap mé i bhfad siar," ar sise leis ar ócáid eile, "gur thuig mé thú. Ní thuigim."

"Cad a chiallaíonn sé sin?"

"Nuair a d'fheicinn thú sa chlinic, bhíteá chomh lách gealgháireach sin. An bhfuil a fhios agat cad a deireadh Trish, an rúnaí, le Kelly, mo chúntóir, nuair a d'fheiceadh sí go raibh tú ar liosta na n-othar? 'Beidh an tOllamh Tothlaitheach istigh inniu.' Agus mhaíodh Kelly: 'Ó, ba mhian liom an tOllamh *Testosterone* a thógáil abhaile liom don deireadh seachtaine!' Bhí an dís sin an-cheanúil ort."

"An tOllamh *Testosterone*!"

"Bhí Kelly i ndiaidh cuntas a chluinstin ar do ghaiscí seachacadúla."

"Níor chuir an cuntas sin as duitse?"

"Níor chuir. Níor pháiste saonta mé. Cén bhrí ach, sna laethanta sin nuair a thagtá isteach, bhíteá chomh binnbhéalach sin. Is doiligh dom an chuimhne sin a réiteach leis an duine duairc dúnárasach a fheicim os mo chomhair anois."

"Más buan mo chuimhne, bhínn tostach go leor agus mé istigh leat."

"Tostach go leor a bhíonn tromlach mo chuid othar agus snáthaidí is druilire leictreach sáite ina bpluc agam! Nílim ag caint ar an ghnáth-thost. An rud a chuireann as dom go bhfeictear dom go minic go bhfuil fearg nó frustrachas taobh thiar den tost sin."

Murarbh é cinneadh Lynn é aistriú amach go dtí an loch, ba é rogha an dá dhíogha é ó chuir *Gion!* giorria Marjorie Benjamin ina shuí. Mheathlaigh sláinte Berry tar éis dó an ollscoil a fhágáil. Bhí an tseirbhe á chreimeadh. Bhí patrún a chuid codlata réabtha. Bhí pianta sna matáin agus sna hailt aige. Bhuail taomanna anbhá é. Má rinne a dhochtúir seiceáil air is sheol Berry chuig an ospidéal go ndéanfaí achan teist ó scagadh fola go scanadh inchinne air, ba í an bhreith oifigiúil í nach raibh a dhath contráilte leis go fisiciúil.

Mí i ndiaidh na scrúduithe, bhí Berry ar ais ag an dochtúir. Ní raibh sé ar a sheanléim go fóill, ar seisean leis an lia. Bhí sé nimhneach ó bhaithis go bonn. Bhí a chuid matán frithir athuair. Bhí a thuilleadh teisteanna de dhíth air.

"John, ní haon chuid de mo ghnó é, ach bhuel, cloisimse rudaí anseo is ansiúd," arsa an dochtúir. "Imrím scuais le roinnt daoine ó Roinn na Míochaine thuas san ollscoil . . . Féach, de réir na gcairteacha seo uilig, níl aon rud fisiciúil cearr leat. Is é m'fháthmheas é go bhfuil tú faoi bhrú ach nach bhfuil a dhath ort nach leigheasfadh coicís saor ó strus in Hawaii."

"Tá tú ag rá gur gearáin shíceasómatacha iad seo."

"B'fhearr liom an téarma sin a sheachaint, John. Níl mé ach ag rá go gcaithfidh an brú síothlú amach bealach amháin nó bealach eile. Freagraítear don strus ar shlite éagsúla. Is leor do roinnt daoine suí síos is labhairt lena gcéilí pósta, lena gcairde, lena ministir, lena ndéithe, lena mbansuathaire i monarcha leathair, lena síceolaithe. Táthar ann, dála an scéil, a d'áiteodh gur beag difríocht atá idir an péire deireanach."

"Tá difríocht amháin ann – scriúálann an dara dream i gceart thú!"

"Táthar ann, mo dhála féin, a ídíonn a gcuid foréigin ar mheall beag leathair – de shaghas eile – i gcúirt scuaise. Is táthar ann a fhéachann leis an straidhn sin a bhrú faoi chois."

"Mise atá i gceist agat, is dócha?"

"Is in ainneoin a ndíchill, sárófar iad ag an straidhn sin is tiocfaidh tinneas orthu. Níor chuimhnigh tú riamh ar chlárú i gcúrsa *Yoga*? Deirtear go bhfuil an stuif nua-aoiseach sin thar barr chun déileáil leis an bhrú. Ach gan é a bheith chomh suaimhneach le lámhchuimilt ó bhansuathaire i bpálás na lasc is na bhfuipeanna, gan dabht."

Ar ndóigh, bhí teistiméireacht Marjorie ón saol eile i ndiaidh neart straidhne a chur ar an phósadh. Ghoill sé ar Lynn go raibh sí féin – is na comharsana, a cairde, a tuismitheoirí, a gaolta is a cuid othar – in ann na mionsonraí síolsmeartha a léamh in *Gion!* Ba mheasa é, ar sise, nach bpléifeadh Berry léi an dóigh a raibh an phoiblíocht, an chonspóid is an ruaille buaille san ollscoil, agus an luathscor a lean iad ag dul i bhfeidhm air. In ionad ligean di cuidiú leis teacht chun réitigh lenar tharla, bhí sé chomh druidte le mórgheataí Fort Knox. Is maidir leis an atmaisféar sa teach ó bhí sé sa bhaile go lánaimseartha, ar sise, bhí sé chomh gruama coilgneach sin gur leasc léi filleadh abhaile tar éis lá oibre.

Faill le héalú ó dhoghrainn is ó dhoilíos eachtraí na hollscoile ab ea an cinneadh an teach in Calgary a dhíol is déanamh ar an Okanagan. De réir na fianaise, bhí Lynn i ndiaidh socrú síos anseo. Laistigh d'achar gairid bhí ciorcal scóipiúil cairde ag Lynn a chuir alltacht ar Berry. Ba bheag aithne a bhí aigesean ar mhuintir an locha, gan trácht ar phobal Winston, in ainneoin a chuid blianta sa cheantar.

Bhí feabhas i ndiaidh teacht ar shláinte Berry ó shin. Níor díbríodh na pianta ná na hionsaithe anbhá go hiomlán – d'fhilleadar, mar a d'fhill an tinneas goile anocht, agus é faoi bhrú – ach tríd is tríd, níor bhraith sé chomh duairc diardanach is a bhraith sé sna laethanta deireanacha in Calgary. Agus bhí sé breá sásta a bheith réidh leis an chathair sin.

'Cad é mar a aithnítear fear ó Alberta?' 'Eisean an boc a bhfuil cúig raidhfil ar crochadh ó ráca chúlfhuinneog a thrucaile aige.' Ní raibh lomchlár, lomchnámh is lomlár na fírinne sa scéal seo a dhearbhódh is a dhaingneodh staitisticí stalctha, b'fhéidir, ach bhí fírinne na físe is na braistinte ann. In ainneoin an airgid, an ghustail, na sofaisticiúlachta, na bréagshofaisticiúlachta is na gCluichí Oilimpeacha bhí rud éigin fiáin ag roinnt le Calgary, dar le Berry. Níorbh ón Iarthar ó dhúchas dó. Más in Stewiacke, Alba Nua, baile beag intíre "leath bealaigh go díreach idir Crios na Cruinne agus an Mol Thuaidh" a rugadh é, tógadh agus oileadh in Halifax ar imeall an Aigéin Atlantaigh é. Agus cairt na bunchéime ó Ollscoil Dalhousie faoina ascaill aige, tháinig sé anoir chun glacadh le scoláireacht iarchéime is d'fhan. B'iomaí uair ó shin a mheabhraigh sé ar fhilleadh ar Halifax. Chuir sé isteach ar dhornán jabanna in ollscoileanna ann i gcaitheamh na mblianta ach i ndiaidh bhás a mháthar is a athar laistigh de thréimhse ghairid, thuig sé nach bhfillfeadh sé go deo arís.

Rinne Lynn gáire lá, tar éis dó a mhaíomh go mbraithfeadh sé ina choimhthíoch ina cheantar dúchais anois.

"Nach mar sin atá tú anseo? Nach mar sin a bheifeá, ba chuma cá mbeadh cónaí ort, John? Maireann tusa i do shaol beag féin is tú beag beann ar a bhfuil ar siúl lasmuigh. Calgary, Halifax, cois locha, an Ghealach, ba chuma duitse."

Ba dheacair aithis Lynn a shéanadh go hiomlán. Más mar sin a bhí, ní raibh Berry dall ar dhálaí na cathrach móire a raibh leathchuid dá shaol caite aige ann. De réir dhaonáireamh 1891 bhí níos lú ná ceithre mhíle duine ina gcónaí in Calgary; céad bliain ina dhiaidh sin, bhí breis is 600,000 ann. Níorbh fhás aon oíche é sin go háirithe nuair a cuireadh i gcomparáid le fás a mhacasamhla, Dallas is Houston, sna Stáit Aontaithe é, ach bhí sé scanrúil fós. Áit a bhí ina féarthailte ar a ritheadh tréada fiabhuabhall corradh le céad bliain roimhe sin, bhí sí clúdaithe le tithíocht is le mótarbhealaí anois. Ní fheicfí buabhall na laethanta seo ach i bpáirceanna rialtais nó ar an bhiachlár i bproinntithe. Úr – más marfach – a bhí loirg is rianta an chine ghil ar fhearann is ar stair Iarthar Cheanada.

Ó leag Berry cos ar an talamh sin, tógadh neart tithe spéire ar chomharthaí feiceálacha iad den ionnús a ghin na táinte is an ola in Calgary. Forbraíodh ollionaid siopadóireachta is eagraíodh féilte idirnáisiúnta, agus 'Táinrith' an tsamhraidh ar an cheann ba chlúití díobh. Fós – agus thuig Berry gurbh fhéidir nach ndearbhódh na staitisticí fuara é seo ach oiread – bhí meon is atmaisféar bhaile imeallchríche de chuid an Iarthair Fhiáin ag baint leis an áit. Chuir sé i gcuimhne dó na scannáin is na leabhair a bhí feicthe is léite aige faoi champaí na sirtheoirí óir sa Klondyke ag deireadh na haoise roimhe sin, campaí ina mbíodh daoine ag teacht is ag imeacht de shíor is gan seans acu nó fonn orthu fréamhacha buana a chur síos.

Pearsantú défhiúsach ar an mheon duthain sin ab ea Benedict Bohdanowicz, deartháir Lynn. Ailtire ab ea é a raibh comhlacht mór dá chuid féin aige. Lena chois sin, ball a bhí ann de choiste cathrach a leag amach straitéis le haghaidh fhorbairt fhadtéarmach lár na cathrach agus a raibh mar chúram air an séala oifigiúil a chur ar gach scéim tógála ann. B'annamh a chonaic Berry Benedict na laethanta seo, ach bhíodh neart díospóireachtaí bríomhara idir an bheirt acu faoi cheist fhorbairt Calgary. Thaitin Benedict is na cainteanna le Berry i gcónaí, mar má ba ghráin leis lé a chleamhnaí leis an chaipitleachas gan gheimhle, leis an chreideamh daingean i measc bhoic is bharúin mhóra Alberta nár cheart don Rialtas cur isteach ar shaothrú an airgid, rinne Benedict cosaint bheoga ar a thuairimí féin. Agus bhí acmhainn grinn aige.

"Ní thuigim thusa is do leithéid, Benedict," arsa Berry. "Tógann sibh áras breá dea-thógtha a sheasann ar feadh leathscór bliain. Ansin tarraingíonn sibh anuas é chun coimpléasc den fhaisean is nua-aimseartha a shuiteáil ina ionad."

"Nach eol duit, John, go bhfuil mise agus mo leithéid ag fáil fostaíochta óna leithéid," ar seisean go magúil. "Nach leor sin mar mhíniúchán?"

"I ndáiríre, ní thuigim é. A thúisce is a théann an faisean áirithe ailtireachta sin i ndíblíocht, cuireann sibh fios ar an fhoireann craenach chun an foirgneamh a leagan."

"Nach comhartha soiléir é seo go bhfuil muintir Calgary ag streachailt i dtreo na foirfeachta?"

"Cuir uait, Benedict. Nach léiriú ar choimpléasc ísleachta é seo? Áit nach bhfuil ársaíocht ná fréamhacha na hEorpa – ná chósta thoir Mheiriceá Thuaidh, fiú amháin – aici ag féachaint le sofaisticiúlacht a cheannach a chumhródh is a chlúdódh cac daonna, óirthí, bualtrach, buarán, scaoing is steámar an champa oibre."

"Nach trua nach bhfostaíonn lucht turasóireachta na cathrach thú," a d'fhreagair Benedict agus é ag gáire, "chun stair Calgary a scríobh."

"Cloisim go bhfuil tusa ag caint ar bhogadh go Edmonton," arsa Berry. "Nach ndearbhaíonn sin a bhfuil á rá agam faoin easpa fréamhacha anseo. Níl go leor muiníne agatsa, an té a thóg an áit mhallaithe, aisti le fanacht anseo."

"An tsuáilce – is an duáilce – a bhaineas leis an rud sin a dtugtar 'an caipitileachas gan gheimhle' air, go mbíonn rud ag athrú de shíor. Sa dóigh sin, luíonn sé leis an fhealsúnacht go n-imeoinn."

Ar shlí eile, mar a d'admhódh Benedict go hoscailte, cúrsaí praiticiúla eacnamaíochta faoi deara mheon duthain seo an champa. Bhí saibhreas Calgary bunaithe ar an ola. Ó céadadhradh fíordhia an óir dhuibh gona mhíorúiltí geilleagair, baineadh na boinn ó chreideamh an dea-phobail cúpla babhta nuair a chonacthas na déithe bréagacha lena bhfiothnaise ag soláthar poll ola gan ghrinneall gan trá do na hArabaigh ainchreidmheacha. Thréig an dea-phobal ina ruibhní an teampall gur fhill a luaithe is a bhraitheadar lámh an uachtair a bheith ag a ndia athuair. Ach coinníodh málaí is cásanna pacáilte is trucailí lán le peitreal ar eagla na chéad teipe eile.

Níorbh earráidí ar bith na meafair reiligiúnacha seo. Mar a shamhlófaí misinéirí dúthrachtacha ag maoscal is ag sraonadh leo trí chlábar na gcampaí oibre, is iad ag tathant ar na taiscéalaithe diúltú do pheacaí na colainne, gan a bpéasáin a líonadh le peicín is a gcéadfaí a mhúchadh le pléisiúir shaolta, thuig Berry go raibh na táthchodanna céanna le feiceáil in Calgary a linne.

Gan aon agó, bhí na misinéirí ann go fóill. Má ba í an chléir Chaitliceach – na hOblátaigh Fhrancacha go háirithe – a scaip síolta na Críostaíochta in Iarthar Cheanada san aois seo caite, ba iad na ministrí Protastúnacha ó na heaglaisí bunaidh a bhí ag baint an fhómhair i measc na sirtheoirí nua, barúin na hola is an eallaigh. Áit a mbíodh dhá cheann contrárthachta tráth den saol, bhí comhshocrú mínaofa idir an Chríostaíocht bhunaidh is toicithe na Saorfhiontraíochta. Déanta na fírinne, eite den ghluaiseacht sin ab ea na heaglaisí seo in Alberta. Is cé gurbh í Edmonton – 'Redmonton' mar a thug Benedict go fonóideach ar lárionad seo an 'Chumannachais' – príomhchathair an phroibhinse, ba iad lucht an chomhshocraithe lonnaithe in Calgary a bhí i ndiaidh Alberta a stiúradh is a rialú le cúpla glúin anuas.

"Rugadh agus tógadh mar Chaitliceach thusa agus Lynn," arsa Berry le Benedict lá. "Ach téann tusa is do theaghlach go seirbhísí i gceann de na heaglaisí bunaidh Protastúnacha sin."

Den chéad uair riamh, mhothaigh Berry nár chompordach le deartháir a chéile an comhrá. Mar choimhthíoch, an rud ab aistí le Berry go raibh daoine ann go fóill a bhreathnaigh ar chleachtadh an reiligiúin mar eachtra thábhachtach phoiblí. Ní hé amháin gurbh fhada anois ó chleacht seisean a dhath, níor chuid oscailte de shaol Cheanada anois ceisteanna creidimh. Bhí an tsaoirse ag duine a rogha rud nó gan aon rud a chleachtadh. Sochaí thuata ab ea an Ceanada nua. Má bhí dia ar bith ann, ba é an dollar é, dar leis an tromlach – an dollar Meiriceánach in Québec.

B'fhollas nach raibh ó Benedict leanúint leis an chomhrá. Ach nuair a chuir Berry a thuilleadh ceisteanna air, chas sé thart go sciobtha.

"Nuair a tháinig mé ar ais ón ollscoil scór bliain ó shin is d'fhéach le mo chomhlacht féin a bhunú, an bhfuil a fhios agat cad a tharla? Chuaigh mé chuig banc amháin agus mhínigh cad a bhí uaim. 'Bohdanowicz,' arsa an bainisteoir. 'Ón Pholainn? . . . Nach sloinne Giúdach é sin?' 'Ní hea,' arsa mise agus imní orm go raibh an fear laofa i gcoinne na nGiúdach. 'Is sloinne Caitliceach é . . . Polannaigh Chaitliceacha mo mhuintir.' 'Ba mhó seans a bheadh agat iasacht a fháil dá mba Ghiúdach thú,' ar seisean agus é ag dúnadh a chomhaid is ag éirí óna chathaoir bhog."

"Tá an fáthscéal sin róchasta dom, Benedict," arsa Berry. "An é gur Ghiúdach an bainisteoir bainc nó gur ghráin leis Caitlicigh níos mó ná Giúdaigh?"

"Is cuma cé acu. An teagasc soiléir a bhí ann domsa san am nach rachainn ar aghaidh sa saol mura mbeinn sásta a thaispeáint gur dhuine acu féin ar an taobh istigh mé."

"Ní tharlódh a leithéid anois, go hoscailte, cibé ar bith."

"Is ea, ós rud é gur fear mór mé anois, b'fhéidir gur mithid dom filleadh ar mo chuid fréamhacha tuata is reiligiúnda," arsa Benedict go searbhánta.

Má chreid Benedict gur ghá luachanna bharúin na cumhachta a tharraingt chuige chun céim suas a thabhairt sa saol gnó, thuig Berry gur fhág a chuid gníomhartha neamhshocair é. Bhí aithne ag Berry ar dhaoine eile ón chúlra céanna le Benedict a shlog ina n-iomláine prionsabail an chaipitleachais is an bhrabaigh gan gheimhle agus nach mbeadh an mheabhair chinn acu choíche a bhunús a cheistiú. Róchliste a bhí deartháir a chéile, dar le Berry, le creidbheáil go dlúth sa mheon gur ghá gach aon chonstaic a leagan, a mhilleadh is a threascairt ar son aon phrionsabail.

Mar an gcéanna, thuig Berry nach raibh pobal uile Alberta nó Calgary féin chomh haonghnéitheach nó chomh haondathach is a creideadh ar an taobh amuigh. Nach raibh céatadán níb airde páistí i scoileanna lán-Fhraincise sa phroibhinse sin ná in aon cheann eile taobh amuigh de Québec? Nárbh as Calgary do Lynn, a bhreathnaigh uirthi féin mar ghníomhaí sóisialta — aicme sa chathair sin, ba ghá a admháil, a bhí chomh folláin leis na dineasáir in iarsmalann Drumheller. Ní raibh an aimsir thoir in Calgary chomh haondathach sin fiú — ón *Chinook*, an ghaoth bhog the a tháinig thar na Rockies aniar ón Aigéan Ciúin i ndúlaíocht an gheimhridh go síobadh síofrúil sneachta i lár Mhí Lúnasa.

Dheamhan dúil a bhí ag Berry in eagraíochtaí polaitíochta nó i bpolaiteoirí riamh. Sna blianta san ollscoil, d'fhan sé amach ón mhionpholaitíocht ach amháin nuair a bhí air a fhód a chosaint. Níor thuig sé na comhghleacaithe sin a chuir isteach ar phoist riaracháin san ollscoil. Bhí teipthe orthu mar mhúinteoirí is mar scoláirí is ní raibh fágtha dóibh ach oifigí sósáilte na riarthóirí ar an phríomhdhorchla, a deireadh sé leis féin go searbhasach.

'Cad í an difríocht idir speirm síl is dlíodóir?' 'Tá seans sa mhilliún ann go ndéanfaí duine den speirm?' Ba iad na dlíodóirí a rinne gníomhaí sóisialta de Lynn. D'airigh sí ar feadh i bhfad go raibh an té a bhí ag déileáil lena colscaradh maolchúiseach; i ndáiríre, rógaire gadaí ab ea é. Faoin am ar rugadh amuigh air, bhí sé i ndiaidh costais bhréige $10,000 a chur uirthi. Bhí slám cliant eile thíos leis an chaimiléireacht seo fosta. De réir an ráfla ba dhéanaí, bhí an dlíodóir ina chónaí le hElvis in Nua-Mheicsiceo. Ba mhó an seans a bhí ann go n-eiseachadfaí an Rí go Ceanada ná go bhfeicfí an dlíodóir is an chreach sna bólaí seo athuair.

Sa dóigh chéanna is a d'fhéach sí lena liostáil in imeachtaí sóisialta, d'fhéach Lynn le Berry a earcú in eagraíochtaí polaitíochta: mar shampla, 'Saoránaigh Chásmhara i gCoinne Dlíodóirí Cama' is 'Sibhialtaigh Scaollmhara i gCoinne Gunnaí' – nó 'Sianaithe Siabhránacha ar son Murdaróirí, Éigneoirí, Andaoine Claonta is Andúiligh Drúgaí', mar a bhaist an t-ionadaí logánta de Chumann Úinéirí na Raidhfilí orthu.

"John, tá tusa i ndiaidh taighde a dhéanamh ar an dúnmharú," arsa sise le Berry go díocasach. "Is maith a thuigeann tú an nasc díreach atá idir líon na ngunnaí is líon na gcorpán. Má labhraíonn tú, éistfear leat."

Níor leor sin lena mhealladh is thriail Lynn seift eile.

"Dá labhrófá ar an dóigh ar scrios an foréigean is an dúnmharú do theaghlach i bhfad siar, dhéanfadh sin leas an phobail, gan dabht ar bith."

"Ní raibh mo mhuintir chomh sibhialta is a bhítear inniu. Ní raidhfil uasoibritheach ach casúr a úsáideadh thall," a d'fhreagair sé go dorrga. Bhí a shaol mar agóideoir poiblí is mar bholscaire polaitíochta chomh neamhbhuan is a bhí mar rinceoir cearnach.

Ní raibh sa pholaitíocht ach ceann de na difríochtaí idir é is Lynn. B'éasca neamhiontas a dhéanamh díobh fad is a bhí saol gnóthach lasmuigh den teach ag an dís acu in Calgary, fad is a bhí clann Lynn is an ghraith a ghinidís ann chun an folús a líonadh. Anseo ag an loch ní raibh ach an bheirt acu. Thiomáineadh sise go Winston go moch gach maidin, agus bhíodh an lá aige lena rogha rud a dhéanamh. Bheadh an dinnéar faoi réir aige faoina bhfillfeadh sí san ardtráthnóna, mura mbeadh cruinniú aici nó mura mbeadh sí ag meilt cúpla uair an chloig le cairde sa bhaile mór. Ba é sin a ngnáthamh is níor réabadh é ach amháin ar fhéilte mar seo nuair a thagadh na mic nó an chorruair a thagadh máthair Lynn ar cuairt.

B'fhada ó chailleadar cibé dlúthchaidreamh a bhíodh eatarthu ar dtús. Bás is aiséirí Marjorie faoi deara sin, ba dhócha. Sheas Lynn leis ach b'fhollas nár thaitin ar léigh sí léi is gur cothaíodh síolta an amhrais inti. Agus iad amuigh anseo go lánaimseartha, cheap sé go raibh feabhas ag teacht ar chúrsaí ach níorbh fhada gur leath brat an tosta athuair.

Ba mhór an t-athrú an tost seo óna laethanta tosaigh le chéile in Calgary nuair a d'áitíodh Lynn air labhairt faoina óige is faoina mhuintir.

"Tá an scéal uilig agat cheana," ar seisean. "Tá mo thuismitheoirí marbh. Ba mise an t-aon ghearrcach sa nead. Cad eile is féidir liom a rá?"

"Ar bhraith tú uaitse riamh nach raibh deartháireacha nó deirfiúracha agat?"

"Níor bhraith. Is tá súil agam nach bhfuil tú ag gabháil a mhaíomh gurb é sin faoi deara mo chuid aistíle."

"Blianta fada na baitsiléireachta faoi deara sin, a déarfainn, John," ar sise go tur. "Cad chuige nár phós tú i bhfad siar?"

"Ní chreidfeá mé dá dtabharfainn an leabhar gur ghlac mé le móid na haontumha."

"Chreidfinn gur ghlac ar charn mór Bíoblaí. Ach nár chloígh tú léi. Ach cuirim i gcás agus tú sna fichidí is tú i ndiaidh do chuid taighde a chríochnú, nár smaoinigh tú ar phósadh is ar shocrú síos?"

"Tugaim an leabhar nár smaoinigh. Tusa an chéad duine ar chuir mé ceiliúr pósta uirthi."

"Cén fáth ar chuir tú ceiliúr pósta ormsa mar sin?"

"Tuigeann tú féin cén fáth. D'éirigh mé ceanúil ort."

"Ceanúil? Éiríonn tú ceanúil ar chat! Cad faoin ghrá?"

"Is ea, thit mé i ngrá leat."

Lá eile agus leagan eile den chomhrá céanna ar siúl acu, dúirt sé:

"Phós mé thú, Lynn, as siocair nach acadamhaí thú. Is leor gráinneog cholgach amháin faoi fhraitheacha an tí seo." Sin chomh deas is a tháinig sé don fhírinne riamh.

Ceist amháin nár fhreagair Lynn go sásúil riamh, dar le Berry: cad chuige ar phós sise eisean? Is bhí an dara ceist chomhcheangailte aige: cad chuige ar fhan sí leis ó shin? Labhair sise faoin ghrá. Cibé rud é sin, ar seisean leis féin. Bhí an saobhghrá ann. Is an drúis. Is bhí an dílseacht ann, a thuig sé. B'fhéidir gur choinnigh an ceann deireanach leis í, tar éis don phéire eile fuarú. Ní raibh seisean de dhíth uirthi ar aon bhealach eacnamaíoch. Nach raibh teacht isteach ní ba mhó ag fiaclóirí ná ag dochtúirí nó ag dlíodóirí? An freagra ab inchreidte leis féin go raibh ionchais is dúil Lynn as an phósadh chomh híseal sin i ndiaidh a céad iarrachta. Tar éis duit blianta a chaitheamh le fear a bhatrálann go síceolaíoch thú, caithfidh gur cúis faoisimh duit é nach ndéanann an chéad fhear eile a dhath níos cruálaí ná neamhshuim a dhéanamh ionat.

Dhúisigh an chogarnach ag an doras Berry óna chuid marana. Osclaíodh an doras agus chonaic sé na fíoracha.

"Beidh na buachaillí ag imeacht le fáinne an lae, John."

Shiúil Dwight thar thairseach an tseomra is mhothaigh Berry Lynn ag iarraidh Duane a bhrú isteach. Ar feadh meandair, bhí Berry chun éirí is trasnú chucu. Ina ionad sin, ní dúirt sé ach:

"Slán abhaile amárach. Oíche mhaith anois."

Chúlaigh Dwight go maolchluasach gan a dhath a rá is dhruid an doras go cúramach. Nuair a chuir Berry an ríomhaire faoi shiúl, bhrúigh sé faoi chois an frídín smaointe go raibh tuaiplis déanta aige.

* * * *

Bhí sé ag meabhrú ar úrscéal a scríobh ar feadh tamaill i ndiaidh dó glacadh leis an luathscor. Úrscéal campais a bheadh ann a cheadódh dó an racht feirge a ligean amach. Gníomh díoltais a bheadh ann fosta a dhamnódh iad siúd a d'fheall air. (Níorbh fhada gur aithin Berry na cosúlachtaí a bhí idir é féin is Marjorie. Ach fíoríobartach ab ea eisean, ar seisean leis féin go ceartaiseach.)

Bhí sé tar éis cnámhscéal de shaghas a bhreacadh síos: an léachtóir óg a thagann ar an ollscoil i gcathair mhór áirithe in Iarthar Cheanada; b'fhearr dá mba choigríochach é mar b'fhusa plé a dhéanamh ar amadántacht is ar bhréagshaíocht an tsaoil acadúil dá bhfeicfí achan rud trí shúile saonta eachtrannaigh; mar sin, *Berber* ab ea an fear óg; am éigin i gcaitheamh na bliana, cuirtear ina leith go ndearna sé gnéaschiapáil ghránna ar ógscoláire mná (*Pasáiste go hAlberta* an chéad teideal ar ar smaoinigh Berry le haghaidh a leabhair); bheadh na hagóidí ranga ann, cuntais sa phreas, an chúirt airm. Ar ndóigh, i scéal mar seo ba é croí na ceiste é an féidir eachtrannach a dhaoradh mura bhfuil a thuiscint mhorálta, chultúrtha, pholaitiúil ag réiteach lena bhfuil ceadaithe sa tír nua. Thuig Berry ón tús go gcaithfeadh sé a bheith ar a airdeall ar an chiníochas mar bhí sé chomh héasca sin géilleadh do characatúr an Arabaigh shalaigh bhradaigh dhrabhlásaigh is a ghéill an pobal do characatúr an Indiaigh Dheirg. Ag an am céanna, bheadh an phríomhphearsa bunaithe go dílis ar Lahsan, an t-aon Mharacóch a raibh aithne ag Berry air. Léachtóir le Béarla ab ea é a chaith trí bliana san ollscoil is a thabhaigh clú buan dó féin i measc na rúnaithe mar gheall ar a ghealgháire gabhálach is ar nós dá chuid: dá gcluinfeadh sé go raibh fear dhuine ar bith acu as baile, mhaífeadh Lahsan go mbeadh sé féin ar fáil dá mbeadh 'seirbhíseáil bheag' de dhíobháil ar an bhean. Bhraith na rúnaithe garúlacht is aoibh gháire Lahsan uathu nuair a bhí air teitheadh ar ais go Maracó mar bhí comhlachtaí cártaí creidmheasa is bailitheoir cánach Cheanada ag teannadh go crua air.

Ina theannta sin, bhí neart staróg den saghas a bhíonn ag éinne a chaith seal i bhfáschoill na hacadúlachta i dtaisce ag Berry. Mar shampla:

AN MEAMRAM AB AIFÉISÍ DÁR SCAIPEADH RIAMH:
"Ionad an Ghléasra: Tá gearán faighte againn ón fhoireann ghlantacháin go bhfuiltear i ndiaidh teacht ar bholadh is ar gheolbhaigh éisc i seomra fótachóipeála BZ 146. Cuirimid in iúl don Dámh athuair nach ceadmhach iasc a fhótachóipeáil."

Gan dabht, bheadh sárú cóipchirt i gceist ann. Is dála an scéil, níor dheacair a thuiscint anois cad é mar a rinneadh míorúilt na mbuilíní is na n-iasc. Chuir Críost fios ar *Canon*.

AN LEITHSCÉAL BA CHRUTHAITHÍ DÁ BHFUARTHAS Ó MHAC LÉINN: "A Ollaimh, tá aiféala orm nach raibh mé i láthair ag an scrúdú arú inné. Chuaigh córas leictreachais an chairr trí thine agus mé ar mo bhealach chun na hollscoile. Dóbair go ndearnadh tósta díom. Loisceadh mo mhadra. Lena chois sin, briseadh as mo phost páirtaimseartha mé an lá céanna. An oíche sin ghlaoigh an cailín a bhfuil mé ag siúl amach léi, ghlaoigh sí orm le rá go bhfuil sí ag iompar clainne. Le gach dea-ghuí . . . I S. Bhí dearmad déanta agam ar an árachas tionóisce gluaisteáin a athnuachan."

AN BHLIAIN SHABÓIDEACH BA THAIRBHÍ DÁR CHAITH BALL DEN DÁMH: Bhunaigh Scott Burnett ó Roinn na Bainisteoireachta '*Sister Susie's* – Siopa do Dhaoine Fásta' i gcaitheamh na bliana sin. Airgead póca ab ea a thuarastal ollscoile ó shin mar bhí cúig shiopa dá leithéid sa chathair anois ag an deisceabal seo de chuid na Saorfhiontraíochta. Sé cinn a bheadh aige murach gur chuir Bord na nGobharnóirí suas dá iarratas ar cheann a oscailt i spórtlann na hollscoile. Ba é sin AN tAON CHINNEADH FRITHCHAIPITLÍOCH DÁ NDEARNA AN BORD CÉANNA RIAMH.

AN CLEAS BA NÁIRÍ DÁR IMRÍODH AR IARRTHÓIR POIST: Ógscoláire Gearmáinise ar iarradh air mar mhír den agallamh athscríobh a dhéanamh ar chomhrá ar téip. Míníodh dó gur canúint Ghearmáinise ó Thír an Airgid a bhí inti. Fágadh é is an téipthaifeadán i seomra ar feadh uaire. In ainneoin a chuid mionn, urnaithe is allas fola, dheamhan ciall a bhain sé as an ghibiris gharg. Ní nach ionadh, ó shocraigh an ceann Roinne, nár thaitin polaitíocht an ógfhir leis, go bhfaigheadh an t-iarrthóir blúire a ataifeadadh is é ag gluaiseacht sa treo tuathail. Blianta ní ba dhéanaí, is an t-ógscoláire ina cheann roinne in ollscoil eile, bhí seisean ag baint earraíochta as an chleas céanna. Má bhí airsean fulaingt, ar seisean, ní raibh sé chun úillín óir a dhéanamh den aos óg.

Ansin bhí Dorothy, bean Thiuc-Tiuc, ann – 'Imelda' an leasainm a ghreamaigh di – a thabharfadh an svae léi in aon chomórtas glan le bean chéile Marcos . . . Agus cad faoi Gavin O. Dadson – nó GOD mar ab fhearr aithne air – a bhí ina dhioscajacaí raidió sula ndearnadh stiúrthóir poiblíochta na hollscoile de. Ar an drochuair, níor fhág sé a sheanchleasanna craolta adhmhaidine ina dhiaidh sa stiúideo. "Maidin Dé Luain," a d'fhógródh meamram tipiciúil dá chuid, "beidh comórtas speisialta againn do Dhámh na nEalaíon!! An chéad ollamh a chuireann glaoch ar an oifig seo agamsa, beidh seans aige/aici muga is T-léine a ghnóthú!!" Míorúilt a bheadh ann mura gcéasfadh duine éigin GOD lá de na laethanta seo.

Gan teorainn a bhí na pearsana is na heachtraí, faoi mar a thuig Berry. Chaith sé dalladh ama ag athléamh úrscéalta ollscoile ó *The Affair* le C. P. Snow i leith. Tháinig sé ar cheann nua a bhí ag Lynn, mar atá *The Secret History* le Donna Tartt, leabhar a bhí trí chéad leathanach rófhada is ina raibh an t–údar ar a dícheall a tuiscint don léann ársa is don chur amach a bhí aici ar an fhaisean ba nua-aimseartha a phoibliú. Sin rud amháin a raibh an dearg-ghráin ag Berry air, go mbeadh aon údar sásta dul ag ransú phainteon na scríbhneoirí cáiliúla le cur in iúl don léitheoir go raibh dúshraith láidir léinn faoina chuid brille bhreaille. Ar ndóigh, ar a shon go raibh Berry anois ag meabhrú ar Arthur Koestler is ar a aoir ar an lucht eolaíochta, *The Call Girls* – nach teideal breá é sin d'úrscéal ollscoile? – ní admhódh sé go deo go raibh cleas den saghas céanna ar siúl aige féin.

Bhí sé réidh le tosú ar a leabhar. Ach níor scríobh sé an saothar, agus thuig sé anois nach scríobhfadh choíche. A thúisce is a chaolaigh sé leis ó Calgary, d'fhuaraigh an toil ann le tabhairt faoin obair murar fhuaraigh sé féin san fhearg ba bhunús leis riamh. Cad ab fhiú úrscéal campais eile, gné liteartha a bhí stalctha tnáite le glúin anuas? Níorbh fhiú muga cluasbhriste de chuid GOD é. Cur amú ama is fuinnimh a bheadh in aon iarracht dá leithéid. Ina theannta sin, in ainneoin na seirbhe, ba é an t-oideachas is an córas oideachais an t-aon rud ar chreid sé ann i gcaitheamh na mblianta. Cé gur loiceadh air, ní fhéadfadh sé droim láimhe a thabhairt leo go huile is go hiomlán. Nó ní thabharfadh sé ábhar follúnaithe do na Barbaraigh amuigh ag geataí an teampaill is do na Filistínigh istigh ar urlár na riarthóirí a bhí naimhdeach leis an tsaoithiúlacht agus a d'úsáidfeadh a leabhar chun ionsaí a dhéanamh ar ghairm uasal.

Bhí an teanntaíocht taighde caite aige faoin am seo. Ghin an t-airgead cúpla mionalt, páipéar comhdhála nó dhó is go leor tuarascálacha cuntais leis an ghníomhaíocht mhaoinithe a choinneáil sásta. Déanta na fírinne, chomh marbh le Marlowe a bhí spéis Berry sna drámadóirí Eilíseacha. Ba thionscnamh an taighde ar Kyd a shíolraigh ó thráchtas dochtúireachta Berry ar 'Mhodhanna an Dúnmharaithe ar an Stáitse Eilíseach: Staidéar Comparáideach Anailíseach.' Ba leor a rá faoi sin anois go raibh geall le bheith an oiread modhanna is a bhí dúnmharuithe ann! Agus é ag labhairt le

Cecile Dupuis seal i ndiaidh an chruinnithe leis an Choiste Smachtaithe i bhfad siar, luaigh Berry go háilteortha go raibh sé ag obair ar alt dar teideal 'Slí is Fiche le hAndrea a dhúnmharú.' "Cé hí Andrea?" ar sise. "Scoláire mná eile a raibh tú mór léi?" Las aghaidh Cecile tar éis di a chluinstin gur phearsa fir in *The Spanish Tragedy* é.

Le díocas a d'ísligh Berry an brat ar ardán an Téatair Eilísigh. Ach níor chaill sé a spéis sa dúnmharú riamh. Dá bhféadfaí a áiteamh go raibh snáithe mór leanúnach amháin ann a cheangail na ribí éagsúla de shaol pearsanta is de shaol proifisiúnta Berry le chéile, ba é an dúnmharú é. Ní i sraithdhúnmharfóirí amhail Jeffrey Dahmer ó Milwaukee, gona chuisneoir gona scoil chócaireachta gona chanablacht, nó Ted 'Bundyburger' Bundy a mharaigh scata ógbhan ar fud na Stát Aontaithe is a gríoscadh – ba shláintiúla é sin ná friochadh – a gríoscadh thíos in Florida ó shin, a chuir Berry cron. Níor dhuine neamhchoitianta an sraithmharfóir a thuilleadh. Bhí Meiriceá Thuaidh lomlán leo. Mar an gcéanna níorbh fhiú bacadh le gealta, ar mhó cailibre a ngunnaí ná leibhéal a nIQ, a rinne ár in oifigí rialtais, i bproinntithe nó in ollmhargaí as siocair go raibh faltanas acu leis an rialtas, le hiarfhostóir, le hiarleannán. Bhí a leithéid dosheachanta i sochaí inar adhradh an gunna. D'fhágfadh Berry faoi na bealaí teilifíse lena scannáin bhómánta "bunaithe ar scéal fíor" cuimhne a leithéidí a cheiliúradh is a chomóradh. Dheamhan dúil, ach oiread, a bhí ag Berry sa "dúnmharú gáifeach ócáideach" a ghin an lón léitheoireachta éadrom a d'alp an pobal mór go cíocrach in aerfoirt. Is ea, bhíodar uilig léite aige féin. D'fhéadfadh sé *Síréanaí an Bháis, Síréanaí na Fola* is *Fuileachtraí Fíora* (Imleabhar 3) a fheiceáil ar sheilf trasna uaidh. Leabhair ab ea iad a cheannaigh Berry ar athláimh in Winston.

Gan aon agó, bhí na múrtha airgid le saothrú ón dúnmharú polaitiúil. Nár chruthaigh tionscal na gCinnéideach i Meiriceá le glúin anuas go bhfuil ráchairt dhoshásta ag daoine ar chomhchealga, ba chuma cé chomh dochreidte sophollta is a bhíonn a dtromlach? Is gan traidisiún an fheallmharaithe pholaitiúil daingnithe i meon nó i stair mhuintir Cheanada, ba dhoiligh d'éinne abhus a leithéid a thuiscint. B'eachtraí iadsan a thit amach in áiteanna – an Eoraip, na Stáit Aontaithe, an Tríú Domhan, an Meánoirthear – inar nascadh idé-eolaíocht de shaghas éigin – an náisiúnachas, an t-impiriúlachas, an frithimpiriúlachas, an chibé-idé-eolaíocht, an fhrithchibé-idé-eolaíocht, nó an frustrachas frithshochaí – le cumhacht an ghunna. Anseo i gCeanada mar ar fógraíodh go caithréimeach gurbh é an 'comhréiteach' an tslí Cheanadach le fadhb a fhuascailt is le himreas a sheachaint, d'fholaigh an tsuáilce phoiblí sin duáilce phríobháideach an nóschumaliomachais mar níor creideadh go hainmhianach dásachtach in aon rud ach sa haca. (B'fhéidir gurbh í sin an chúis, arsa Berry leis féin, a raibh sé chomh dian sin ar Duane is ar Dwight. Ní hé amháin nach raibh aon chuid dá leasathair iontu. Ní raibh a dhath tathagach iontu, ar chor ar bith.)

Dá bhfágfaí as an áireamh cás speisialta Louis Riel, ceannaire ar na Métis – sliocht na fola measctha bundúchasaí is Eorpaí in iarthar Cheanada – ar chroch Rialtas Cheanada as tréas é sa bhliain 1885, ní raibh ach dhá shampla shonraíocha eile den fheallmharú polaitiúil i stair Cheanada: Pierre Laporte, polaiteoir proibhinse a mharaigh an Front de Libération de Québec (FLQ), mionghrúpa míleata a bhí ag iarraidh stáit shóisialaigh neamhspleách, sa bhliain 1970; is Thomas D'Arcy McGee, file, iriseoir, iar-radacach Éireannach – ar bhall nua de Bhunaíocht Cheanada é nuair a feallmharaíodh in Ottawa é in Aibreán 1868.

Admhaíodh go forleathan anois gur bhotún mór polaitíochta bású dleathach Riel. B'fhéidir gur ghealt é a chreid gurbh é fáidh Dé é a bhí ag treorú a mhuintire mar a threoraigh Maois Clann Iosrael ó fhásach go parthas. Ach laoch mór a bhí i Riel go fóill i measc na Métis is i measc lucht na Fraincise i Québec. I gcúrsaí forbartha na tíre seo, mar sin, b'éasca a dhearbhú gurbh eachtra thábhachtach shiombalach de shíortheannas Cheanada oidhe Louis Riel. Ceist leanúnach – ceist leadránach, a mhaífeadh a lán – nach bhfacthas a críoch fós is nach bhfeicfí go deo, b'fhéidir, ab ea páirt is todhchaí Québec sa stát aisteach cónascach seo arbh ainm dó Ceanada. Ach ba shoiléir nach socrófaí an cheist sin trí mheán an ghunna. B'ionann anbhás Laporte agus creill bháis an FLQ.

Ag an am céanna, ba dhíol spéise é, dar le Berry, gurbh í an chéad ócáid mhór ó shin a tháinig na gunnaí amach i Québec ná Eachtra Oka sa samhradh 1990, nuair a chuir na bundúchasaigh i gcoinne phleananna na ngeal machaire gailf a thógáil ar sheanreilig de chuid na Mohawk. Ón phoiblíocht idirnáisiúnta a shaothraíodar, ba dheimhin gur fhoghlaim na bundúchasaigh, ní hé amháin gur ghá dóibh seasamh ar a gcearta féin, ach gur uirlis éifeachtach bholscaireachta is ea an gunna. Má bhí miotas órga an Chomhréitigh Cheanadaigh le briseadh ina smidiríní le tréan foréigin choíche ag aon dream ar leith, ba iad na bundúchasaigh a dhéanfadh an beart sin.

Ar a shon go raibh D'Arcy McGee ní ba ghaire do lárionad is do luamháin na cumhachta ná mar a bhí Riel nó Laporte, ní polaitíocht Cheanada ach polaitíocht na hÉireann faoi deara a oidhe. Dheamhan tuiscint a bhí ag Berry ar chúrsaí gabhlánacha na hÉireann, in ainneoin a chuid cuairteanna ar an oileán sin. Ach bhí spéis aige san fhear a daoradh as D'Arcy McGee a fheallmharú. Creideadh anois, ar a shon nár aimsíodh fianaise dhobhréagnaithe san am, ná ó shin, gurbh iad Fíníní Mheiriceá Thuaidh a bhí ciontach lena anbhás. Thug siadsan corr-ruathar ar réimsí talaimh ar an taobh thuaidh den teorainn idirnáisiúnta idir na Stáit Aontaithe is Meiriceá Thuaidh na Breataine ó 1866 go 1871 chun brú a chur ar Rialtas na Breataine Móire tarraingt siar as Éirinn. Má ba bhall imeallach de na hÉireannaigh Óga ar theip a n-éirí amach orthu in 1848 é, namhaid marfach de chuid na bhfear gunnaí ab ea Thomas D'Arcy McGee, 'Athair' de chuid Chónascadh Cheanada faoin bhliain 1867.

Triaileadh is daoradh Patrick James Whelan, táilliúir Éireannach a saolaíodh in Albain, as an fheallmharú. Crochadh go poiblí in Ottawa é i bhFeabhra 1869 – an siorcas poiblí deireanach dá shaghas sa tír seo. Neamhchiontach a bhí Whelan. Ní bhfuair sé triail chothrom. Bhásaigh sé is é ag dearbhú go dtí an dé deiridh nach raibh sé ciontach.

Bhí cuntas ar an triail léite ag Berry i saothar T. P. Slattery, *They Got to Find Mee Guilty Yet*. Ó litir a scríobh Whelan a tháinig an teideal. Bhí aon chomhfhreagras eile leis a bhí feicthe ag Berry breac le botúin ghramadaí is litrithe den chineál céanna. Bíodh sin mar atá, bhí líne amháin a bhain le Whelan a chuaigh i gcion ar Berry. "*I'd rather be hanged than be called an informer.*" Bhí léargas san abairt ghairid sin ar mheon nár thuig Berry. Seans go dtuillfeadh Whelan tagairt nó dhó sa leabhar a bhí idir lámha aige. B'in an méid. Ní hé amháin gur crochadh neart neamhchiontach eile i gcaitheamh na mblianta ach ba dhoiligh a rá go raibh a dhath 'liteartha' nó 'fantaiseach' nó 'barrúil' ag roinnt lena scéal. Ba é sin an bua, an comhartha is an teist a scar ábhar leabhair Berry ó dhúnmharuithe suaracha eile, a dhealódh a leabhar ón dramhaíl gháifeach a líon na siopaí leabhar. Mar shampla, bhí scéilín Alain Verreault foirfe. Fantaisteach is liteartha araon a bhí an tseoid sin. Ar ndóigh, ba í an uacht a chuir an dlaoi bharrúil mhullaigh ar an scéal.

Faoin am seo, bhí neart scéalta aimsithe ag Berry, agus iad scagtha is stóráilte ar dhioscaí ríomhaire aige. Cuir i gcás, an leathchúpla a chroch a leathchúpla eile san Astráil ag tús na haoise seo. De réir an chuntais, mhaígh an chéad fhear go mbeadh an táille de dhíobháil ar a máthair bhocht a bhí ina baintreach, de réir cheart an bhéaloidis. "Má tá mo dhearthiáir le crochadh, ní cóir go bhfaigheadh strainséir an táille," a dúirt an duine eile. Chreid Berry ar an chéad ásc gurbh abhóg de chuid Lá na nAmadán é seo, ó tharla gur foilsíodh an tuairisc i bpáipéar i Mí Aibreáin. Níorbh ea. Bhí cáipéisí oifigiúla cúirte is príosúin iniúchta aige.

Ba iad na nuachtáin foinse eolais Berry ar Verreault is ar an chúpla. Bhí sé ar thóir eolais ar chás a sheanathar nuair a díríodh a aird ar dhúnmharuithe is ar bhásuithe eile: ar linseáil fear gorm i stáit dheisceartacha Mheiriceá, ar phionós an ghaid a imríodh ar ógfhile Ainrialaí sa Spáinn. B'údar alltachta do Berry i dtólamh é go bhfoilsítí ar shean-nuachtáin cuntais chomh cuimsitheach sin ar thrialacha cúirte – má fuair na raispíní a leithéid – is ar an díothú. Murarbh ócáid phoiblí í sin, ba mhinic a ligtí d'iriseoirí a bheith i láthair. Ba léir gur thaitin na mionsonraí le lucht léite na nuachtán. Níor athraigh an nádúr daonna ó shin, dar le Berry, ach gur sásaíodh an dúil trí mheán CNN anois.

Ní fhéadfadh Berry a shéanadh go huile is go hiomlán nach raibh dúil áilíosach aige féin sa dúnmharú. Ach bhí a thuilleadh ná sin ann fosta. Nár rud gairmiúil, rud pearsanta dó é? Má ba shnáithe an dúnmharú a cheangail ribí a shaoil le chéile, ba iad a sheanathair, na hEilísigh is Peter Lamarche a d'fhigh an snáithe sin le chéile.

B'fhada ó smaoinigh sé ar Lamarche. Uncail le Yvonne Collard ab ea é. A dhála féin, bhí Yvonne ag tabhairt faoina dochtúireacht nuair a bhuail Berry léi. Dhá bhliain fhada achrannacha a chaitheadar le chéile. Murar inis sé sin do Lynn riamh, bhídís ag caint ar phósadh. Agus ar chlann a bheith acu. Ba é an Piolla beannaithe a choinnigh an tubaiste sin uathu.

Iarbhleachtaire snúúil ar fhórsa póilíní Calgary ab ea Lamarche. I dteach Yvonne a casadh a hUncail Pete ar Berry. Bhí sé corradh le ceithre scór bliain d'aois ach bhí a chuimhne glinn fós. Bhí Berry tógtha le scéalta an tseanbhleachtaire faoi shaol is faoi choirpigh na cathrach i bhfad siar, ar bhradaíl beithíoch is ar smuigléireacht bhiotáille chuig na Stáit Aontaithe i rith Ré an Toirmisc. Tar éis do Berry is do Yvonne scaradh óna chéile, ba ghnách leis cuairt a thabhairt ar Lamarche. Ba nós seachtainiúil aige an chuairt sin gur cailleadh an seanfhear sa bhliain 1979.

Nach é a bhíodh breá sásta i gcónaí a bheith ag pápaireacht ar chásanna a raibh sé páirteach iontu, ar fhianaise dlí-eolaíochta is ar a chuimhní cinn ar Calgary sna seanlaethanta órga sular ligeadh isteach na Cóiréigh, na Filipínigh is na Sínigh. Uaidh a chonlaigh Berry dalladh eolais faoi ealaín is faoi shaol an bhleachtaire. Laoch mór de chuid Lamarche ab ea Alphonse Bertillon, antraipeolaí is coireolaí Francach, a bhunaigh an córas antrapaiméadrachta den ainm céanna. Má ba é an Ridire Francis Galton a thug eolaíocht na méarlorg isteach i Sasana ar ghlac Scotland Yard leis sa bhliain 1901, agus má bhí fear eile, Juan Vucetich, ag forbairt a mhacasamhla in Buenos Aires chomh fada siar leis an bhliain 1888, ba é Bertillon athair na heolaíochta seo, faoi mar a d'áiteodh an seanfhear go diongbháilte agus ba mhairg a bhréagnódh é.

Ba mhinic – ba rómhinic, dar le Berry roimh i bhfad – a roinn Lamarche a shaineolas air faoi cad é mar a d'oibrigh córas aitheantais Bertillon: go liostaítí sainchomharthaí pearsanta: dath na súl, línte na n-ordóg, méarloirg, coilm, éagruthanna is a leithéid. Bhreactaí síos na tomhais a bhain leis an cholainn: airde an té ina sheasamh ó inn go bonn; fad láimhe ó rinn go rinn na méar; airde na cabhlach is an té ina shuí. Na tomhais a bhain leis an chloigeann: a fhad is a leithne; fad is leithne na cluaise deise. Agus na tomhais a bhain leis na géaga: fad na coise clé; fad na méire faide is an lúidín ar an lámh chlé; is fad rí na ciotóige. Dhéantaí na sainchomharthaí is na tomhais a chlárú ar chártaí is an t-eolas uilig a rangú de réir fhad an chloiginn.

Má tionscnaíodh córas Bertillon sna Stáit Aontaithe sa bhliain 1887, d'admhaíodh Lamarche gur chóras ciotach go leor é. Níorbh aon údar iontais é gur dhíláithrigh modh oibre Galton é roimh i bhfad. Ar ndóigh, níorbh fhiú ceint cam ceachtar den dá chóras mura raibh na póilíní in amhras ar dhuine ar leith nó murar choirpeach é ar cláraíodh a chuid tomhas antrapaiméadrachta nó a chuid méarlorg cheana. Níor mhair Lamarche go bhfeicfeadh sé córas na méarlorg ag titim i ndíblíocht nuair a fionnadh ealaín is eolaíocht úr an DNA.

Bhí Berry ag tabhairt cuairteanna ar Lamarche ar feadh bliana nuair a chas an t-iarbhleachtaire chuige lá.

"Inis seo dom, John. Cad chuige a bhfuil spéis agat i mo chuid cuimhní cinn?"

Is Berry ag feitheamh leis an cheist seo, bhí an freagra ullamh aige. Chrom sé ar achoimre a thabhairt ar a staidéar iarchéime, ar an dóigh gurbh fhiú do Lamarche a chuid cuimhní cinn a fhoilsiú. Ba go mífhoighneach a d'ardaigh an seanfhear leathlámh.

"Chuir cara liom d'ainm tríd an ríomhaire i stáisiúin na bPóilíní is na Mounties. Is thóg mé do mhéarloirg ó chupán. Tá tú glan. Diomaite de dhornán ticéad páirceála, tá tú chomh híon le sneachta na Rockies."

Rinne Berry gáire briosc.

"Ní call duitse a bheith buartha. Ní mac le duine ar rug tú air is a bhfuil díoltas uaidh mé."

"Cad tá uait, mar sin? Cad chuige a dtagann tú anseo?"

Stán Berry ar na súile grinne a bhí dírithe air. Chuir sé i gcuimhne dó radharc as an iliomad drochscannán Meiriceánach a bhí feicthe aige. Níor sheomra suí é seo a thuilleadh ach seomra ceistiúcháin toiteach mar a raibh an bleachtaire críonna carbhatscaoilte muinchillefhillte ag diancheistiú an ainniseora bhoicht. D'ísligh Berry a cheann go mall maolchluasach is chrom go stadach ar a fhaoistin.

An Fhaoistin

Seisiún a hAon: An Satharn, 31ú Deireadh Fómhair 1992, 8:34 r.n.

[*Chuireas mé féin in aithne don chime. Maíodh dó go raibh cead aige labhairt lena dhlíodóir nó go soláthrófaí dlíodóir trí chóras shaorchabhair dlí mura raibh an t-airgead aige. Ba go binbeach a chuir sé suas don tairiscint sin, agus é ag fógairt: "The first thing we do, let's kill all the lawyers." I ndiaidh dom foláireamh a thabhairt dó go bhféadfaí aon rud a déarfadh sé a úsáid ina choinne, chuireas an téipthaifeadán ar siúl. P. L.*]

. . . Ní bhfuair Peter Lamarche ach smutraíl den scéal uaim, ar ndóigh. Gan é a bheith chomh deacair sin a chuid ceastóireachta amscaí a shárú. Lig mé orm go raibh na súile grinne ag dul go smior ionam. Ba dhoiligh do Lamarche a shúile a dhíriú ar a dhath sa seomra de dheasca na bhfionn. Beidh sé spéisiúil fáil amach cé chomh héasca agus a bheidh sé cobha ciach a chur ortsa . . . Is ea, ag tabhairt do dhúshláin, dúshlán bhráithreachas na mbleachtairí atá mé. Bí ag éisteacht agus ná creid an leathchuid . . .

Cad é sin? Cad a tharla aréir? Amuigh ag an loch? . . . Tá faoistin uait . . . Cá dtosóidh mé, mar sin? Ag an tús? Bheadh sé sin róshimplí. Ag an deireadh? Bheadh gá le comhthéacs. Sa lár? Buntáistí ag roinnt leis sin ach ní aiste bhunchéime í seo. Gan agó, b'fhearr leatsa é dá síneoinn scéal éigin a bhí cumtha is dréachtaithe agatsa ionas gurbh fhéidir leat caolú leat . . . Gheobhaidh tú faoistin ach éilímse mo chearta údair, an cead le bheith i mo scéalaí uilechumhachtach uilefheasach, le bheith saor chun pocléim a chaitheamh siar is aniar de réir mar is gá míniú nó soiléiriú nó comhthéacs nó scéal beag i mbarr bata chun an t-aistear a chiorrú. Ní faoistin go daoirse colainne. Ní faoistin go saoirse cumadóireachta. Ní faoistin go dleachtanna údair.

Tá rud uait nach ndearna mé go nuige seo. Níor shuigh mé síos riamh chun an scéal iomlán a reic. Nó a scríobh fiú. Is ea, bhí a bhunús ag Lynn ach dheamhan spéis a bhí aici ann ach chun tacú lena hargóintí is lena feachtais pholaitíochta. Le cosc a chur ar ghunnaí.

Le cinntiú nach dtabharfaí ar ais pionós an bháis. Ní mé cad a déarfadh sí anois dá mbeadh cead cainte aici . . . Is cuma. Tá éad ormsa le daoine a chreideann go bhfuil an saol mór chomh simplí sin, le daoine a bhfuil a bhfealsúnachtaí is a gcreideamh saoil sách gonta somhínithe le scríobh ar phlacard. Tá siadsan chomh dall le lucht an reiligiúin bhunaidh. Ach is téagartha liteartha an Bíobla ná fógra aonlíne.

An gcloiseann tú an clampar sin amuigh? Tá siad anseo le huair an chloig. Caithfidh gur mhothaigh siad an scéala ar nuacht na hadhmhaidine. Cairde cléibh Lynn, a déarfainn. Mura bhfuil a seanchara, Gwendolyn, ann fós, geallaim go mbeidh roimh i bhfad . . . An bhfuil an Seathras Seiftiúil nó na Siúracha Suthaine ann? . . . Is dócha go bhfuil ceamaraí teilifíse ann fosta? Ar ndóigh, ba bhreá libhse an ghlóir uilig a ghnóthú, le taispeáint go bhfuil an t-airgead mór a dháiltear ar na póilíní tuillte agaibh.

B'fhearr liom go mór dá bhfágfaí fúmsa féin mé faoi chiach. Ach tá a fhios agam nach bhfágfar agus go gcaithfidh an seó tosú . . . Caithfidh mé scéal deas méaldrámata a dhéanamh de. Ní shásódh a dhath eile iad siúd a bhfuil leathchuid dá saol caite os comhair an teilifíseáin acu, an cnaipire go teann sa dá lámh acu agus iad ag amharc go marbhshúileach marbhintinneach ar sheónna de shaghas *Real Life* agus *Reality 911*. Is iad an teilifís agus an mhéaldrámatúlacht is dual di an tslat tomhais trína meastar agus trína meáitear fiúntas agus tairbhe sa lá atá inniu ann. Mura bhfuil scéal sách méaldrámata, ní fiú faic é. Déan é a *zap*áil. Mura bhfuil do shaol chomh méaldrámata le seó teilifíse, ní fiú faic é ach oiread. Déan é a *zap*áil fosta . . . *Ok*, tosaímis, mar sin. Déanaimis an fhuaim a sheiceáil. A haon, a dó, a trí agus anáil bhreá fhada chun an ceann a bhaint den scéal . . . Ó m'athair a fuair mé cuid den seanchas. Ó nuachtáin a dhiasraíos míreanna eile. Níorbh eol dom go beacht riamh an raibh a thuilleadh ar eolas ag m'athair. Ní shílim go raibh. Mar thubaiste mhí-ámharach a chuir seisean síos air, mar eachtra ghealtach tar éis don fhear bocht a ghuaim air féin a chailliúint. Níorbh ea, faoi mar a d'fhoghlaim mé ó shin. Ní coir bhuile amháin a bhí ann ach coir phaisin, *crime passionel.* D'fhíoraigh na cáipéisí a d'aimsíos é sin. Is d'fhíoraigh siad fíric bheag eile, dá castacht í. Níorbh é gur dhúnmharaigh seanuncail liom a dheartháir, mo sheanathair. A mhalairt ar fad a bhí ann, mura bhfuair na nuachtáin an scéala iomlán. Mo dhiachair nach raibh *Gion!* ar an saol san am le fionnachadh domhain iriseoireachta a dhéanamh is le cuntas tomhaiste a sholáthar! Ní grith go gion. Ba é mo sheanathair, Willie Perryman, a dhíothaigh a dheartháir George, is a crochadh dá dheasca.

Ar choir phaisin marú Lynn? . . . Éist, imir an cluiche, ná bac leis an chnaipire agus gheobhaidh tú d'fhaoistin . . . Ní raibh ach sé mhí slán ag m'athair Isaac nuair a tharla an dúnmharú. Corradh le bliain d'aois a bhí an t-éigiallaí nuair a thóg an tríú deartháir, an duine deireanach san ál, go Ceanada é. Ní mé go deimhin ar chinn Cecil is a bhean nuaphósta, Jane, ar an imirce seo d'aon ghnó le héalú ón drochphoiblíocht sa bhaile is le dearbhú nach dtógfaí an geanncach faoi smál an scannail in Éirinn. A thúisce is a thángadar i dtír in Halifax, d'athraíodar a sloinne. Mo shoraidh slán le muintir Perryman. *Ceud mìle fàilte* roimh mhuintir Berry. Nach é sin mana na hAlban Nua? Nárbh in é suáilce mhór an Oileáin Úir do lear maith dár sinsear, gurbh fhéidir leo smúit is salachar an tseansaoil a ghlanadh uathu ag an chalafort isteach is díriú go dóchasach ar an saol nua rompu? B'ionann athrú sloinne is tús úr ag Cecil is ag Jane Berry.

Let's away to New Scotland, *where Plenty sits queen*
O'er as happy a country as ever was seen;
And blesses her subjects, both little and great,
With each a good house, and a pretty estate ...

No landlords are there the poor tenants to tease,
No lawyers to bully, nor stewards to seize:
But each honest fellow's a landlord, and dares
To spend on himself the whole fruit of his cares.

Cad é sin? . . . Tá a fhios agam. Ní bhíodh rudaí chomh simplí idéalach sin. Má ba Pholannach thú, dála mhuintir Lynn a tháinig anseo tar éis an Dara Cogadh Domhanda, thug tú leat bagáiste na seanfhaltanas ón tseantír is bhí ort déileáil leis na seanchlaontaí ar an taobh seo mar níorbh fhéidir leat a bheith ag súil leis gur réidh duit an t-ualach sin a chaitheamh thar bord. Bhí tú ag bun an dréimire shóisialta is eacnamaíochta gur tháinig imircigh eile, idir dhubha nó gheala nó ghorma, a rachadh go dtí an bunrunga. Bhí ort cur suas leis na scéalta grinn: "Cad é mar a bhristear méar Polack?" "Buailtear ar an tsrón é." Seo dán an imircigh nua. Na nithe easmailteacha céanna a bhí á rá ag d'iarchomhghleacaí Lamarche, ba iad sin na hachasáin a chaití san aghaidh ag imircigh ó thíortha bochta na hEorpa go lár na haoise seo.

Éireannaigh ab ea mo mhuintir . . . Is ea, aithním ó do mheangadh gáire gur féidir leat na scéalta grinn a reictí faoina leithéid a liostú. Ach Éireannaigh de shaghas ar leith ab ea iad. Ní raibh orthu cur suas leis an fhrith-Chaitliceachas agus le scéalta faoin ól, faoin leisciúlacht, faoin aineolas, mar ba Phreispitéirigh iad. Ní ba shofaisticiúla a bhí na scéalta a insíodh fúthusan: "Cad chuige nach mbuaileann Preispitéirigh leathar agus iad ina seasamh?" Huth! Ní bhodhróidh mé leis an fhreagra thú. Chuaigh m'athair isteach in Eaglais Aontaithe Cheanada tar éis dó mo mháthair a phósadh. Tá a fhios agat, an eaglais sin ina bhfuil meascán mínaofa de Phreispitéirigh, de Mhodhaigh is de mhionghrúpaí eile, a bunaíodh sa bhliain 1925. Chuaigh m'athair leo chun mo mháthair a shásamh. Ach níor bhraith sé ar a shuaimhneas ann riamh. Nó b'fhéidir gur chirte a rá gur bhraith sé róchompordach. Róscaoilte, rófhaiseanta a bhí an Eaglais nua seo, ar seisean. Dream séimh cineálta ab ea iad a bhí tugtha don chaint ar chothrom is ar chearta sibhialta an duine sa saol seo is a raibh dearmad déanta acu air gurb é an bunús is an bhunchloch le haon eaglais dháiríre ná an creideamh docht daingean righin i bhfocal Dé mar atá le léamh sa Bhíobla. Mar dhuine nach gcreideann ina dhath den saghas sin, tuigim do m'athair. Is dual dom féin an braonán crua bunaidh.

Is breá liom ról Dé sa script seo, an cead mo mháigín eagarthóireachta a shá isteach. Níl sna pearsana ach puipéid dhaonna. Ginim, cruthaím, díscím. Seo an tsaoirse nó an chumhacht chéanna a bhíonn ag scríbhneoir ficsin. Mar sin, déanfar neamhiontas de mhuintir Jane Spears, mo 'sheanmháthair.' Dream éadláith ó Ísealchríocha na hAlban a bhí iontu. Is leor sin mar theist is mar characatúr orthu. Bhuail Cecil Perryman, mionstátseirbhíseach i rannóg an phoist, le Jane in Carlisle. Cé nach bhfuil inti ach mionphearsa reatha, is iomaí uair a smaoinigh mé ar Jane. Ní raibh sise is Cecil pósta ach le trí ráithe nuair a tharla an tubaiste thiar in Éirinn. An mó uair a dhúisigh sí de gheit i mí mharbh na hoíche as a aithle sin is gan a fhios aici an raibh a fear céile lena marú le hord? An mó béile prátaí is cairéad a mhill an goile aici agus í ag smaoineamh ar an anbhás gan choinne? An mó lá corraithe a chaith sí agus í ag amharc ar an ghasúr a d'oileadar, is é anois ag spraoi is ag grianaíocht go greadhnach leis an chlann a saolaíodh di i gCeanada, agus dairt uamhain ag rith trína colainn go mbrisfeadh an dúchas trí shúile an chait . . .? An mó Sabóid a d'athléigh sí scéal Cháin is Áibil ina Bíobla?

Bás le hadhairt – ar eagla na míthuisceana – a fuair sise i bhfad siar ach tá grianghraf dubh is bán de Jane is de Cecil feicthe agam. Eisean ina sheasamh, culaith na Sabóide air (cé go dtabharfainn an leabhar nach ar an lá sin a tógadh an grianghraf seo). É ard cnámhach. Blagaid air. Ise ina suí, ach bhí sí meathard, ceapaim. A folt cíortha siar os cionn a cluas, gúna cúisiúil ardmhuinéalach uirthi, a lámha ar a binn. Gan radharc ar a cosa, ach thabharfainn an leabhar arís go raibh bróga ciallmhara faoi shála ísle uirthi. Bhí cuma dháiríre ar aghaidheanna na lánúine nuaphósta seo, mar ba é seo grianghraf an phósta. Ise cúig bliana is tríocha d'aois. Eisean ag druidim le dhá scór. Ba dhual dúinne, muintir Perryman/Berry, gan pósadh i mbláth ár n-óige.

Gan ach glac cuimhní ar Cecil agam. Tar éis bhás Jane i bhfliú forleata, chuaigh sé chun cónaí le hElizabeth, iníon leis in New Brunswick, ach d'fhilleadh ar Albain Nua gach samhradh le coicís a chaitheamh linn sa teach a bhí tógtha ar cíos ag mo mhuintir ar an chósta theas. Seanfhear ciúin cromshlinneánach ab ea é a chaitheadh cuid mhaith den am ina shuí ar an deic agus é ag léamh an nuachtáin. Níor ól tobac ná biotáille.

Deich mbliana d'aois a bhí mé an samhradh deireanach a chaith sé linn. Bhí mé i ndiaidh an lá a chur isteach ag spraoi le gasúir eile ar an trá. Thosaigh stoirm sa tráthnóna, tar éis dúinn an suipéar a fhulacht ar an *barbeque* amuigh. Ansin thosaigh mo thuismitheoirí ag ní na soitheach sa chistin bheag. Bhí Cecil thíos ina sheomra codlata agus gan é a bheith ar fónamh, ar seisean go cancrach ag am suipéir. Bhí mise sínte searrtha os comhair an teilifíseáin. Ní raibh ceann againne sa bhaile in Halifax is gan an C.B.C. tosaithe san am. Ach thíos ar chósta theas na hAlban Nua, bhíomar in ann bealaí teilifíse Meiriceánacha a aimsiú ag teacht ó Shasana Nua.

Ní mé cad air a raibh mé ag amharc. *The Little Rascals*, *Laurel and Hardy*, is cuma. Ach bhí mé suite go cnapshúileach os comhair an bhosca nuair a mhothaíos fothram is béic taobh thiar díom:

"Mura múchann tú an gléas diabhlaí sin, cuirfidh mé an rud seo tríd." Cecil a bhí ann agus tlú ina dheasóg aige. Agus mé ar leibhéal an urláir, ba gheall le fathach fúranta an seanfhear tláith seo a bhí ag screadach: "Ní thig liom é a sheasamh a thuilleadh. Cuir as é go beo nó brisfidh mé é!"

Faoin am seo, bhí m'athair i ndiaidh rith isteach, teacht idir mé is Cecil is é a threorú ar ais i dtreo a sheomra. D'fhan m'athair liom an oíche sin gur thit codladh orm. An mhaidin dár gcionn, aistríodh sean-Cecil go hospidéal in Halifax mar ar éag sé seal gairid de mhíonna ina dhiaidh sin.

Agus mé ag smaoineamh siar anois, is doiligh a rá go cinnte ar bhagairt nó achainí a bhí in eachtra Cecil. Is léir go raibh a néaróga millte . . . De dheasca na haoise? B'fhéidir é. Bhí Cecil corradh le ceithre scór bliain d'aois faoi 1949. Tuigim go maith gur féidir léamh eile a dhéanamh ar an scéilín seo. D'fhéadfaí a áiteamh go raibh an seanleaid ar tí mé a bhualadh leis an tlú. Gan dabht, gheofaí scéal breá lomlán le hiarghaois a chumadh faoin dóigh ar dhual muintire do Cecil é, mise nó gaol éigin eile, a dhúnmharú mar bhí an drochbhraon san fhuil ag na Perrymen uilig. Gach seans go gceapfaí fós é . . .

Cuir uait! Caithfidh tú a bheith foighdeach. Ó tharla in áit na garaíochta thú, tabhair gloine uisce dom, le do thoil . . . Go raibh maith agat . . . Cheapfá óna bhfuil ráite agam go nuige seo gur dhream dúr druidte mo mhuintir. A bhuí le braon aisteach aistíle éigin, ní raibh siad uilig chomh haonghnéitheach aondathach sin. Hí-eip, hulúiste, huláiste! Fuirseoir ab ea m'athair Isaac Berry. Ní ag magadh fút atá mé! Féach, tá gearrtháin sean-nuachtán agam ó Oirthear Cheanada. Ar aimsigh sibhse iad sa teach? Blúirí ó *The Halifax Herald, The Prince Edward Island Patriot, The Saint John Globe, The Moncton Daily Times*. Nach luaitear i bhfógraí do sheónna i Hallaí Ceoil é? ISAAC BERRY: LÁMHCHLEASAÍ LÉIDMHEACH I SAORDHRÉACHT SIAMSAÍOCHTA NA NOLLAG. Is ea, lámhchleasaí proifisiúnta a bhí ann . . . *Ok*, leis an fhírinne a dhéanamh, bhí a ainm íseal go leor is i mionlitreacha modhúla ar na billí téatair atá feicthe agam ach bhí Isaac ag tabhú clú de chineál áitiúil nuair a chuir an Dara Cogadh Domhanda cor ina shaol.

Bhí m'athair aon bhliain is tríocha faoi 1939, é pósta ar Letitia Young ó Pictou, Alba Nua, le bliain is í ag iompar clainne . . . Is ea, déan do chuid suimeanna. Mise an beartán beag beatha is beogachta a bhí á iompar ag Lettie bhocht. Liostáil tromlach de chairde Isaac san Arm. Ar a shon go raibh sé ró-aosta le haghaidh na seirbhíse míleata, rinne sé iarracht ar liostáil cibé ar bith. Is doiligh a rá arbh é an tírghrá nó an dúil san eachtraíocht nó an fonn le héalú ó bhean, ó chlann is ó chúram faoi deara sin. Diúltaíodh é. Sna laethanta luatha idéalaíocha den chogadh ní raibh aon easpa glasearcach óg tréanmhór. Mar a díothaíodh iadsan go tiubh thar sáile, ní raibh na húdaráis chomh cáiréiseach faoi aois na bhfear a bhí á n-earcú acu ansin. Ach i laethanta órga 1939, bhí ar Isaac a bheith sásta le páirt sna seónna siamsaíochta a reáchtáiltí i mbunáiteanna airm, cabhlaigh is aerfhórsa i gCeanada chun sprid na saighdiúirí a ardú.

Sin mar a chuir na 'Berry Bombers' bliain nó dhó den chogadh isteach, agus iad ag taisteal ó champa go campa gur ordaíodh dóibh geimhreadh 1943 a chaitheamh sa Bhreatain Mhór. Tá meathchuimhne agam ar a bheith ag fágail slán ag Isaac thíos ag cuan Halifax. Ní raibh mé ach ceithre bliana d'aois ag an am. Seans nach bhfuil ann ach blúire cumadóireachta de mo chuid atá bunaithe ar radharc ó scannán éigin: tá a fhios agat, an bhean mhéalach is na páistí pusacha cruinn thart ar chlord na loinge mar a sheolann ár dTiarna is ár Slánaitheoir, John Wayne, chun comhrac aonfhir a chur ar an Hun is ar an Fhear Buí Caolsúileach! Déarfainn nár ceadaíodh do na teaghlaigh a bheith i ngiorracht míle slí den chuan ar eagla go ngríosóidís na fir chun ceannairc a dhéanamh. Ar scor ar bith, bhí na longa sa tionlacan i bhfiarláin dhá chéad míle amach ó Thalamh an Éisc nuair a rinne toirpéid ó U–Fhomhuireán criathar de chúpla soitheach is an long ar a raibh na Berry Bombers orthu. Bhuail an toirpéad seomraí na muinisean. Go grian na mara móire a chuaigh an bárc agus cuid mhaith dá raibh ar bord, idir fhoireann is fhuirseoirí. Cé a tháinig slán as, ar ndóigh, ach Isaac. Chaith sé seal gairid fleaite i measc na snámhraice is na muirchurtha gur tarrtháladh ón Aigéan

Atlantach é. Bhí an eachtra barrúil go leor. Ba é seo cogadh m'athar. Tá a fhios agat an seanradharc scannáin eile: arsa an gasúr óg lena athair: "A Dhaid, cad a rinne tú aimsir an Chogaidh?" Bhuel, tar éis dó bang nó dhó a chaitheamh sa bhóchna, mheil Isaac an chuid eile de thréimhse an chogaidh go slán sábháilte ar thalamh tirim Mheiriceá Thuaidh. Ar an drochuair, reoigh uisce marbhfhuar na farraige a chuid méaracha lámh is cos gur ghá an ordóg is an cholgóg ar a chiotóg agus lúidín coise amháin a theascadh. Is beag ráchairt a bhí ar lámhchleasaí lámhbhaosach. Fuair Isaac pinsean cithréime is jab sa Státseirbhís, amhail Cecil roimhe.

Is ea, tagaim leat, tá neart ceisteanna spéisiúla á síolrú ón scéilín seo. Mar shampla, an cúis iontais amach is amach í go bhfuilim páirteach i bpáirc shiamsaíochta, más geall le bheith briste anois í? Ar bhealach tá sé san fhuil is nílim ach ag filleadh ar mo chuid fréamhacha drochmhianaigh. Is ós ag caint ar fhréamhacha atáimid, tabhair buille faoi thuairim cá raibh triall na long sa tionlacan? Go Londonderry i dTuaisceart Éireann. Ní hé amháin go raibh Isaac Berry ag filleadh ar a thír dhúchais, ach bhí sé ag tarraingt ar an chathair inar crochadh gaol gairid leis, a uncail mar dhea. Ba spéisiúil a fháil amach cad air a raibh Isaac ag meabhrú mar a chrom sé ar an chúrsa farraige go hÉirinn. Tá a fhios agam go raibh bunús an scéil fhuiltigh aige faoin am sin. Cibé rud a bhí ann, scleondar, uamhan, nó leadránacht, chuir toirpéad is Thetis isteach ar an aistear. Níor leag Isaac cos, olc maith, martraithe nó reoite, ar Éirinn ó shin ach oiread.

Céard é sin? . . . Is ea, bhí Isaac i ndiaidh a fháil amach nárbh é fíorghin Cecil is Jane é. Míníonn sin cad chuige a ndeachaigh ógfhear a oileadh i dteach umhal diaganta le healaín pheacúil na siamsaíochta. Lá agus Cecil is Isaac ag geamhthroid le chéile, tháinig cuthach feirge ar Cecil a chas chuig an stócach: "Mura mbíonn tú cúramach, is í oidhe d'athar a gheobhaidh tú," ar seisean go spídiúil. Ciúta breá débhríoch a bhí ansin, gan dabht. Ó Jane a fuair Isaac míreanna eile den scéal. Ach ní bhfuair sé riamh an scéal ina iomláine. Cheap sé gur dúnmharaíodh a athair is a mháthair. D'fhág Isaac an baile an lá céanna. An dóigh ar mhínigh sé domsa é nach raibh ach leithscéal uaidh le briseadh saor ó dhaoirse an teaghlaigh. Sin an méid. Ní hé nár chreid sé ar reiceadh dó ná go raibh faltanas eile aige leis an lánúin a thóg é. Ní raibh ann ach reibiliúnacht an aosa óig. Rinne sé síocháin leo beirt tar éis dó pósadh . . .

Cá rachaimid anois? . . . Cad faoi mo mháthair? Ba mhian leat rud éigin a chloisteáil faoi Lynn? Ar ball. An gá duit téip úr a chur isteach i do ghléas taifeadta. Bhí mé ag súil leis go mbeadh ceamara fístéipe anseo. Nó lucht éisteachta níos mó ná duine aonair . . . Níl uaimse a thuilleadh clamhsán faoi chiorruithe airgid a chluinstin. Faoina mbeimid réidh, ba chóir duit iarratas ar threalamh nua a chur faoi bhráid do rannóige. Beidh sé tuillte agatsa. Faoi réir atá tú? Bhuel, amhail Jane, ní pearsana tábhachtacha mo mháthair nó a muintir ó thaobh an scéil seo de. Iníon le feisteoir i longchlós ab ea ise. Meascán d'Éireannaigh is de Shasanaigh a muintir roimpi. Ina hábhar múinteora a bhí Lettie san Fhómhar 1937 nuair a bhuail sí le hIsaac, le linn dó a bheith ar chamchuairt lámhchleasaíochta in Truro, Alba Nua. Bhí sé deich mbliana ní ba shine ná í ach cibé rud ar chuir sí sonrú ann, pósadh an banoide is an fear seó an bhliain dár gcionn.

Ón tús ba í Letitia an sonuachar seasmhach den lánúin chorr seo. Ise a choinnigh an teach le chéile, agus a d'oil mé, le linn d'Isaac a bheith as baile blianta an chogaidh. Fiú, agus eisean sa Státseirbhís, níor shocraigh sé síos ann riamh. Is cuimhin liom cúpla uair a d'imigh sé is nach mbíodh tásc ná tuairisc air ar feadh seachtaine. Ní deireadh mo mháthair ach go raibh sé imithe ar chúrsaí gnó. D'fhilleadh sé abhaile ansin gan choinne gan mhíniú. Bhuel, níor míníodh a dhath domsa san am, cibé rud a d'inis Isaac do mo mháthair. Aisteach go leor ní cuimhin liom aon bhabhtaí fada tosta nó argóinte tar éis dó teacht ar ais. Leanfaí le gnáthamh an tí.

I gcomhthéacs na faoistine seo agamsa ina hiomláine, ba chóir dom casadh breá méaldrámata a shacadh isteach ag an phointe seo trí fhógairt gur chuala mé m'athair ag admháil, oíche stoirmiúil éigin tar éis dó filleadh abhaile go mall, gurbh é an crochadóir oifigiúil é is gur i mbun cúrsaí gnó na tíre a bhíodh sé nuair a bhailíodh sé leis. D'fhéadfainn a chruthú gurbh ionann na sealanna seo as baile is dátaí ar ar crochadh idir bhithiúnaigh is choirpigh ó chósta cósta na tíre. Ach ós rud é gur crochadh a athair féin, dheamhan focal den fhaoistin seo a chreidfeá dá n-imreoinn cleas den saghas sin. Ar scor ar bith, buailfidh tú le crochadóirí oifigiúla na Breataine Móire amach anseo agus b'fhiú dom gan mo chuid púdair uilig a dhiomailt, gan trácht ar a choinneáil tirim . . . Ba mhó seans go gcreidfeá go raibh sé imithe ar ragús óil nó ar scléipeanna leathair le fuíoll na mBombers. Rud beag níb ealaíonta – má ba leamh féin é – a bhí leagan Lettie. Bhí mé thart ar sé bliana déag d'aois san am agus bhí Isaac i ndiaidh greadadh leis athuair. Bhí mo mháthair tinn agus bhí fuath agam dó go bhfágfadh sé í. Tar éis dom a dhearbhú nach gceadóinn dó thar thairseach an tí isteach, rug Lettie greim láimhe orm:

"Ná bí chomh dian sin air," ar sise go ciúin. "Níl aon dochar ann. Níl ann ach go gcronaíonn sé saol is atmaisféar na seónna bóthair. Tá sé imithe ar a lorg. Imithe ar an traein go bailte beaga ina bhfuil siorcais is siamsaíocht ar siúl go bhfeice sé na lámhchleasaithe. Tiocfaidh sé abhaile faoina mbeidh a dhóthain faighte aige . . . Go dtí go mbuaileann an teidhe arís é."

. . . Duine leochaileach nach mbíodh ar fónamh go minic ab ea mo mháthair. Ach duine í fosta a raibh dúil thar an choitiantacht sa litríocht aici is a léadh go cíocrach. D'fhoilsigh sí dornán dánta le linn di a bheith sa choláiste múinteoireachta. Seo véarsa as ceann a d'aimsíos i sean-irisleabhar de chuid na hinstitiúide:

I caress the newly fallen leaf,
I feel its hardness, soft and pure,
Its polished silken lines now broke,
I kiss its fading stateliness.

Tá a fhios agam, tá sé go hainnis maoithneach gan trácht ar a bheith bacach is dá gceapfadh iarmhac léinn liom é, déarfainn: "Stoith an fhiaile is satail uirthi!" Níor mhaígh mé gurbh fhile maith mo mháthair. Ach ise faoi deara dom dul leis an léann. Is bean uasal ab ea í. Ní raibh mé ach ag cur aithne uirthi i gceart nuair a mharaigh an ailse í. Gan an leathchéad bliain féin slán aici . . . Níl uaimse a thuilleadh a rá fúithi. Ní faoistin go cead tosta.

Ní raibh sé de rún ag Cecil nó ag Jane an fhírinne iomlán a insint d'Isaac. Is dócha gur chreid sé ar reiceadh dó, mar a chreid Lettie ar chuala sí óna fear céile. Is deacair a mheas cad é mar a d'fhreagair sí dó ach gur dhócha nach raibh mórán cur amach aici, mar bhall den Eaglais Aontaithe, ar oidhe Áibil nó ar dhán Cháin.

Amuigh ag an loch a d'inis Isaac an scéal dom. An samhradh tar éis do mo mháthair bás a fháil a bhí ann is tháinig sé anoir chun seal a chaitheamh liom in Calgary sular thiomáineamar thar na Rockies. Níor thug mé cuireadh do mo mhic léinn iarchéime teacht amach ar eagla go dtabharfaidís ábhar tuirse nó scannail do m'athair, mar bhí Isaac i ndiaidh filleadh ar an Eaglais Phreispitéireach tar éis bhás Lettie sa dóigh chéanna a raibh sé i ndiaidh éirí as an bhiotáille is as an tobac. Ba ar chúiseanna moráltachta a d'éirigh sé astu, faoi mar a dúirt sé féin. Ach ba léir bunús sláinte a bheith leis an chinneadh sin fosta toisc go raibh sé fann féata locartha go fóill i ndiaidh dó babhta niúmóine a chur de. Ach mar a chuireamar na laethanta ciúine gréine isteach cois locha, cheapas go raibh mainís bheag air athuair.

Ní mé an cuimhin leat cad a bhí faoi chaibidil ag na polaiteoirí i gcaitheamh 1976? . . . Ar a shon nár crochadh aon duine i gCeanada ó 1962, ba sa bhliain 1976 a cuireadh pionós an bháis ar ceal. Neart agóide agus gearán a rinne sibhse i gcumainn na bpéas in éadan an chealaithe sin, ar ndóigh. Bhí an díospóireacht tosaithe sular fhág sé Halifax, ach bhíodh Isaac ag éisteacht leis an nuacht raidió i dtólamh thiar. D'fhiafraigh mé de cad chuige a raibh a oiread sin spéise aige sa cheist. Sin mar a d'fhoghlaimíos faoi mo ghaolta fiáine fuilchraosacha. Agus mé ag smaoineamh siar air anois, seans maith nach í an díospóireacht amháin faoi deara dó labhairt liom orthu. Déarfainn gur thuig Isaac go raibh an tsláinte ag teip air is gur chóir is gur mhithid dó an blúire sin dár seanchas a bhronnadh ormsa. D'éag sé laistigh de ráithe.

Nach foireann bhreá pearsan í seo? An dtig leat iad uilig a ainmniú? B'fhéidir gurbh fhiú ceann de na craobhacha ginealaigh a bhíodh ag Lynn le haghaidh a muintire a ullmhú. Cé a saolaíodh, a pósadh, a scaradh, a cailleadh? Bheadh gabhal ar leith ar an chraobh seo agamsa dóibh siúd nár éag go séimh síochánta ina leapacha. Cibé ar bith, ná bíodh lá corrabhuaise ort. Beidh mé ag díriú ar thriúr feasta. An triantán taismeach, George Perryman, William Perryman is Winifred, bean chéile William. Ó . . . is ea, níor luaigh mé as a hainm í go nuige seo. Nó gur dúnmharaíodh ise fosta.

Údar grinn é i ndáiríre. Níorbh annamh mé ag lochtú mo chuid mac léinn agus a gcuid scéalta suaracha faoi thriantáin is ag moladh dóibh earraíocht thrialach a bhaint as an rud liteartha, as an ní barrúil, as an fhantasaíocht. Anois seo mé ar hob cromadh ar thriantán suarach de mo dhéantús féin. Cad é sin? . . . Is dócha gur triantán liteartha, fantaiseach, barrúil é? Ní hea. An t-aon ní spéisiúil a bhaineas leis gurbh iad seo mo ghaolta. Ní admhaím go bhfuil aon teagasc morálta nó mímhorálta ann ach oiread.

Tosaímis. Ach chun gné thrialach a tharraingt isteach sa scéilín suarach seo, déanaimis i bhfoirm dráma é. Mar sin, crochtar caoince chiúin bhagrach. Ardaímis an bhratach. *Fionaíl* an teideal ar an scéinséir beag stáitse seo.

An Suíomh: Éire; Oirthear Chontae Londonderry; Tír Chiaráin, baile fearainn míle – míle Ghallda go leith – ó Gharbhachadh, an sráidbhaile is giorra ar an bhóthar ó thuaidh go Cúil Raithin. Feirm mhuintir Perryman. Feirm scór acra atá ann.

An tAm: Lá fionnuar smúitiúil, 14ú Mí na bhFaoillí i mBliain ár dTiarna 1909. Ag tarraingt ar a haon a chlog san iarnóin.

Na Pearsana: George Perryman – feirmeoir, caldar fir, thart ar 49 mbliana d'aois. É fiarshúileach. Balcaisí oibre air. Winifred Perryman – bean chéile George. Í 38 mbliana d'aois. Bean bheag thanaí í. Folt liath, cuma phléite uirthi. William Perryman – Deartháir le George. É ag tarraingt ar leathchéad bliain d'aois. Amhail George, é mór téagartha, ach é ag titim chun feola. Croiméal air. É díomhaoin is cónaí air leis an lánúin i seanteach mhuintir Perryman.

Tá William amuigh ag suncáil chuaillí críche thíos gar don phríomhbhóthar go Garbhachadh, nuair a chluintear feadaíl fhada. Stopann William ar feadh meandair. Ansin cloistear guth Winifred.

"Goitse, Willie, tá an dinnéar réidh."

Leanann William den obair go ceann cúig bhomaite, stadann athuair, leagann anuas sluasaid, glanann an t-allas óna chlár éadain sula ndéanann sé ar an teach. Nach é atá sásta lena bhfuil curtha i gcrích aige. Beidh sé féin is George in ann an obair a chríochnú ar ball.

Tá William taobh istigh de chéad slat den teach nuair a thugann sé faoi deara fear coimhthíoch ag brostú anuas cabhsa an tí agus beart faoina ascaill aige. Amharcann sé ar an strainséir seo ag gabháil isteach bóthar Gharbhachaidh. Aisteach le William é sin gan dabht, ach ní neamhchoitianta an radharc é bacaigh is tincéirí. Déanann William a mhún ag an tigín beag is níonn an chlábar óna lámha ag an chaidéal amuigh ag binn an tí. Ar chasadh an choirnéil dó, feiceann sé doras an fhoscaidh ar leathadh is ar ghabháil isteach dó, a dheartháir ina chnap ag taobh an tábla. Soiléir samhnasach atá an fhuil ag taoscadh ón gháipéar i gcúl a chloiginn. Gan corraí ó George ach mothaíonn William cnead plúchta ón taobh eile den seomra. Tá Winifred sínte gar don tinteán agus í ina luí i gcrólinn. Deifríonn William chuici, ardaíonn a ceann ina ucht. Is ar éigean atá sí beo go fóill. Agus scaoll faoi, ritheann William go teach comharsan, clann Mhic Nic. Imíonn Roibeard Mac Nic ar rothar chun fios a chur ar dhochtúir is ar Chonstáblacht Ríoga na hÉireann, an RIC, filleann Nathan Mac Nic le William ar theach Perryman. Ag doras na gaoithe, mothaíonn an dís fhear diúgaireacht chaointe Isaac óig ón chúlseomra . . .

Sin é. Cad é do bharúil phroifisiúnta air? An bhfuil sé sách méaldrámata? Tar éis dom staidéar a dhéanamh ar an drámaíocht, cheapfá go bhféadfainn iarracht níos fearr a dhéanamh ar dhráma sochreidte a dhéanamh de ach ní raibh lámh mhaith agam ar an chomhrá riamh. Is doiligh a shamhlú go n-áireofaí "Goitse, Willie, tá an dinnéar réidh" ar mhórlínte dodhearmadta na litríochta nó na drámaíochta. Nó go n-áireofaí an plota mar ábhar *blockbuster* de chuid Hollywood. Ach ba é seo an tuairisc a reic William Perryman do na péas is a foilsíodh sna nuachtáin áitiúla is náisiúnta an lá dár gcionn.

Agus mé ag meabhrú air anois, caithfidh mé a admháil nach sásúil liom a thuilleadh ról an reacaire uilefheasaigh. Ní hé amháin go bhfuil críoch an scéilín ar eolas agamsa ach go bhfuil a fhios agam, ó bhreathnú ar na cuntais nuachtáin is ar athscríbhinn na trialach, cad iad na heachtraí éagsúla a tharla ina dhiaidh seo. Mar shampla, tig liom an bhéim a chur ar an strainséir a luaigh William. Ba sa té seo a chuir na páipéir sonrú. Cérbh é? Arbh é an dúnmharfóir é? Agus cad a bhí sa bhurlóg? Airgead nó earraí? An gléas dúnmharaithe féin? Bhí sé le tuiscint go réiteofaí an cás gan mhoill nuair a tuairiscíodh gur gabhadh tincéir darbh ainm James O'Neill ar an bhóthar ó thuaidh ó Gharbhachadh go Cúil Raithin is go raibh an RIC i ndiaidh é a thabhairt go Cúil Raithin le haghaidh a thuilleadh ceastóireachta. Ach tá tusa róghéarchúiseach nach n-aithneofá nach bhfuil sa scéal seo faoin tincéir ach beartaíocht a bhí ag William – is agamsa féin mar níl mé cinnte go fóill an cóir cloí le cuntas croneolaíochta – chun an dubh a chur ina gheal ar an RIC is ortsa faoi seach. Gan ach mionpháirt bhídeach ag an Tincéir Ó Néill sa phlota, mar scaoileadh saor é an lá dár gcionn.

Mura bhfuil cur amach ar ghné an úrscéil bhleachtaireachta agat – agus cén fáth a mbeadh? – is dócha go mbeidh orm an tslí iomlán a shoiléiriú duit is a mhíniú cad chuige ar ligeadh cead a chinn leis an Niallach. Sa chéad dul síos, níor robáladh a dhath ón teach. Ar shroisint an tí don Sáirsint Ó Conchúir ón Bheairic i nGarbhachadh thug sé faoi deara na nithe seo a leanas: an dá chorp gan mhiam – d'éag Winnie go gairid tar éis do Willie teacht uirthi, de réir a chuntais – an fhuil ar an talamh is corrsmear is corrsconnóg ar na ballaí aoldaite istigh. Leagadh an leaba raca is an stól mar a raibh an lánúin ina suí. Bhí dinnéar – cuid George, de réir bhreith an tSáirsint – ar an tábla: prátaí gan lomadh, meacain dhearga; agus bláthach mar anlann. Bhí a thuilleadh bia – cuid William – i bpótaí cois tine. Ach ní raibh an chuma ar an seomra seo nó ar an chúlseomra mar ar aimsíodh Isaac gur piardáladh an teach. Ní hamháin sin ach bhreac an Sáirsint ina leabhar nótaí go raibh uaireadóir airgid is airgead tirim 9/6p (dhá leathchoróin, flóirín, trí réal, dhá leathréal, ceithre bhonn pingine, leathphingin amháin is sé fheoirling . . . ba dhuine pointeáilte an Sáirsint; caithfidh mé m'intinn a shocrú ar ball an bhfuil sé chun páirt níos scóipiúla a imirt sa mhéaldráma seo . . .) le feiceáil go soiléir ar dhrisiúr. Níor robáil faoi deara an t-ionsaí seo.

Le linn do na póilíní a bheith gnóthach istigh, bhí an tiománaí cairr a thug amach ón bhaile mór iad ag fanacht lasmuigh. Ba le James McLaughlin an t-aon charr a bhí le fruiliú sa dúiche. Go hiondúil, dhéanadh na péas a slí timpeall an limistéir ar a rothair ach eigeándáil ab ea í seo. Níor ceadaíodh McLaughlin isteach sa teach. Chaith sé seal ag iarraidh breathnú isteach tríd an fhuinneog tosaigh. Seal ag ól tobac. Seal eile ag breathnú ar an tigín amuigh. Níorbh as an cheantar seo dó ó dhúchas. Gan aithne aige ar mhuintir Perryman ach thuig sé go mbeadh dea-phobal Gharbhachaidh i bhfách le heolas uaidh ar ball. Níor tharla a dhath chomh corraitheach leis an eachtra seo lena gcuimhne.

Níor fhéad McLaughlin é a mhíniú go sásúil ina dhiaidh sin. Níor nós leis gabháil ag útamáil i gcarn aoiligh. Ach ar chúis éigin thug sé faoi deara go raibh boslach otraigh úir ar an charn ag taobh an tí. D'ardaigh sé le maide é. I mbéal na séibe, chonaic ceann fuilsmeartha casúir.

Tá an scéal follasach go leor duit anois. Níor ghadaíocht le lámh láidir é seo. Is bhí an gléas maraithe aimsithe ag an RIC in áit nach mbeidís ag súil le teacht air má ba strainséir an dúnmharfóir. Bhí solas stáitse an amhrais ar William Perryman arís. Is leor dúinn é a choinneáil air feasta fosta. Tá neart ceisteanna le freagairt ag Willie.

Bhí sé ina chónaí go sásta síochánta le George is le Winifred, faoi mar a thug William le fios don Sáirsint, a labhair leis babhta nó dhó an chéad lá seo. Ba le tuismitheoirí na ndeartháireacha an fheirm. Cónaí ar mhuintir Perryman i dTír Chiaráin le seacht nglúin. Ó Yorkshire iad i bhfad siar, tá a fhios agamsa, ar a shon nach dócha go raibh eolas den chineál sin ag William. Tar éis bhás na dtuismitheoirí, tháinig an talamh anuas chuig an dá bhall den chlann a d'fhan sa bhaile, William is George. Gan trácht ar uacht nó a leithéid. Faraor, nach bhfuil *élan* Verreault ag aon duine de mo mhuintir. An t-aon deirfiúr, Pamela, cailleadh leis an mhionaerach í in aois a hocht mbliana di. An deartháir ab óige, Cecil, bhí sé sa Státseirbhís thall i Sasana cheana. Gan lé leis an sclábhaíocht feirme aigesean riamh. Blúirín eolais a chonaic fáinne geal an lae ní ba dhéanaí, gur chreid Cecil go raibh íocaíocht dlite dó mar chúiteamh ar a sciar den fheirm. Dheamhan focal sibhialta a labhair sé leis an bheirt eile ar feadh na mblianta. Gan tuairim aige go bhfaigheadh sé féin an áit iomlán tar éis dhianéag na beirte eile. Ba é an t-airgead fola sin a d'íoc as an phasáiste go Ceanada.

Ní raibh éinne i nGarbhachadh ag dréim leis go bpósfadh duine den dá dheartháir choíche tar éis dóibh an dá scór a bhaint amach. Dalladh seanbhaitsiléirí sa cheantar a mhoilligh rófhada le haghaidh imeacht a dtuistí go bhfaighidís an stráice talaimh a ligfeadh dóibh cleamhnas a dhéanamh is socrú síos. Dalladh seanbhaitsiléirí a d'fheoigh is a chríonaigh is a mheath gan bean a phósadh, gan oidhre a shíolrú. Gheofá go leor machnaimh a dhéanamh ar cad é mar a chuir na fir sin a bhfrustrachas is a bhfuinneamh gnéasach díobh. Ach ní saothar socheolaíoch é seo. Fágfaidh mé sin faoi do chuid samhlaíochta féin. Tá an baol ann, ar ndóigh, go n-ionsódh na mná mé agus gan tagairt déanta agam d'fhrustrachas na mban. Ach faoin am seo, cad chuige a mbeinn buartha faoina mbagairt?

Breathnaíodh ar William is ar George mar bheirt bhaitsiléir mheánaosta thipiciúla. Cad é mar a d'aithneodh aon duine sa phobal an patrún go ndeachaigh na Perrymen uilig go mall faoi chuing an phósta? Murach gur tháinig an chroch idir Willie is a thodhchaí shaolta ag aois chaoin an leathchéid, seans go bpósfadh seisean am éigin fosta.

Caithfidh gur cuireadh alltacht ar a lán de na comharsana nuair a d'imigh George le muc chun aonaigh ag an Suaitreach lá is a tháinig abhaile le bean. Is doiligh léamh a dhéanamh ar phróiseas smaointe George. An ndearna sé féin is a dheartháir plé ar an cheist roimh ré is ar tháinig siad ar chinneadh gur mhithid do dhuine amháin acu bean a thabhairt thar thairseach an tí a dhéanfadh cócaireacht is fuáil dóibh is a bhuanódh nasc na bPerryman leis an talamh is le Tír Chiaráin? An fada a bhí George ag meabhrú ar dhul le pósadh? Tá cathú go leor ann dul i mbun na cumadóireachta is smaointe a chur in aigne George agus focail a shá ina ghob. Ní den chéad uair d'fhéadfainn radharc beag méaldrámata a chruthú. An iarraidh seo, caithfimid George a shamhlú agus é tar éis filleadh ó Shuaitreach. D'fhan Willie sa bhaile chun aire a thabhairt do lao breoite. Isteach le George is tarraingíonn ar an teallach chun a chuid – brúitíní is cál an babhta seo, ós cóir dom an leadrán a sheachaint – a dhéanamh. Suíonn sé síos, slogann braon bláthaí. Ní nós leis na deartháireacha focail a dhiomailt. Tá George geall le bheith críochnaithe sula labhraíonn William:

"Cá mhéad a fuair tú ar an mhuc?"

"Dhá phunt is leathchoróin."

"Bhí sé sin íseal go leor."

"Sin a raibh le fáil."

Nuair a thránn an comhrá bríomhar seo, cromann George ar chuntas a thabhairt ar an mhargadh eile atá curtha i gcrích. (Sin a raibh le fáil, a mhaífeadh sé arís, gan dabht, nuair nach mbeadh a dheartháir sásta leis an bhean!) D'fhéadfainn a thaispeáint gur ar an lá sin, de dheasca mhargaíocht George, a thosaigh faltanas ag fás idir an dá dheartháir . . . faltanas a tháinig chun buaice i bpléascadh buile foréigin ar lá smúitiúil i Mí Feabhra 1909 . . . Éirímis as. Ní mé cad é mar a chuir George ceann ar an scéal, nó an raibh air sin a dhéanamh ar chor ar bith, nó cad chuige ar phós sé. An t-aon ní atá cinnte faoi gur pósadh George Edward Perryman, baitsiléir 47 mbliana d'aois agus Winifred Elizabeth Scott, bean shingil 36 bliana d'aois sa Chéad Teampall Preispitéireach i gCill Ria ar 28ú Aibreán 1907.

Mar an gcéanna, ní bheadh in aon chuntas ar cheannfháthanna

Winifred ach imir mhaith den tuairimíocht. Má thugtar buille faoi thuairim, áfach, gur phós sí George as siocair gur chreid sí gurbh é seo an seans deireanach a bhí ag bean a bhí thuas sna tríochaidí, a raibh brú sóisialta ó mhuintir is ó phobal uirthi, le fear céile is le teach a fháil agus le clann a shaolú, luíonn míniú dá shórt leis an dóchúlacht. Na laethanta seo, áfach, ba chróga an fear a d'fhéachfadh le léargas a thabhairt is plé a dhéanamh ar aigne banphearsan. Nár léigh mé le déanaí gur scoireadh i ndiaidh agóidí cúrsa léachtaí in ollscoil in Montréal ar an litríocht leispeach toisc nár bhean is nár leispeach an t-ollamh? Tá an scéal ag dul in olcas. An ceart ag mo sheanchara ollscoile Gillian Adams gurbh éard atá sa cheartaiseacht pholaitiúil ná an faisisteachas, mar i ndeireadh na dála, is ionann aidhm an dá rud, mar atá, deireadh a chur le saoirse smaointe.

Cad é sin? . . . Tá an fhianaise seo agamsa tearc go dtí seo agus táim go mór i dtaobh leis an tuairimíocht? Há! Sin difríocht amháin idir tú is mé. Ní i dtaobh le fianaise fhuar chrua a bhímse. Tá bua na samhlaíochta agam. Ach caithfidh mé amach drámh nó dhó – nó cnámh nó dhó – chun an cluiche a choinneáil ar siúl. Sa chéad dul síos, mhaígh Donald Scott, deartháir le Winifred, i gcaitheamh na trialach, gur fhógair sise gurbh fhearr léi William a phósadh ach gur "tháinig an deartháir contráilte chun an aonaigh!" Ba ghnách le Willie na muca a thiomáint go Suaitreach, bhí sise is a hathair ag dréim leis an lá áirithe seo, níor tháinig ach George, is níl sa chuid eile ach an stair fhuilteach.

Anois a thuigeann tú cá bhfuil ár dtriall. Bean nua sa teach, í posta ar dheartháir amháin, dúil aici sa duine eile . . . É cosúil le *Paint Your Wagon*, a deir tú? Ar léigh tú *December Bride* le Sam Hanna Bell riamh? Gheobhaidh tú cóip den leabhar i mo phluais nó b'fhéidir gurbh fhusa duit breathnú ar an fhístéip. Ach coinnigh an cnaipire in aice leat . . . Cad é sin? Is ea, ba ar Lá San Vailintín a tharla na dúnmharuithe seo againne. An bhfuil siombalachas ag roinnt leis sin? Níl, agus ní chuirfeadh ach duine ón Oileán Úr an cheist. Agus cad faoi thuairim William ar Winifred. Bhuel, seo an dara drámh. Tugann litir a scríobhadh seal – 12ú Eanáir 1907 an dáta uirthi – sula ndearnadh an cleamhnas a thuilleadh le cogaint dúinn. Le "Do W caoin" a thosaíonn sí. Gan síniú ar an litir ach 'W. E.'. Is léir ón pheannaireacht gur bean a scríobh. Ní bhodhróidh mé thú leis an rud iomlán. Is leor *soupçon.*

Is lainn liom do litir. Bhí súil agam go bhfeicfinn thú i S. an tseachtain seo caite ach bhí orm fanacht sa bhaile cionn is go raibh mo mháthair breoite. Cronaím go mór thú, W. Cuir scéala chugam faoina mbeidh tú ag teacht go S. Guím nach fada go mbeimid le chéile go deo.

Le cion go buan,

W.E.

Is ea, ní drámh ach mámh é sin. Agus chun do cheist a fhreagairt, i gcomhad chás cúirte a d'aimsíos an litir sin. Ní chreidfeá an trioblóid a bhí agam tuairiscí d'aon chineál a mhealladh ó Rialtas na Breataine Móire. B'iomaí iarratas a chuir mé faoina bhráid, ag lorg cead cáipéisí faoi fhiosrúcháin de chuid na bpéas, faoin triail, faoi chrochadh mo sheanathar a iniúchadh. A luaithe is a mhothaigh siad gur bhain an cás le hÉirinn, bhíodar chomh hoscailte fáiltiúil le Moslamaigh bhunaidh i dTeheran roimh Salman Rushdie. Bhí eagla orthu, is dócha, gurbh í polaitíocht na hÉireann a bhí taobh thiar de. I ndeireadh na dála, chuir mé glao teileafóin ar an Tiarna Albert George Henry Boxforth, K. C. S. I. Ní aithníonn tú an t-ainm nó an teideal? *Knight Commander of the Order of the Star of India.* Dá anghráiche é sin, mionbhall de mhuintir na fola móire i Sasana ab ea an Tiarna uasal. Ba leor do na *Little Englanders* a bhí i gceannas ar Ollscoil na mBunchnoc go raibh gaol de shórt aige leis an Choróin. Is cuma go raibh sé i bhfad amach agus gur dhócha nach raibh ann ach go ndeachaigh prionsa adharcach in airde ar bhansearbhónta bocht i gcófra na scuab maidin fhliuch agus gur ghá a chinntiú nár leathadh an scannal trí bhreab a thabhairt don chailín is trí theideal a bhronnadh ar an leanbh tabhartha a saolaíodh dá bharr. Ar scor ar bith, ba é an leanbh seo mac tofa na hollscoile nua nuair a roghnaíodh an chéad Seansailéir. Nó b'fhéidir gur chruinne a rá gurbh eisean an t-aon duine a bhí toilteanach ar theacht amach go dtí an choilíneacht. Bhí Bertie trí scór bliain d'aois, é trom ramhar ach broganta is bhí solas na rógaireachta gléigeal laomtha ina shúile fós. Chuaigh toscaireacht ón ollscoil chun an aerfoirt ina araicis, fearadh fáilte *VIP*each roimhe is roimh a bhean chéile, báb fholtbhuí chosfhada leathanuchtach, cuireadh *suite* in óstán chúig réalta ar fáil dóibh agus caitheadh leo mar is cóir caitheamh le baill de Rítheaghlach

Cheanada. Bhí go maith is ní raibh go holc gur mhithid do Bertie óráid bheag a thabhairt ag bronnadh na gcéimeanna i Mórhalla na hOllscoile.

"Táimse i ndiaidh sult a bhaint as mo thréimhse abhus," arsa an Seansailéir faoina thuíneach corcra gona órshnáitheanna. "Is deimhin fosta gur bhain . . ." Stop sé, thochais a cheann, is thiontaigh chuig an bháb phéacach a bhí ina suí ar chathaoir ard ar an ardán taobh leis. "Cad is ainm duit, a chroí?"

Mar a tharla, bhí an Bhantiarna Boxforth thoir i Sasana. Ar an eitleán ó Londain go Calgary a bhuail an bhruinneal le Bertie. Ba le dua agus le neart dí a ráinig leis an ollscoil tost an phreas a dheimhniú sna laethanta sular seoladh iris chomh prionsabálta le *Gion!* Fuair Bertie babhta den fhliú taidhleoireachta go luath ina dhiaidh sin a thug air éirí as an tSeansailéireacht.

Má bhí leathchuid den fhoireann teagaisc ag féachaint le báb Bertie a chlárú i bhfad sula bhfuair siad amach nár bhantiarna í – chualathas Trotscaíoch tagrach amháin ag fiafraí di an raibh aon bhraonán Marxach inti agus más amhlaidh nach raibh, an raibh braonán uaithi! – bhí seans agam aithne de shaghas eile a chur ar Bertie féin. Casadh ormsa é ag fáiltiú a reáchtáil Scoil an Staidéir Iarchéime san ollscoil ina onóir. Ba le muintir Boxforth teach Arrington inar stáitsíodh *Pleasure Reconciled to Virtue*, masc-chluiche de chuid Ben Jonson agus bhí sé de dhánaíocht ionamsa an Seansailéir nua a cheistiú faoin chéad léiriú sa bhliain 1618 . . . Jonson? . . . Bhuel, ba shoiléir roimh i bhfad nach raibh barúil dá laghad aigesean ach oiread cérbh é Jonson nó cén cineál beithígh masc-chluiche. Ba shoiléir mar an gcéanna go raibh sé dubh dóite den fháiltiú, den mhionchaint bhéasach agus d'iompar danartha na gcoilínithe.

"Cá bhfuil na Rockies?" ar seisean liom.

"Uair an chloig siar ó Calgary, a Shoilse."

"An bhfuil carr agat?"

"Tá, a Shoilse." Ní raibh tuairim agam cad a bhí ar siúl aige.

"An dtabharfaidh tú amach mé?"

"Tig linn dul ann amárach, a Shoilse."

"Cad faoi anocht? Anois díreach?"

"Ach cad faoin fháiltiú seo, a Shoilse?"

"Focáil leo. Agus ná tabhair 'A Shoilse' ormsa. Bertie m'ainmse."

Ní bhodhróidh mé thú le cur síos ar an turas sin, ar an oíche scléipe a chaitheamar i *suite* sa Banff Springs Hotel, ar an seaimpín, ar an chaibheár, ar na hoisrí is ar na striapaigh. Nó go raibh ar an ollscoil íoc as an bhille sin, gan caint ar na costais bhreise a bhain le tost iriseoirí Banff. Is leor dhá rud a rá: gur fíor gur mhaígh uachtarán na hollscoile go mbeadh an institiúid briste ó thaobh airgeadais de dá mbeadh an Seansailéir ag stopadh ar feadh i bhfad eile; gur mise an t-aon duine nár baineadh geit as nuair a mothaíodh nárbh í sin an bhantiarna cheart a bhí i gcuideachta an Tiarna Boxforth. Is ar eagla na míthuisceana, níl aon bhunús le luaidreán ar bith go bhfuair mise an post seo agamsa san ollscoil le cinntiú nach sceithfinn ar ar tharla!

"*Room. room! make room for the bouncing belly /First father of sauce, and deviser of jelly.*" Is go maith a oireann an cur síos ar Comus ó mhasc-chluiche Jonson do Bertie . . . Ar scor ar bith – agus nár bhagair mé scéilíní beaga i mbarr bata ort chun an bóthar a chiorrú? – cairde cléibh ab ea mise is Bertie faoin am ar ruaigeadh as Calgary é féin is an bhean. Chaith mé seal leis ag Arrington, agus chonaic an suíomh mar ar stáitsíodh an masc-chluiche. Níor chúis alltachta é mar sin nuair a bhí fadhbanna agam le Rialtas na Breataine gur labhair mé le Bertie. Ar ámharaí an tsaoil, b'fheisire de chuid na dTóraithe leasdeartháir leis an iar-Sheansailéir. Chuir duine amháin gaoth an fhocail i gcluas an chéad duine eile agus d'oscail na comhaid chomh sciobtha is a d'oscail na doirse roimh Ali-Baba.

Cad a bhí sna comhaid sin, a deir tú? Gearrtháin nuachtáin faoin dhúnmharú, faoi fhiosrúcháin an RIC, cuntas ar an triail, comhfhreagras ó phéas, ó dhlíodóirí, daingniú oifigiúil ar phionós an bháis. Agus an litir a luadh ar ball. Achan rud ar a bhfuil an fhaoistin seo bunaithe. Ach amháin faoistin William . . .

Cad é sin? Cad a tharla aréir? Cad faoin fhaoistin seo agamsa? Lig dom. Lig do Lynn. Tá go leor ráite agam.

[*Cuireadh clabhsúr ar an agallamh ag 10:12 r.n. Sular fhág mé an seomra ceastóireachta, chuir mé in iúl don phríosúnach arís go raibh cead aige fios a chur ar dhlíodóir. Thosaigh sé ag gáire. D'ordaíos go dtabharfaí bricfeasta isteach chuig an chime agus go gceadófaí dó dreas codlata a dhéanamh. Is doiligh a mheas go fóill cén saghas cleasaíochta atá ar siúl ag Berry. Ní mór dom a admháil gurbh é seo an chéad uair ar tháinig mé ar iompar den saghas seo ó phríosúnach. Go hiondúil, bíonn siad breá sásta labhairt faoin choir amhail is gur cúis faoisimh í gur rugadh orthu nó ní deir siad faic, ligeann siad orthu gur fir chrua iad agus guíonn go n-imeoidh idir thrioblóid is phéas má choimeádann siad a mbéal druidte. Ar ndóigh, murab ionann is tromlach na bpríosúnach a ndéantar ceastóireacht orthu faoi dhúnmharú, is duine meánaicmeach a bhfuil oideachas air agus a thuigeann a chearta Berry. Áit a mbeadh éifeacht leis an bhrú chun é a spreagadh chun cainte, bheadh gá le discréid anseo. P. L.*]

Seisiún a Dó: An Satharn, 31ú Deireadh Fómhair 1992, 3:40 i.n.

[*Chuir an Sáirsint a bhí ar diúité in iúl dom nár labhair an cime le dlíodóir idir an dá linn. De réir chuntas an tSáirsint, chodail an príosúnach go huaineach i gcaitheamh na maidine is chaith sealanna ag siúl de chéim thomhaiste sa chillín. P. L.*]

Thug tú isteach cupán caife faoi mo choinne . . . ach tá mo bholg ag cur isteach orm . . .

Nach tú atá dícheallach is tú istigh anseo go riailbhéasach ar an Satharn go fóill. Nach bhfuil saol agat lasmuigh? Bean nó clann? Nó b'fhéidir go gcreideann tú go bhfaighidh tú ardú poist ón chás seo . . . Ní gheallaim sin duit. Ní gheallaim duit ach faoistin, cibé mír den fhírinne a bhaineas léi.

Cad as duit ó dhúchas? . . . Winnipeg. Ifreann ar an Abhainn Dhearg! Ach feirmeoirí ab ea do mhuintir. Ó, tuigim anois cad chuige a n-aithním an sloinne sin ar do chárta aitheantais. Loewen. Is de shliocht threibh na Mennonite thú. Aisteach gur leis na póilíní a chuaigh tú. An rud atá cloiste agam gurb iad na hiar-Mennonite atá gníomhach i smugláil drugaí isteach i gCeanada na laethanta seo. Tá sé faiseanta an milleán a chur ar lucht an Tríú Domhan, mar a rinne do chomhghleacaí, Peter Lamarche. Is spéisiúla é an leagan eile den fhírinne, gurb iad na daoine geala, sliocht na hEorpa, a bhfuil traidisiún an smachta is na guaime taobh thiar díobh, atá freagrach as an ealaín sin. Léiriú maith é sin ar a dtiteann amach nuair a theipeann ar chóras na seanluachanna . . .

Ok, éireoidh mé as. Ní anseo atáimid chun an fhaoistin seo agatsa a éisteacht. An fáth a bhfuil spéis agam i do chuid fréamhacha go bhfuil mé ag iarraidh a fháil amach an dtuigeann tú meon feirmeoirí. An dtuigeann tú cad is fiú acra talún? Cad is fiú fiche acra talún?

Ceann de na ceisteanna a phléigh an Sáirsint Ó Conchúir le Willie Perryman ná an socrú airgeadais a bhí idir an dá dheartháir, tar éis do George leannán William a phósadh. De réir an tsocraithe, faoi mar a thug nótaí an tSáirsint le fios, thabharfadh George £200 dá dheartháir don fheirm, bheadh cead ag William cónaí sa teach, ach bheadh air cuidiú leis an obair amuigh. Bhí £60 glan íoctha ag George i gcaitheamh 1908; £20 eile faighte ag William ó thús na hathbhliana.

"Cad é mar a mhothaigh tú faoin socrú seo?" a d'fhiafraigh an póilín de – má ghéilleann tú don chumadóireacht seo agamsa.

"Bhí mé sásta leis. Cad chuige nach mbeinn?" a d'fhreagair Willie. Ach cad eile a déarfadh sé?

"Agus níor tháinig athrú ar an dearcadh seo tar éis duit an socrú a dhéanamh?" arsa Ó Conchúir.

"Níor tháinig," a dhearbhaigh an finné.

Bhreac an Sáirsint ina nótaí gur tháinig cuma fheargach ar William Perryman ag an phointe seo. Ansin thosaigh sé ag caoineadh. Chuir Ó Conchúir ceist amháin eile air go bhfeicfeadh sé cad é mar a d'fhreagródh Willie í.

"Nach fíor gur chualathas tú ag maíomh gur botún a bhí ann an talamh a thabhairt do George agus gur mhaith leat tarraingt siar ar an mhargadh?"

"Cé a dúirt é sin? Deargbhréaga is ea iad sin."

Chuir an Sáirsint clabhsúr ar an agallamh ansin mar bhí an finné ag gol go trom. Ní raibh a fhios ag an Sáirsint go fóill gur aimsíodh an casúr amuigh sa charn aoiligh nó gur gabhadh an Tincéir Ó Néill. Ach is cinnte go raibh sé in amhras ar Willie cheana. B'fhéidir go raibh sé i ndiaidh labhairt le Donald Scott faoin teannas a bhí idir an dá dheartháir. Ach is suaithní ón leabhar nótaí gur labhair an Sáirsint le Scott i ndiaidh dó a bheith le William agus gur luaigh Scott nach raibh an dís deartháir ag réiteach le chéile le tamall agus go raibh sé cloiste aige ó Winifred nár labhair an bheirt fhear le chéile le dhá ráithe. Faoi dheireadh an chéad lae, ba ar William a luigh súil an amhrais.

Tá tú ag éirí mífhoighneach . . . Casaimis go tapa ar lá na

sochraide mar sin. An 16ú Feabhra. Samhlaigh an radharc. Lá dorcha ceobhránach é. Tá pobal mór ó limistéir Gharbhachaidh cruinn chun an dá chorp a thionlacan chun reilig an Dísirt. Bhí na coirp ina luí i dteach stórais Mhic Ambróis, Ceannaithe & Ceantálaithe & Adhlacóirí, mar ar oibrigh clann Mhic Ambróis chun na cneácha a chlúdach is chun na coirp a ullmhú. Áthas ar na hadhlacóirí gur Phreispitéirigh na custaiméirí seo. Níor ghá a bheith rócháiréiseach mar nach raibh aon tórramh le bheith ann. Dá mba Chaitlicigh iad . . . Seo blúire beag mioneolais faoi do choinne. Tá a fhios agam go dtaitneoidh sé seo leis an phreas. Bhí Lynn ag traenáil le bheith ina mortlaíeolaí ar feadh bliana, agus í ag freastal ar chúrsaí mortlaíeolaíochta ag Humber College in Toronto sula ndeachaigh sí leis an fhiaclóireacht. D'éirigh sí as nuair a chaill sí a céad pháiste. Ró-*engagée* a bhí sí i dtólamh. Sna laethanta luatha nuair a chéadchuireas aithne uirthi, bhíodh neart scéalta aici, agus í ar an *Gin*, faoin tslí nach mbíonn coirp ag morgadh chomh gasta anois san uaigh mar gheall ar na hE-uimhreacha inár gcuid bia! Ar ndóigh, faoin am a mbíodh gloine go leith cnagtha siar aici, bhíodh sí ag caoineadh faoi na leanaí óga ag lobhadh sa chréafóg agus iad á gcreimeadh ag péist is ag cruimh . . .

Anois tá na cónraí luchtaithe ar chóiste atá á tharraingt ag dhá chapall dhubha. Tagann William Perryman, is cóta dubh saraiste air, agus an Ministir Roibeard Spratt amach ón stóras agus leanann an cóiste. Muintir Winifred taobh thiar díobh . . . *Ok*, táim ag gabháil go rósciobtha anois. D'fhéadfaimis cuntas a thabhairt ar an scrúdú iarbháis, mar ar thug William fianaise. Déanta na fírinne, diomailt ama a bheadh ina leithéid mar ní dhearna sé ach gabháil siar ar an leagan atá faighte agat sa dráma beag. Nó b'fhéidir gur bhreá leat a fháil amach cad a bhí ar siúl ag Willie idir an dá linn. Cár stop sé? Ar fhan sé sa teach? An raibh an RIC á fhaire? Cén chuma a bhí ar Willie? Tuirseach, corraithe, histéireach? Déan do rogha féin, mar ní túisce a bhíonn an tsochraid faoi lánseol go siúlann an Sáirsint Ó Conchúir amach, leagann lámh thréan ar sciathán William Perryman, Baitsiléir, 50 bliain d'aois, ó Thír Chiaráin, Garbhachadh, Contae Londonderry, agus gabhann Perryman as dúnmharú George Perryman ag Tír Chiaráin ar 14ú Feabhra 1909. Cuirtear an ghabháil i gcrích chomh ciúin sin go bhfuil William sactha isteach i ngluaisteán Mhic

Lochlainn sula dtuigeann an chuid is mó den phobal cad atá i ndiaidh titim amach. Tá sé ar an bhóthar go príosún Londonderry sula n-aithníonn daoine gurbh aisteach leo i gcónaí é go raibh an oiread sin ball den RIC ar diúité inniu. Leanann an Ministir den tsochraid má bhaineann atmaisféar osnádúrtha leis an tseirbhís cois uaighe i reilig bheag an Dísirt.

Agus cloisimse cór na bhfeimineach ag fiafraí: "Agus cad faoi Winifred? Nár cuireadh a dúnmharú gránna ina leith fosta? An mó d'íobartach Georgie ná Winnie?" An t-aon fhreagra atá agam nár cúisíodh William – ná éinne eile – as anbhás na mná. Athuair, tig leat teacht ar mhíniú praiticiúil nó ar mhíniú idé-eolaíochta air sin.

Mar a deirimse, go Príosún Londonderry a tugadh William. Ba ann a chaith sé na sé mhí dheireanacha dá shaol. Agus mé sa chathair sa bhliain 1978, chuaigh mé chun an charcair a fheiceáil. Ní raibh fágtha ar Shráid an Easpaig ach túr amháin. Más mian leat cuntas a fháil ar stair na hinstitiúide sin, tig leat *Derry Jail. 14 Centuries of Punishment in Derry*, paimpléad le fear darbh ainm Colm M. Cavanagh, a léamh. Gheobhaidh tú cóip i mo phluais. Tá cur síos breá ann ar chuid de na pearsana, cáiliúla nó barrúla, idir fheileoin is bhithiúnaigh, a chaith seal laistigh de bhallaí phríosúin na cathrach. Níl William Perryman orthu siúd.

Murab ionann is an t-áras ardteicneolaíochta gona cheamaraí fístéipe ina bhfuilim, ní raibh a dhath róshofaisticiúil ag roinnt le lóistín deireanach Willie. Ar a shon gur cuireadh an dúnmharú ina leith, ní thugann na cáipéisí le fios gur breathnaíodh ar Willie mar chime contúirteach. Lonnaíodh i gcillín leis féin é, ceart go leor, agus thugadh na bairdéirí grinnshúil air ach bhíodh sé ag obair – ag spíonadh ócaim agus ag fuáil mhálaí poist – i measc na ngnáthphríosúnach eile cé nach ligtí i ngiorracht scread asail d'ord i gclós smísteála na gcloch é. Tríd is tríd, ní bhíodh aon trioblóid uaidh agus breathnaíodh air mar chime dea-iomprach. An rud is sonraíche ó Chín Lae an Phríosúin, nach n-áirítear, agus fág an ministir agus an t-aturnae as an áireamh, gur thug aon duine – Cecil, fiú – cuairt ar William Perryman i gcaitheamh an dá ráithe a mheil sé sa charcair. Mar an gcéanna, níor seoladh isteach chuige nó amach uaidh aon chomhfhreagras de chineál ar bith.

Gan dabht, rinneadh neart béadáin i ndúiche Gharbhachaidh faoi na dúnmharuithe seo. Is ea, aithníodh go forleathan nach raibh Willie sásta leis an socrú faoi úinéireacht na feirme. Caithfidh gurbh aisteach dó déileáil le bean nua an tí nuair nach raibh a leithéid ann ó cailleadh an mháthair deich mbliana nó mar sin roimhe sin. Chomh dócha lena athrach a bhí sé gur bhuail téidhe buile an fear bocht. Anois, ní raibh ach an chroch i ndán dó.

Má áitím gur amharc an pobal ar ghníomh Willie mar eachtra fhir bhuile a shíolraigh ó chailliúint a oidhreachta, agus nár cíoradh aon ráfla faoi theagmháil idir bean an tí is deartháir a céile tráth dá raibh, gan caint ar an chaidreamh "mínádúrtha" tar éis an phósta, níl agam ach fianaise chuntas na nuachtán is na trialach. Déarfaidh mé sin ar bhealach níos simplí ná sin: a Uasail Loewen – nó an miste leat má thugaim Pilib ort? – nach luíonn sé le réasún go mbeadh tuairim ag duine éigin sa phobal go raibh an dá W. mór le chéile? Cá fhad sna Mounties thú? Trí bliana déag? Agus cá raibh tú sular tháinig tú go Beautiful British Columbia? Saskatchewan agus Tuaisceart Ontario, a deir tú. Bhuel, caithfidh go dtuigeann tú saol na tuaithe, agus an dóigh a mbíonn a fhios ag duine amháin cad a bhíonn ar siúl ag na comharsana?

Bíodh sin mar atá, ar a shon go léiríonn cáipéisí ón chomhad go raibh an dá W. an-mhór le chéile roimh an phósadh agus ina dhiaidh, ní fhaca an fhianaise sin solas geal an lae ag an triail. Tig leo siúd atá i bhfách le comhcheilg a rá gur soiléir anois cad chuige nár cuireadh dúnmharú Winifred i leith Willie. Bhí na húdaráis ag féachaint le scéala a gcumainn a choimeád faoi cheilt ionas nach dtabharfaí ábhar scannail don phobal ionraic – nó go dtréigfeadh a thuilleadh ban pósta a gcéilí le gabháil ag clárú na gcliamhaineacha! Is deacair comhchealga nó a lucht tacaíochta a shárú nó a bhréagnú. Is leor a thabhairt faoi deara gurbh é an faltanas a bhain le húinéireacht na feirme a luadh mar údar an dúnmharaithe tríd síos. De réir choinbhinsiúin an ama, níor thug an cosantóir fianaise ar chor ar bith agus mar gheall air sin, fágtar sinn gan ráiteas ó bhéal William Perryman diomaite de na cuntais i leabhar nótaí an tSáirsint Ó Conchúir agus ón scrúdú iarbháis. Ach is féidir amharc ar ar inis an tUasal Scott, deartháir Winifred, don chúirt. Chuaigh sé siar ar a ndúirt sé leis an Sáirsint Ó Conchúir faoi gur mhothaigh sé óna dheirfiúr nach raibh focal sibhialta labhartha ag an dís deartháir le chéile ar feadh sé mhí roimh an dúnmharú. Aisteach go leor – b'fhéidir – níor tagraíodh don bhlúire a d'inis sé don Sáirsint gur fhógair Winnie gur phós sí an deartháir contráilte. Fágadh gan chíoradh an fhianaise chlostráchta a léireodh go raibh ceannfháth rúnda eile, diomaite den cheann eacnamaíochta, laistiar den dúnmharú.

Ar inis mé duit gur thugas féin cuairt ar Gharbhachadh is ar Thír Chiaráin? Sa samhradh 1978 a bhí mé ann. Faoin am sin, bhí mé ag fiosrú chuntas m'athar le bliain agus ba mhithid liom blaiseadh den áit arbh as do mo mhuintir. Thapaigh mé an deis, agus mé i Sasana ag comhdháil acadúil agus mé tar éis a bheith ag stopadh le Bertie ag Arrington, chun sciuird a thabhairt ar Éirinn. Mhol mo chuid comhghleacaithe dom gan gabháil go Tuaisceart Éireann, mar gheall ar an sceimhlitheoireacht. Rinne mé rud orthu i dtosach agus d'fhan i nDuibhlinn mar a ndearna mé dalladh léitheoireachta sa Leabharlann Náisiúnta faoi stair is faoi fhorbairt Gharbhachaidh. Ar mhaith leat an stuif sin a mhothú? An logainm is an scéal a bhaineas leis; na taoisigh mhóra Ghaelacha, Niallaigh Chlann Aodha Buí; na Cannings ar dhánaigh Eilís I eastát scóipiúil orthu; George Canning, an boc ba cháiliúla den teaghlach seo, príomhaire na Breataine Móire sa bhliain 1827 agus síorchoimhlinteoir Robert Stewart, an Bíocunta Chaisleán Riabhach, a goineadh sa chorróg i gcomhrac aonair le h*Old Cut-throat* in 1809; Cath Gharbhachaidh i Mí Iúil 1813 nuair a thug na *Ribbonmen*, eagraíocht rúnda Chaitliceach, faoin Ord Oráisteach:

The day came out, they did repair
In multitudes to Garvagh fair;
Some travelled thirty miles and mair
To burn the town of Garvagh.

Ní dócha gur spéisiúil leat a chluinstin gur bhain na hOráistigh an babhta sin? . . . Nó go raibh George Perryman, gaol gairid le pearsana an dráma seo, orthu siúd ar an taobh Oráisteach a gortaíodh nuair a d'ionsaigh na *Ribbonmen* an teach tábhairne, the King's Arms, ceannáras an tsean-namhad. Tá do dhóthain de stair na háite agat, an bhfuil? . . . Ar scor ar bith, in ainneoin rabhaidh is comhairle, d'imigh mé ó thuaidh. Go Londonderry ba thúisce a thugas m'aghaidh go bhfeicfinn an charcair. Bhain an chathair féin geit asam. Cé gur tógadh í ar shuíomh álainn, ar dhá bhruach na habhann, crios cogaidh a bhí ann. Mhoilligh mé sách fada le fótaghraf a thógáil den seantúr – ba chuid den fhoirgneamh riaracháin é sin agus bhí sciathán na gcillíní a bhí i gcruth chrú capaill taobh thiar de leagtha go hiomlán faoin am sin – is bhrostaigh mé ar ais chuig mo charr le déanamh ar Gharbhachadh.

Bhí cuma shuaimhneach normálta go leor ar Gharbhachadh má fhágann tú as an áireamh na bratacha is na cosáin dhearg/bán/gorm-pheinteáilte a thug le fios go rabhadar i lár shéasúr na bparáidí. Níl The King's Arms ann anois, faraor. Nó teach stórais Mhic Ambróis, Ceannaithe & Ceantálaithe & Adhlacóirí. Ach stopas le breathnú ar an Chlogthúr ar leacht cuimhneacháin é dóibh siúd a díothaíodh i gcogaí na hImpireachta. Gan aon Perryman luaite orthu siúd. Bhuail mé isteach i Músaem an bhaile mhóir ina bhfuil neart taispeántas a bhaineas leis na Cannings, le cúrsaí na roisne is le tionscal an lín. Gan go leor déanta ag na Perrymen ar son íomhá phoiblí Gharbhachaidh go ndéanfaí a n-éachtaí a chomóradh san iarsmalann.

Ar an drochuair, ní thig liom a rá gur tháinig mé ar aon nuafhianaise iontach le linn mo chuairte ar Gharbhachadh. Níl teach mhuintir Perryman le feiceáil amuigh ag Tír Chiaráin. Níl ann anois ach séipéal is scoil Chaitliceach agus ionad picnic ag Coill Thír Chiaráin. Ach, agus mé ar ais i mBaile Átha Cliath, d'aimsigh mé bailéad i seanuimhir de chuid *Ulster Lore*. De réir dealraimh, bhí an tseoid seo i mbéal an phobail i gceantar Gharbhachaidh go fóill nuair a taifeadadh é sa bhliain 1937:

Come all ye lads and lassies
And listen to me now,
To my tale of death and dying
Full of sadness and sorrow.
Of lost love, of lust, of passion,
Of remorse and deep harrow,
Of a man hanged high in Derry Jail,
Of how love had laid him low.

George Perryman, a merry man,
Did to him a wife take.
A woman prudent and wise,
A partner and a mate.

His choice was Winnie Scott,
A choice designed by fate.
But fate turned cold on a spring morn
When love was buried by hate.

Cad é do bharúil de Bhailéad na bPerrymen? Tá glac véarsaí eile ann. Tabharfaidh mé bleaist eile duit ar ball.

Sula ndeachaigh mé go Garbhachadh, rinne mé mo shlí tríd an leabhar teileafóin. D'aimsíos deichniúir den sloinne 'Perryman' i dTuaisceart Éireann ach gan éinne acu i bhfoisceacht Gharbhachaidh. Ach bhí triúr in áiteanna eile in Oirthear Chontae Londonderry agus in Iarthar Aontroma. Ó chaint m'athar, thuig mé go raibh col ceathracha go leor ag an teaghlach seo againne. Bhí a fhios go mbeadh daoine rud beag íogair faoi dhúnmharuithe a tharla i bhfad siar agus nach bhféadfainn fiafraí go neamhbhalbh ar ghaolta leis an teaghlach míchlúiteach, na Perrymen, iad. Is éard a rinne mé ná glao ar an chéad duine, B. Perryman, ag Bruach Sheáin i gContae Aontroma is a mhíniú gurbh ollamh ó Cheanada mé a bhí ag déanamh taighde ar lucht a shloinne. D'fhreagair an fear – ba é Bruce a chéad ainm agus b'fheirmeoir é – nach raibh aon chur amach aige ar stair a mhuintire. Ba é seo an gnáthfhreagra a fuair mé óna dtromlach. San am, bhí mé ag féachaint le dúnárasacht bhréagach chomhchealgach a aimsiú, áit nach raibh ach tostaíl nádúrtha. Tuigim anois, tar éis na mblianta, gurb é seo an fhreagairt choitianta a fhaightear nuair a cheistítear daoine meánaosta nó daoine breacaosta faoina sinsear. Ní hé go mbíonn a oiread sin le ceilt acu – cé go n-áiteoinn gur beag teaghlach nach bhfuil cnáfairt de shórt éigin ar crochadh ina gcófraí, murabh é gur crochadh féin an cnámharlach – ach gurbh fhearr leo dá gceadófaí do na mairbh luí go suaimhneach, gan daoine ainbhiosacha a bheith ag robáil na n-uaigheanna. D'fhéadfadh Lynn an fhíric sin a dhearbhú duit.

Eisceacht ab ea an Dea-bhaintreach. Iarmhúinteoir scoile ab ea Elizabeth Menzies Perryman a raibh spéis aici sa ghinealas. Ní trí mheán an eolaire ghutháin a tháinig mé suas léi mar ní raibh a huimhir liostaithe. James Perryman, aturnae i mBaile Meánach agus duine díobh siúd ar labhair mé leo ar an teileafón a chomhairligh dom dul i dteagmháil léi. Dá mbeadh go leor ama agam, scríobhfainn chuig an Bhaintreach, ag míniú cad a bhí ar siúl agam – a bheag nó a mhór – agus ag féachaint le cruinniú a shocrú léi. Cheal ama, chinneas ar dhul sa seans agus cuairt gan choinne a thabhairt ar Bhean Perryman. Thug an t-aturnae treoracha chun a tí dom. Bungaló compordach néata ar imeall Mhuileann na Buaise a bhí ann – is ea, sin an áit chéanna a ndriogtar an braon crua sin. A thúisce is a leagas súil ar an Bhaintreach, d'aithin mé go raibh sí ag dréim leis an chuairt – ón aturnae a chuala sí fúm, ní foláir – agus go raibh sí faoi réir faoi mo choinne. Shéan sí go raibh aon chur amach aici ar an teaghlach i gcoitinne, gan trácht ar an chraoibhín dearscnaitheach seo agamsa. Ghlac mé leis sin. Ní raibh a fhios agam go raibh sise ag obair ar phíosa ar na dúnmharuithe le fada an lá agus gur amharc sí ar an teacht seo agamsa mar bhagairt ar a himpireacht bheag. Tuigeann tú féin, b'fhéidir, go mbíonn rud éigin ag teastáil ó sheandaoine chun iad a choinneáil gníomhach. Seo bean, ar cailleadh a fear céile ceithre bliana roimhe sin, a bhfuil a clann go léir tógtha aici agus a bhfuil uaithi ról éigin a athchruthú di féin. Ní mé go baileach fós cad é mar a tharla sé ach d'fhoghlaim an Bhaintreach Perryman faoi ghaolta a céile is chuir roimpi staidéar a dhéanamh orthu. Tar éis dom fáil amach faoi sin, scríobhas chuici ó Calgary agus rinne mo dhícheall cur ina luí uirthi nach raibh mé ag féachaint le saothar a beatha a bhradú liom, go bhféadfaimis comhoibriú le chéile, foinsí eolais a mhalartú, is araile. Litir óna haturnae a fuaireas féin mar fhreagra – is ea, cé eile ach ó Thaidhgín an dá Thaobh, James Perryman, a léiríonn gur beag difríocht atá idir an lucht dlí i ngach áit – ag comhairliú dom go raibh mo chuid iarrachtaí leanúnacha ar theagmháil a dhéanamh lena chliant – éist leis seo! – ag tabhairt crá di agus go gcuirfí an dlí orm le haghaidh damáistí dá gcuirfinn isteach ar Bhean Perryman a thuilleadh. Caithfidh gur chreid an t-aturnae gur Mheiriceánach mé!

Cad é sin a deir tú? . . . Go bhfuilim faoi ghruig is go bhfuil blas na seirbhe orm? Bhuel, dá bhfeicfeá an raiméis a d'fhoilsigh sí cúpla bliain ó shin. Tá an t-alt "Iomrall Ceartais" aimsithe agaibh i mo phluais staidéir? Is ea, in *Iris Staire Dheisceart Londonderry*. Ach nár léigh tú é go fóill. Tá an pléisiúr sin i ndán duitse fós mar sin. Huith! Seo sampla maith dá dtiteann amach nuair a thugann amaitéaraigh faoin taighde. An chonclúid an chéad ní a bhíonn acu i dtólamh agus mura gcumann siad an fhianaise, déanann siad í a

chóiriú is a chur i láthair chun teacht chun réitigh lena réamhinsint féin. Iomrall ceartais, a deir sí! Iomrall breithiúnais ab ea é an stuif sin a fhoilsiú. Agus í ag maíomh gurbh é an Tincéir Ó Néill a mharaigh George is Winifred Perryman agus – éist leis seo! – gur crochadh fear neamhchiontach. A leithéid de raiméis! Agus bhí mise sásta mo chuid taighde a roinnt léi . . . Tá mo bholg ag cur isteach orm . . . Níl fonn orm leanúint ar aghaidh. Imigh as mo radharc, le do thoil. Tá mo dhóthain ráite agam inniu.
[*Chríochnaigh an seisiún seo ag 5:14 i.n. Tugadh béile don chime sular imigh mé. Ar a shon go bhfuil iarrachtaí déanta agam Berry a chur ag caint ar a bhean chéile is ar ar tharla oíche a maraithe, níl éirithe liom fós. De réir na fianaise, is tábhachtaí leis an scéal seo faoina mhuintir ná bás a mhná. Cur i gcéill is ea é sin, creidim. Gheobhainn brú a chur air anois ach feictear dom go bhfuil sé ag baint earraíochta as an scéal eile seo toisc nach féidir leis teacht chun réitigh lena bhfuil déanta aige. Mar sin, caithfidh mé ligean dó leanúint leis an scéal eile, taispeáint dó go bhfuil spéis agam inar tharla dá mhuintir agus an ócáid seo a úsáid chun muinín a chothú eadrainn. P. L.*]

Seisiún a Trí: An Domhnach, 1ú Samhain 1992. 10:05 r.n.
[*Thug an Sáirsint le fios gur lorg an príosúnach dochtúir mar gheall ar phianta ina bholg. Cuireadh fios ar dhochtúir ar 20:10 aréir. Ba é a bhreith é go bhfuil an mídhíleá ag cur as do Berry. Ceadaíodh cógas leighis. Ní aontaím leis an chinneadh sin. Creidim gurbh fhéidir an laige sin a úsáid chun brú a chur ar an phríosúnach éirí as an chluiche seo atá á imirt aige. Ní ligfear don dochtúir Berry a fheiceáil arís gan cead uaim. P. L.*]

Cén t-am é? Ó thóg sibhse m'uaireadóir uaimse, táim ar seachrán. An gceapann sibhse go gcuirfinn lámh i mo bhás féin trína shlogadh? Ná habair é, tá a fhios agam, riail is ea í go gcoimeádtar na giuirléidí sin i dtaisce, ar eagla na heagla . . .

Dheamhan maitheas atá sna táibléid frithaigéid seo. Tá siad rólag. Is ea, ní gá na leithscéalta . . . Ar eagla na heagla . . .

Cad air a labhróimid inniu. Tá mé bréan de mo mhuintir faoi

láthair. Seo í an tSabóid. Tá sos uaimse le mo mharana a dhéanamh agus ní thig leat tabhairt orm labhairt fúthu . . . nó faoi Lynn. Mura bhfuilim in ann siúl amach as an seomra ceastóireachta seo, tá tusa i do bhrá agamsa fosta, agus tú i dtaobh liomsa agus le mo dhea-thoil. Há! Ná bíodh imní ort. Gheobhaidh tú faoistin ach beidh ort a bheith foighdeach. Ní bheidh aon *instantaneous gratification* anseo.

Inis é seo dom. An fíor go bhfaigheann na Mounties a mbean i gcónaí? Na laethanta seo, is chomh dócha lena athrach é go bhfaigheann sibhse bhur bhfear freisin, má thuigeann tú mé. Caithfidh go bhfuil neart scéalta le hinsint agat faoi sin. Ar aghaidh leat, mar sin . . . Ó, níl tú sásta an cluiche a imirt. Is tá pus ort!

. . . Haigh, tar ar ais, níl mé críochnaithe go fóill . . . Nach bhfuil acmhainn grinn agat?

[*Cuireadh deireadh leis an agallamh ar 10:10. P. L.*]

Seisiún a Ceathair: An Domhnach, 1ú Samhain 1992. 11:05 r.n.

[*Tar éis dom labhairt leis an Cheann Roinne, chuireamar fios ar an síceolaí, an Dochtúir Aimée Picelle, le breathnú ar an Chime agus le héisteacht leis ó sheomra amuigh. Ba mhaith linn fáil amach cad í a breith phroifisiúnta ar Berry agus cén fáth a bhfuil sé gafa leis an scéal seo. P. L.*]

. . . Tá gearán agam agus bheinn faoi chomaoin agat dá gcuirfeá é faoi bhráid na n-údarás. Níl aon lón léitheoireachta agam sa chillín. Gan an Bíobla féin agam . . . Nach tú atá cancrach! Tá a fhios agam gur féidir liom dlíodóir a earcú is é sin a insint dó. Chomh cultúrtha le Genghis Khan atá a dtromlach . . . Dá mbeadh peann is pár agam, seans go bhfaighfeá an fhaoistin seo níos luaithe . . . Tuigim. Tá sibhse ar maos sa mhaorlathas . . . bheadh ort labhairt le do chaptaen. Tá sé seo uilig chomh sothuartha le script drochscannáin.

Bhuel, a Philibín, nach tú atá droch-araíonach go fóill . . . Ná bíodh corrabhuais ort, a mhic, ní dhéanfaidh mé thú a chiapadh a thuilleadh ar maidin. Tá an sos fógraíochta thart. Airímse féin gur mithid clabhsúr a chur ar an mhír seo den seó. Táim ag tnúth leis an mhírín poiblí agus ardán agam den saghas nach gnách le hacadamhaí umhal gan uaillmhian. Beidh na meáin chumarsáide ann, gan dabht, lucht an phreas is na teilifíse, agus iad uilig ag súil leis an scúp mór . . . Ní loicfidh mé orthu . . .

Cá rabhamar? Is ea, thiar i nGarbhachadh. Ag caint ar an Bhaintreach Mheidhreach. An óinseach sin a mhaígh go raibh Willie neamhchiontach. Ise a chaith glúin ag gabháil dá cuid taighde mar dhea, a rinne an fhianaise a chóiriú, is a ndeachaigh bunfhíricí amú uirthi. Gan trácht ar an fhianaise a tugadh i gcoinne Willie i gcaitheamh na trialach agus a ndearna sise neamhiontas di, rinne sí botún millteanach amháin. Níor aithin sí gurbh é William athair Isaac. Ar léigh tú ó shin an amadántacht sin atá aici: "Lánúin shona shásta ab ea George is Winifred. Ba mhil ar an chuiseogach dóibh an maicín beannaithe a bronnadh orthu. Bhí an dís acu, George ach go háirithe, doirte don leanbh." A Chríost, a leithéid de shaontacht. Ní raibh le déanamh aici ach breathnú ar an scrúdú iarbháis a rinneadh ar George go bhfeicfeadh sí nach raibh sé in ann mac a shíolrú. Nárbh é a bhí éagumasach ó bhuail an leicneach é, agus é ina stócach.

Cad é sin a deir tú? Abair arís é, a dhuine! . . . Seans gur thuig an Bhaintreach gur mar sin a bhí an scéal? Ní chreidim thú. Cad chuige nach luafadh sí é mar sin? . . . Toisc nár mhaith léi ábhar íogair mar sin a chur i láthair a cuid léitheoirí logánta! Bíodh ciall agat. An chéad rud eile a déarfaidh tú go n-aontaíonn tú lena cúiseamh gurbh é an Tincéir Ó Néill a dhúnmharaigh an lánúin! Ná habair é. Tá tú ag iarraidh olc a chur orm. Tig leat imeacht go hIfreann . . . Is ea, tá gach seans ann go mbuailfinn leat ann. Mar cé nach gcreidim ina leithéid, dá mbeadh cead a gcinn ag na feiminigh sin atá ag léirsiú amuigh, bheinn teilgthe isteach sa bhráchthine acu . . . Ní bhraithim go bhfuil an oiread ball den Seathras Seiftiúil anseo inniu is a bhí aréir. An bhfuil siadsan ag éirí tuirseach díom cheana nó an bhfuil cás níos fearr faighte acu? Ar chuala tú iad ar ball? Ag tabhairt "muc", "anduine" is "ainchríost" orm. An ceann deireanach sin an ceann is greannmhaire díobh ar fad. Is doiligh dom mé féin a shamhlú ar chomhleibhéal le seanchara liom, Alain Verreault. Gan dabht, beidh na feiminigh ar ais ar diúité le haghaidh na trialach.

Is ea . . . an triail. Ar an 20ú lá de Mhí na Súl Buí 1909 a thosaigh triail Willie ag an County Assizes in Londonderry. Alexander Gibson an Breitheamh. An Príomh-aidhne, An tUasal R. Cherry, M. P., a bhí i gceannas ar fhoireann na Corónach. Ba iad D. S. Henry, K. C. agus

John R. Patchell, K. C. dlíodóirí Perryman. Cad é sin? Sin ceist mhaith . . . An cuimhin leat an t-airgead a bhí faighte ag Willie óna dheartháir. Lena chois sin, bailíodh roinnt airgid i gceantar Gharbhachaidh chun íoc as costais Henry is Patchell. Is ea, tá sé le tuiscint as go raibh daoine ann nach raibh sásta droim láimhe a thabhairt don phríosúnach, ar a shon gur ghránna leo an choir a cuireadh ina leith. Agus seans go rabhthas ann i gcónaí a chreid, amhail na Dea-bhaintrí, go raibh Perryman neamhchiontach. An t-aon bhlúire fiúntach taighde atá déanta aici is ea teacht ar litir sa *Londonderry Sentinel* ó Mheitheamh 1909. Más buan mo chuimhne, ministir Preispitéireach darbh ainm Walter Shields a shínigh í is bhí seisean ag tiomsú chiste airgid chun tacú le cosaint William Perryman. Ba é an tátal a bhain an Bhaintreach as sin gur cheap an ministir nach raibh Willie ciontach. Ní thagaim leis an tuairimíocht sin. B'fhéidir nach raibh i Shields ach dea-Chríostaí. Ag an am céanna, tá a fhios agat féin go maith go bhfuil neart *crazies* ar an taobh amuigh de na ballaí seo a fhaigheann ciceanna anghrácha ó bheith gafa leis na *crazies* istigh. Cá mhéad ógbhean a scríobhann chuig Jeffrey Dahmer? Ós baintreach fir mé féin go hoifigiúil anois, táim ag dréim leis an chéad cheiliúr pósta. Ba chóir dúinn iarraidh orthu grianghraif a chur isteach. Agus cad a deir na hailt in irisleabhair na mban na laethanta seo: gurb é an bhaintreach fir an dóigh mná is fearr leis an bhantracht. Murab ionann is an fear singil, a mbíonn fadhbannna de shaghas amháin nó de shaghas eile aige murar pósadh riamh é, nó an fear scartha, a mbíonn ailiúnas is páistí agus iarchéile buile aige, ní bhíonn bagáiste den sórt sin ag baintreach fir. Seo duine a bhí aibí go leor chun cuing is fail an phósta a chur air féin agus nár loic ar a bhean trína tréigean le haghaidh a rúnaí reangaigh eisbheartaigh. Níl ann ach gur cailleadh a chéile ionúin. Mionsonra suarach is ea é i dtaca liom féin de, gan agó, gur cailleadh Lynn seo agamsa i gcúinsí amhrasacha. Má tá bean uait, tabharfaidh mé cuid de na hainmneacha is na grianghraif duitse.

Cad é sin? Tá tusa dubh dóite de na mná. Ní thógaim sin ort . . . A thiarcais, a Philib, nach tú an boc-ó! Itheann muca ciúine triosc freisin . . . Nach steiréitíp de shaghas i measc na bpóilíní é sin gur theip ar an phósadh toisc nach raibh an bhean in ann na huaireanta fada a fhulaingt aisti féin? Agus tú i do Mhennonite. Cad é barúil do mhuintire thoir in Manitoba de sin? . . . Dís iarchéile agat! Go beacht a thuigeann tusa cúrsaí ailiúnais.

Dhá lá a mhair an triail. Tá líon na rudaí nua atá le liostú agam teoranta go leor is iad déanta cheana féin go díreach nó go hindíreach agam. Ach tá cúpla rud ann a bhréagnaíonn téis na Baintrí go huile is go hiomlán.

Sa chéad dul síos, tá an tincéir ann . . . Ní hea, ní ag caint ar an Niallach atá mé ainneoin gur fhéach dlíodóirí an chosantóra lena ainm a tharraingt isteach arís is arís eile agus béim a chur ar mhíchlú threibh na dtincéirí, ó thaobh an óil is an ragúis is an mhacnais i gcoitinne. Táim ag caint ar an bhean, ar Neainsí Uí Bhaoill, a chonaic cuid den aicsean tigh Perryman. Ba ghnách le Neainsí, ar chupár a fear céile, gabháil ó theach go teach i mbun pacaireachta. D'fhreagair sí, nuair a ceistíodh í sa chúirt, go raibh breacaithne aici ar mhuintir Perryman. Bhí sáspan díolta aici le Winifred seal roimhe sin. Maidin an 14ú Feabhra 1909, bhí bean an tincéara ag taisteal ar an bhóthar ó Shuaitreach go Garbhachadh nuair a thug sí faoi deara an cosantóir ag rith amach doras an tí agus ag teacht anuas an cabhsa. Thart ar bhomaite ina dhiaidh sin, chonaic sí Winifred sa doras agus chuala Neainsí focail scanrúla Winifred: "Goitse ar ais, Willie, tá sé maraithe agat!"

Fianaise throm ab ea í seo i gcoinne an chosantóra. Ach ba dhíol spéise é gur thug sí le fios nach raibh faoi William Winnie a dhúnmharú. Ba ise a tharraing a hoidhe uirthi féin trí theacht chun an dorais. Ar ndóigh, bhí Henry is Patchell ar a mbionda le beag is fiú a dhéanamh den fhinné is den fhianaise. Nárbh fhíor gur gabhadh Neainsí Uí Bhaoill as a bheith ar deargmheisce is as a mí-iompar clamprach ar phríomhshráid Phort Chluain Eoghain ar Lá Fhéile Pádraig 1907? Nárbh fhíor nár shaoránach measúil í? Dá mba rud é gur chreid sí go raibh urchóid ar siúl tigh Perryman, cad chuige nár inis sí sin do dhaoine eile ar bhuail sí leo ar an bhóthar go Garbhachadh? Nárbh fhíor go raibh an RIC ag íoc as lóistín Neainsí Uí Bhaoill in Londonderry ionas go bhféadfaidís a bheith cinnte go dtiocfadh sí chun na cúirte? Ní raibh freagraí na mná sásúil i dtólamh ach theip ar dhlíodóirí Willie smál a chur ar a cuid fianaise.

Bhí an fhianaise a thug an tOllamh Edmund McWeeny ó Choláiste na Tríonóide i mBaile Átha Cliath tábhachtach damnaitheach. Dlí-eolaí a bhí ann, fear aitheantais de chuid Alphonse Bertillon, is bhí obair mhór déanta aige le haghaidh na bpéas i gcásanna dúnmharaithe den chineál seo. Dheimhnigh McWeeny go raibh ribí gruaige a bhí greamaithe den chasúr fuilsmeartha a aimsíodh sa charn aoiligh lasmuigh de theach na bPerryman ag teacht le samplaí a stoitheadh ó chloigeann chorp George Perryman. Agus thug an tOllamh cuntas ar thástáil a bhí déanta aige ar bhuataisí is ar bhalcaisí éadaigh de chuid an phríosúnaigh. Ba é an míniú a bhí ag William Perryman ar na smálacha fola orthu go raibh sé i ndiaidh siúl trí loch fola ar imeacht isteach sa chistin dó i dtús báire agus gur ardaigh sé cloigeann Winnie ar a ucht. Ach de réir fhianaise an Ollaimh, ní raibh aon rian fola ar bhoinn na mbuataisí, ainneoin go raibh a leithéid ar na huachtair is ar threabhsar Perryman. Dá réir sin, d'fhonn tástála, shiúil McWeeny trí sheamlas i mBaile Átha Cliath. Bhí boinn na mbuataisí clúdaithe le fuil ar a shon nár smálaíodh an bríste. Thacaigh an fhianaise seo le cúiseamh na Corónach gur smearadh balcaisí an chime nuair a bhuail sé a ghaolta leis an chasúr.

Ina dhiaidh sin, tháinig neart comharsan i gclár na mionn a dhearbhaigh gur chuala siad William Perryman ag fógairt gur mheancóg a bhí sa socrú a bhí déanta aige lena dheartháir. An chiall a bhaineadar as go raibh Willie feargach mar gheall ar chúrsaí airgid. Ar ndóigh, tig linn craiceann eile a chur ar an scéal is a rá go raibh sé ag dó na geirbe ag Willie go raibh a ghrá geal pósta ar a dheartháir.

Bhí Cecil ar an líon beag finnéithe a labhair ar son na cosanta. Thagair sé don teannas idir an chlann mhac faoin fheirm. Go híorónta, mar a thug sé le fios, ba eisean a bhronn an t-acra maraithe ar a mhuintir i bhfad siar. Féirín beag ab ea an casúr a thug sé abhaile leis, agus é ar cuairt ó Carlisle. Tríd is tríd, bhí an chosaint lag. Diomaite de na hiarrachtaí a rinneadh chun amhras a chur ar Neainsí Uí Bhaoill is ar thincéirí i gcoitinne, tarraingíodh ainm Isaac isteach. Ba í an cheist a chuir an tUasal Henry ná dá mba rud é gurbh é an príosúnach fear déanta na coire uafásaí seo agus gurbh é an ceannfháth a bhí leis ná úinéireacht na feirme, nach luífeadh sé le réasún go ndíothódh William Perryman an leanbh ar a dtitfeadh an fheirm le hoidhreacht? Bhí an cheist seo ciallmhar dá mba é an t-éad a shíolraigh ó úinéireacht na feirme a ba chúis leis na dúnmharuithe. Ach bhí an cheist chontráilte sin bunaithe ar mhíléamh ar na ceannfháthanna. An cheist cheart nár cuireadh, an mbeadh Abraim seo againne in ann a Isaac a íobairt?

Is ea, bhí sé i ndiaidh a leannán a bhualadh le casúr – seacht ngrugam throma a fuair sise, áit nach bhfuair George ach buille cruinn amháin nuair a bhí sé ag alpadh a chuid prátaí is cairéidí. Ach má bhí an t-ionsaí ar George réamhbheartaithe, níorbh amhlaidh don dara hionsaí. Íorónta go leor, má ba choir phaisin díothú George, coir bhuile ab ea marú Winnie. Ní raibh sí in ann fanacht siar ón doras, agus a béal mór a choimeád dúnta; is ba ise a d'íoc go daor as sin. Go bhfios dom, ní raibh comhcheilg ar bith eatarthu chun fáil réidh le George is éalú leo. Tá seans ann go raibh leid de chineál ag Winifred cad a bhí beartaithe ag Willie tar éis do George fáil amach faoi na leannáin. Dá mba thraigéide stáitse é seo in ionad méaldráma, bheimis ag súil leis go gcuirfeadh Willie lámh ina bhás féin in ionad a bheith ag féachaint le dallamullóg a chur ar Sháirsintí saoltaithíocha is ar dhlí-eolaithe léannta. Ach de réir na fianaise, níor laoch nó níorbh aon eolaí roicéid mo sheanathair. Táthar ann a mhaífidh gur chleacht sé an mháinliacht inchinne ar bhealach an-bhunúsach.

Tar éis an dara lá, thug na dlíodóirí achoimre ar a gcásanna, rinne an Breitheamh Gibson an fhianaise uilig a scagadh agus seoladh an giúiré amach chun teacht ar bhreithiúnas. Mheil siad trí cheathrú uaire sular thángadar ar fhíorasc d'aon ghuth.

Ní raibh aon dabht ann go bhfaighfí ciontach é, an raibh? Cuireadh an trú, faoina chroiméal, faoina chóta dubh saraiste, ina sheasamh. An t-aon rud a dúirt Willie sular labhair an Breitheamh ná a shéanadh go raibh sé ciontach. Chuir an Breitheamh Gibson an caipín dubh air féin agus dhaor an cime go n-aistreofaí é go cillín an bháis in H.M. Prison, Londonderry, "mar a gcrochfar thú ar 19ú Meán Fómhair i mbliain ár dTiarna 1909 is go n-adhlacófar do chorp taobh istigh de bhallaí an Phríosúin. Agus go ndéana Dia trócaire ar d'anam!"

Agus an daorbhreith dheasghnáthach seo tugtha dó, chinn an tArdaighne ar gan leanúint leis an chúiseamh gurbh é William a mharaigh Winifred. D'fhoir sin don Choróin, más cruinn an tuairimíocht gurbh fhearr leo gan poiblíocht a tharraingt ar an chaidreamh idir an dís seo. Treoraíodh an cime siar go Carcair Londonderry le feitheamh lena throcha. Coinníodh ina rún a choibhneas leis an mháthair mharbh is leis an bhunóc bheo.

Murab ionann is an scéal sna Stáit Aontaithe na laethanta seo, mar a mbíonn an t-ainniseoir bocht in ann blianta a chaitheamh ag spraoi leis an chóras cirt ar gach leibhéal, agus ag soláthar na múrtha airgid le haghaidh na ndlíodóirí, ní raibh Willie in ann achomharc in aghaidh na breithe go cúirt uachtarach. Ba é Fear Ionaid an Rí an t-aon duine a bhí in ann an phianbhreith a iomalartú dá gcreidfí go raibh imthosca maolaitheacha ann. Dhá mhí a bhí ag William le spásas ón daorbhreith a bhaint amach.

Tráth na gceist atá ann arís. Ceist staire í seo. Aon tuairim agat cérbh é Fear Ionaid an Rí in Éirinn san am? Is mar "*a harmless, kind-hearted man*" a chuir polaiteoir Éireannach síos air. Seo leid bheag duit, a Philibín. Chaith sé seal conspóideach sa phost céanna i gCeanada fosta . . . Ní bhfaighfeá go deo é. John Campbell Gordon, Céad Mharcas Obar Dheadhain is na Teamhrach, a bhí ann. Faoin bhliain 1909, bhí sé féin agus a bhean chéile ar ais in Éirinn don dara babhta. Déanta na fírinne, is pearsa i bhfad níos spéisiúla an Banmharcas Ishbel, a bhí gníomhach i bhfeachtais shóisialta is pholaitíochta. Ba bhean láidir chinsealach í seo. Deirtear gur thug sí ar na húdaráis an ceannaire sóisialach Éireannach, James Connolly, a shaoradh ó phríosún sa bhliain 1913 tar éis do bhean chéile Connolly impí uirthi. D'fhéach dlíodóirí Willie le hagairt oirchiseachta a chur faoi bhráid Fhear Ionaid an Rí. Ach níor faomhadh an achainí. Ba thrua nár mheabhraigh na dlíodóirí céanna ar dhul i dteagmháil le hIshbel. Dá mbeadh bean éigin ag Willie le labhairt ar a shon . . . Scríobh Ishbel ina cín lae ag tús 1910: "*A new beginning: great hopes, fresh dreams. I pray that the coming year is not as unremarkable as the old!*" Rinneadh na hullmhúcháin faoi chomhair an chrochta.

Cad é do bharúil de phionós an bháis? Is dócha go bhfuil tú ina fhabhar, amhail fhormhór do chuid comhghleacaithe? Bheifeá ag súil leis go bhfuilim ina choinne. Níl. Táim go daingean ina leith. Ba chuid de bhunchreideamh Lynn é gurbh fhéidir cimí a athshlánú, dá soláthródh an tsochaí áiseanna is maoiniú go leor chun an jab a dhéanamh i gceart. Ba spéisiúil a fháil amach cén bhreith a thabharfadh sí ar an chás seo agamsa. Mar a bhain le ceisteanna dá leithéid, ba dhuine seasmhach réasúnta í, agus í go mór i bhfách le príosúnaigh, is dúnmharfóirí orthu, a scaoileadh amach ar a n-onóir dá measfadh na saineolaithe nach ndéanfaidís foréigean arís. Ghéilleadh sí go neamhfhonnmhar nach bhféadfaí cead a gcinn a thabhairt do Jeffrey Dahmer is dá leithéid, ar a shon gur dhócha go maródh comhphríosúnach éigin é . . . Huth, bhí Lynn saonta. Tá an oiread eile liobrálach croíchráite ar an saol a deir nach bhfuil an t-údarás morálta ag an stát an coirpeach a phionósú is an choir a dhíoghail. Go seoigh a thuigim gurb é an freagra a bhíonn ag na liobrálaigh chéanna gur leor an pobal a chosaint trí choirpigh a chur isteach i gcarcair agus – is breá leo an argóint seo – go mbíonn baol ann i dtólamh go ndíothófaí an duine contráilte. Mar an gcéanna, is fíor gur mó seans atá ann más fear gorm ar Shraith an Bháis thú go mbeidh coinne adhmhaidine agat le hInstealladh an Bháis, leis an Chathaoir Leictreach, le Seomra an Gháis, le Scuad an Lámhaigh ná fear geal ar an tSraith chéanna. Liosta le háireamh na neamhchiontaigh ar crochadh nó ar linseáladh iad chun cíocras fola an phobail a shásamh nó toisc nach raibh a ndearcadh polaitiúil, reiligiúnda, aicmeach nó treibheach ag teacht leis an fhaisean a bhí suas i measc an phobail. Gan aon agó, baintear mífheidhm as pionós an bháis. Ní thig liom nó ní fhéachfainn leis na fíricí sin a bhréagnú. Tá an córas fabhtach leataobhach. Ach má tá an pobal cinnte, tar éis dó iniúchadh cuimsitheach fuarchúiseach a dhéanamh ar gach taobh den scéal, go bhfuil duine ciontach i ndúnmharú, is ceart é a chur chun báis, is cuma cad a deir na liobrálaigh. Ar ndóigh, dá ndaorfaí chun báis mé féin, bheadh slua acusan amuigh ansin amárach ag caoineadh is ag béicíl gur chóir an daorbhreith a chur ar ceal. Is fuath liom an easpa seasmhachta sin. Comhartha is ea é nach gcreideann siad i ndáiríre ina dhath. Áitím go diongbháilte, mar dhuine atá féinchúiseach, go n-éilíonn an chóir chothrom an díoghail chuí.

. . . Cad é sin? "Súil ar shúil is fiacail ar fhiacail." Is ea, is dócha gur leor an rá sin le cur síos ar an tuairim seo agamsa, má tá tú i dtaobh le *cliché*. Ní déarfaidh mé a dhath faoin dóigh ina bhfuil tú i ndiaidh na focail sin a tharraingt as a gcomhthéacs. Déan Leabhair Eaxodus 21:24 is Léivític 24:20 a sheiceáil am éigin. Nó Cód dlí Hammurabi.

Is ea . . . Admhaím gur ceist mhaith í sin. Bhí a oidhe tuillte go maith ag Willie Perryman, in ainneoin théis na Dea-bhaintrí. Ach tá an ceart agat go teicniúil nuair a mhaíonn tú nár nochtadh an scéal iomlán i gcaitheamh na trialach agus nach bhfuair an giúiré an seans a fháil amach an raibh aon dálaí ann a mhaolódh an bhreith. Ach feictear dom nach ndéanfadh sé lá difríochta sa chás seo. Ní raibh aon loghadh tabhaithe ag Willie.

Is mithid dúinn scata crochadóirí a thabhairt i láthair. Táim ag caint ar an saghas oifigiúil fosta. Ainmnigh an teaghlach treallúsach a bhronn triúr crochadóir ar an Choróin? . . . Na Pierrepoints, ar ndóigh. Henry Albert, deartháir leis, Thomas William, agus *Plain ol'* Albert, mac le Henry. Nach iadsan an sórt scléipeach gur mhaith leat a thabhairt chuig cóisir?

Ní mé ar léigh tú dírbheathaisnéis Albert, *Executioner: Pierrepoint*? Is ea, tá mo chóip agat ansin. Tóg abhaile leat í agus bain ceol as oiliúint is as seanchas ógfhir ar dhual dó dul le ceird uasal: arsa Henry le stáisiúnmháistir lá: "*This is my eldest son . . . And one day he will be the Official Executioner.*" Tá neart grianghraf ann ar uirlisí na ceirde, agus an strapa nua a thug Henry isteach chun duine ar leathláimh a chrochadh orthu. Tig leat do dhóthain a léamh faoi éachtaí an údair is a Uncail Tom, faoi na bithiúnaigh is faoi na coirpigh-nár-bhuaigh-cogadh a sheol Albert ar shlí na fírinne. Ach is é a athair, Henry, a bhaineann linn anseo mar ba eisean a chroch mo sheanathair i bPríosún Londonderry ar 19ú Meán Fómhair 1909.

Tá cúpla grianghraf de Henry i ndírbheathaisnéis a mhic. I gceann acu, tá claonradharc air. Díreach a bhí a shrón, daingean a smigín, dlúthbhearrtha a chuid gruaige. Ach ba iad a shúile ba shonraíche faoi. Bhí siad an-fhuar, géar dúnmharfach. Cad eile ach súile crochadóra?

Ba charraeir in Huddersfield, Yorkshire, Henry Albert Pierrepoint a raibh dúil scriosta san ól aige. Nuair a theip ar a ghnó, chuaigh sé ag obair sa chlós gáis sa bhaile mór. Bhí sé i ndiaidh spéis a chur i ngairm an chrochadóra ó léigh sé faoi cheapachán fir darbh ainm James Berry – cuirfidh mé suas den chathú géar atá orm gaol, cóngas, dáimh nó páirt a mhaíomh airsean nó beimid anseo go Lá Philib an Chleite! Scríobh Henry chuig an Rialtas le fógairt gurbh é mian ghlé a chroí chineálta é a bheith ina bhásaire. Tar éis thraenáil coicíse, fuair Henry a chéad bhlas ar an jab nuair a chuidigh sé le hainrialaí Francach a chrochadh i bPríosún Newgate. Dhá ghine an tuarastal a shaothraigh an cúntóir.

De réir chuntas a mhic, chroch an duine lag réchúiseach sothreoraithe seo – an sraithmharfóir seo, a déarfadh na liobrálaigh – céad is a cúig choirpeach ar son na Corónach idir 1901 is 1912 ar tháille £10 an muineál. Ag ocht gcarcair is tríocha a chleacht sé a obair chríochnúil. Tabhair dom an leabhar agus éist leis seo:

> *My father's diary of executions was a thick, shiny black-bound pocket book with EXECUTION BOOK boldly inked across the edges of the pages, opposite the spine. It contained details of the date and prison for every execution he had carried out, with particulars of each condemned man — his name, age, height, weight and the muscular condition of his neck, 'thick-set', 'flabby', 'short', and the like — as noted by my father through the observation window of the condemned cell. The row of hand-ruled columns ended with one to record the length of drop which my father had calculated and given as a result of these physical details. (When I came to keep my own execution diary I added a note of who I had had as my assistant executioner, but I omitted any reference to the condition of the condemned man's neck, which I found a little distasteful to record.) My father's Execution Book, black like a Family Bible, also contained a record of the birth of all his children; and useful addresses of assistant executioners; with notes of expenses for various professional trips — fare to Belfast £1 11s. 3d., and a shilling for the cab; and also, my father's lifetime interest in horses and farm animals being inextinguishable, there was even a section on Horse Remedies and other veterinary medicine: for coughs and colds in cows, prepare a bran mash with half a pound of linseed and an ounce of saltpetre in the mash.*
>
> *I learned from my father's diary that he had carried out as many as nineteen executions in one year, 1909, which was high by any standard in Great Britain before or since.*

Na mílte fada a thaisteal Henry ar chóras traenach na Breataine Móire i rith na bliana cruógaí seo . . . Na scéalta gurbh fhéidir linn a chumadh nó a fhí le chéile faoin ocht nduine dhéag eile . . . An bhreith is an t-anbhás go siombalach le hais a chéile . . . An leannán smaointe ar thoisí is ar thomhais bhaill bheatha na ndaor . . . Gairmiúlacht is críochnúlacht Henry . . . Comhthábhacht an dianéaga is na leigheas capaill ina aigne . . . D'fhéadfaimis seal sollúnta a chaitheamh ag meabhrú ar aon cheann acu . . . ar gach aon cheann acu . . .

Níl tagairt ar leith do William Perryman i leabhar Albert. Ní mé cad a tharla do chín lae a athar. Ba bhreá breathnú air ach ní dócha go bhfuil seoda eolais ar bith ann ar Willie. Níor phríosúnach polaitiúil é. Má ba *cause célèbre* a chás in Londonderry, ceann áitiúil neamhthábhachtach ab ea é. Ní bheadh le fáil sa chín lae ach na staitisticí – agus iad chomh fuar le súile Henry – ar thiubhe mhuineál Willie.

Ba é John Ellis an cúntóir a bhí ag Henry ar an turas seo go Londonderry. Dóibh siúd ar spéisiúil a leithéid, ba é Ellis a chroch an Ridire Ruairí Mac Easmainn – tírghráthóir/tréatúir, homaighnéasach/carthannaí: cuir √ sa bhosca ceart – sa bhliain 1916. Ach bhíothas ann nach raibh sásta cearta údair a thabhairt don bheirt seo.

Ar léigh tú *East of Eden* riamh, mar a gcuirtear síos ar chrochadh poiblí in Londonderry i lár na haoise seo caite? Ní róchruinn atá an cur síos ar láthair an phríosúin, faoi mar a labhraíonn Steinbeck ar chearnóg nach bhfuil ann. Tá píosa ar chrochadh Willie sa *Derry Journal*. De réir an chuntais seo, is beag codladh a rinne sé an oíche dheireanach ach bhí sé tostach ciúin is géilleadh dá achainí go bhfanfadh duine de na triúr bairdéirí a bhí ar diúité leis ó daoradh é – ar eagla go gcuirfeadh sé lámh ina bhás féin – ina chuideachta. Is ar éigean a bhlais sé dá bhricfeasta. Agus chuir sé suas do spreagthaigh a tairgeadh dó. Is doiligh gan dínit Willie sna huaireanta deireanacha seo a mholadh. Bhí a aigne socair aige. Díol spéise is ea é nár fógraíodh gur admhaigh sé – nó gur shéan – ag aon am, go raibh sé ciontach. Le camhaoir an lae, thug an Ministir Preispitéireach, Samuel Patton, is an tOirmhinneach J. H. Gregg cuairt air sa chillín agus canadh neart salm. Le linn don searmanas seo a bheith ar siúl, bhí an crochadóir ag tomhas mhuinéal an chime ón pholl amhairc.

Maidin thirim fhionnuar a bhí ann. Taobh amuigh den Phríosún, bhí ceithre chipe den RIC ag coinneáil súile ar an slua a thosaigh ag cruinniú thart ar a seacht a chlog. Ní raibh na póilíní ag dréim le trioblóid ach ba ghá a chinntiú nach gcuirfí isteach ar chur i gcrích na daorbhreithe. Faoi chúig bhomaite chun a hocht, measadh go raibh idir trí chéad is ceithre chéad saoránach ag crochadh timpeall.

Ag an am a bhí ceaptha, dheifrigh Pierrepoint is Ellis isteach sa chillín, rug ar an chime is cheangail a lámha taobh thiar dá dhroim. Shiúil an bheirt Mhinistir amach, is véarsaí de shailm aithrí á reic acu, agus threoraigh an dís chrochadóir an príosúnach go grod go seomra an chrochta a bhí taobh leis an chillín. I láthair ansin bhí Ardshirriam Chontae Londonderry, Marcus McCausland, Gobharnóir an Phríosúin, C.A. Munro, an Lia, Joseph Ewing Miller is dornán bairdéirí. Cuireadh an fear daortha ina sheasamh ar an chomhla thógála, phincigh Henry an chnáib thar a mhuineál, d'ísligh calla bán an bháis air, is tar éis don Oirmhinneach Patton an guí moltach a rá, tharraing an Crochadóir an bolta.

Bhí sé de chlú is de cháil ar a athair, a mhaíodh Albert, gur dhuine pointeáilte é:

My father could despatch a man in the time it took the prison clock to strike eight – leading him from his cell on the first stroke and having him suspended, dead on the rope, by the last stroke.

Chualathas creill bháis William Perryman go luath i ndiaidh a hocht a chlog.

Thosaigh an t-ionchoisne go gairid tar éis a deich in Oifig Chláraithe an Phríosúin. Ocht nduine dhéag a bhí ar an ghiúiré seo. Tógadh iad chun breathnú ar an chorp a bhí ina luí i gcónra déile i bpasáiste go díreach faoin chomhla thógála. Bhí ceannaithe Willie suaimhneach gan cháim ach bhí cábaí na casóige saraiste druidte go teann. D'ardaigh baill an ghiúiré a hataí mar a shiúil siad thart ar an chorp is d'fhill ar an Oifig Chláraithe.

Thug an Gobharnóir Munro fianaise ar imeachtaí dleathacha na maidine ach nuair a cheistigh giúróir darbh ainm William Browne é faoi na crochadóirí, d'fhreagair an Gobharnóir nach raibh an t-údarás aige a n-ainmneacha a chraobhscaoileadh. Cuireadh an cheist chéanna ar an Lia is ar an Chróinéir, an tUasal Lindsay. Thug siadsan an freagra céanna.

Thosaigh an greann dubh nuair a bhí ó bhall eile den choiste cróinéara an crochadóir a fheiceáil. Chualathas mungailt ó leathbhádóir leis go mbuailfeadh sé go cinnte leis mura n-éistfeadh sé a bhéal.

"Is rud tromchúiseach é fear a chur chun báis agus gan a fhios aige cé a mharaigh é!" arsa an tUasal Browne. Bhí an coiste sna trithí gáire faoin am seo.

"An duine de chuid an cheantair seo an crochadóir?" a d'fhiafraigh giúróir fiosrach eile.

"Mhothaigh mise gurbh ea," a d'fhreagair a pháirtí.

Ní bhfuair an coiste cróinéara an blúire eolais a bhí uathu.

Ní nach ionadh, bhí ráflaí go leor timpeall na cathrach faoi ainm an chrochadóra. Fear de bhunadh Londonderry darbh ainm Mac Aonghusa a bhí ann, a d'fhoilsigh foinse údarásach amháin. "Ní hea," a mhaígh foinse eile, ba dhuine ó Phort an Dúnáin an crochadóir. Chualathas gur tháinig sé féin is a chúntóir ar thraein na hadhmhaidine ó Bhéal Feirste. Seafóid a bhí sa mhéid sin, arsa duine eile. Ní fhéadfaidís a bheith ann in am tráth dá dtiocfaidís ar an chéad traein. Ba í fírinne an scéil í gur mhinistir Preispitéireach ó Léim an Mhadaidh an crochadóir . . .

Bhí na luaidreáin chomh fairsing flúirseach sin go raibh ar na húdaráis ráiteas a eisiúint á dhearbhú gurbh iad Pierrepoint is Ellis na crochadóirí. Bhí Henry is a pháirtí chomh críochnúil sin gur éalaíodar gan éinne á n-aithint.

Sin é é. Tá deireadh an chúrsa sroichte againn, a Philibín. D'fhéadfainn roinnt ama bhreise a mheilt trí chur síos ar ar tharla do na mionphearsana. Cuir i gcás, an Sáirsint Ó Conchuir. Aimsíodh a chorp i ngort i gContae an Dúin sa bhliain 1920 agus é curtha chun báis ag an IRA. Gan aon bhaint ag mo mhuintir leis an eachtra sin. Ní raibh ann ach polaitíocht thur na hÉireann. Tá do shá faighte agat, an bhfuil?. . . Bhuel, nár gheall mé bleaist eile de Bhailéad na bPerrymen duit?

They led him to the gallows high
On a dank September morn
A man betrayed by love,
Broken-hearted and forlorn.
His head cast low, his spirits broke,
Willie Perryman, spurned and alone
An unmarked grave awaited him,
Far from his Garvagh home.

Abair arís é . . . Tá sé sophollta go leor mar scéilín?. . . Ní fiú tráithnín mar fhaoistin ná mar bheathaisnéis é?. . . Níl a dhath mínithe agam i ndáiríre?. . . Má tá fuil ann, is ar éigean má tá feoil is craiceann curtha agam ar na pearsana? . . . Is ea, tagaim leat. Tá a thuilleadh snasa de dhíobháil air. Is dócha go mbeidh neart ama agam le tabhairt faoi sin, más mian liom sin a dhéanamh . . . Cad é sin? An mbeidh an scéilín eile aon phioc níos réalaíche nó an míneofar cad chuige ar maraíodh Lynn? . . . Más mian leatsa, tosóidh mé ar shaothar mór cumadóireachta eile, an babhta seo faoinar tharla sa teach Dé hAoine a chríochnóidh lena hanbhás . . . toisc gur aimsigh mé i mo thearmann í . . . toisc go raibh sí i ndiaidh cur isteach ar mo chuid taighde . . . toisc go raibh sí ag smaoineamh ar mé a thréigean . . . Déan do rogha féin. Mura bhfuil aon cheann acusan inghlactha, b'fhéidir gurbh fhiú triail a bhaint as an seancheann sothuartha sin go raibh sé san fhuil agam, mar bhall beannaithe de mhuintir mhallaithe Perryman, feillbheart a dhéanamh . . . Nó gur dhual domsa, mar ionadaí de threibh na bhfear, batráil is éigniú, mí-úsáid is díothú . . . Iad siúd nach gcreideann sa chinniúint réamhordaithe nó i gciontacht chomhchoiteann an chineáil fhirinn, is féidir leosan scéal a chreidbheáil faoin dóigh a raibh mé dubh dóite de bheith ag plé leis an dúnmharú go hindíreach, ar athláimh mar a déarfá, agus nach raibh mé ach ag iarraidh a fháil amach arbh fhiú blaiseadh den ollchumhacht seo . . . Gan amhras beidh amadáin eile sásta le leithscéal gur gealt mé . . . nó go raibh mé ag iarraidh a fháil amach arbh fhéidir an choir fhoirfe a chur i gcrích . . . Nó go bhfuil fuath agam do na mná mar gheall ar ar thit amach san ollscoil . . . Nó go raibh mé ag iarraidh fáil réidh le bean amháin ionas go bhféadfainn imeacht le bean eile . . . Nó go raibh mé ag cur clabhsúir ar thraigéide fhuilteach de chuid an dara hEilís de mo dhéantús féin . . . Nó gur íoc mo bhean chéile go daor as mo ghéarchéim mheán saoil . . . Nó gurbh ionsaí díreach ar Thionscal na Ceartaiseachta Polaitiúla é . . . nó gur ráiteas polaitiúil é go bhfilleann an íobairt ar na híobartaigh . . . Más ceadmhach don údar umhal ceann amháin a roghnú, is é sin gur lig bás Lynn dó briseadh siar gan bhrón gan aithreachas óna chuid taighde . . . Ach dála scéinséara nó méaldráma féin tar éis a fhoilsithe, ní leis an údar a scéal féin a thuilleadh agus is dócha nach mbeidh aon duine de na criticeoirí sásta leis an rogha seo agamsa . . . Bíodh a gcuid roghanna acu. Geallaim go saothróidh saoi nó saineolaí lab airgid uaimse fós agus í ag scríobh cuntas deifnídeach ar na ceannfháthanna seo agamsa, mar dhea. Is cuma liom. Is cuma fúthu. Beidh a saothar achan phioc chomh folamh le scéal Willie, in ainneoin a gcuid DNA is a gcuid trialacha síceolaíocha is a gcuid poptheoiricí faiseanta. Mar níl ach rud cinnte amháin foghlamtha agam ó mo chuid taighde is ó mo chuid taithí ar an dúnmharú. Is é sin gur féidir gach rud a shoiléiriú agus a nochtadh agus a fhoilsiú gan a dhath a mhíniú nó a thuigbheáil . . . Ach a Philib, a bhráthair sa choir, a thuigeann nach bhfuil an saol chomh casta is a deir na saineolaithe, an gá go mbeadh ceannfháth somhínithe d'aon chineál ann? Nach leor agus nach fusa a rá nach raibh ann ach eachtra gan údar, gan chúis?

Loch Fola

Ba réidhe a bheith i do mhortlaíeolaí ná i d'fhiaclóir ar lá mar seo, ar sise léi féin. Ní bheadh ort cur suas leis an chócaireacht ó do chuid cliant.

Pháirceáil sí an carr ar an chabhsa, bhailigh a ciútraimintí is tharraing go mall marbhánta ar an teach. Lá faidréiseach ab ea é ó d'fhág sí an áit seo ar a seacht a chlog ar maidin. Níor chóir go dtabharfaí cead do thuismitheoirí cuileadacha teacht isteach sa seomra cóireála lena n-ál. Na mná an dream ba lú ciall i dtólamh. Cheapfá ó fhreagairt fhaiteach na máithreacha go raibh sise is a comhghleacaithe ar tí a gclanna ionúine a mharú. Bhí leathchuid den lá caite aici féin ag imirt cluichí bómánta leis na púcbhobarúin óga, ag iarraidh iad a chur ar a suaimhneas sula dtabharfaí instealladh dóibh. Ansin bhíodh na máithreacha craptha creathach le huamhan nuair a thagadh sí i ngiorracht méadair dá bpáistí leis an druilire. Bhí barraíocht scannán scéine is uafáis ó *Marathon Man* go *Driller Fillers* feicthe acu. Ní ba mheasa a bhí an scéal inniu toisc nach raibh dea-ghiúmar uirthi féin. An litir óna máthair a ba chúis leis sin.

B'aoibhinn léi anois cithfholcadh fada suaimhneach, gloine mhór ghroí *Gin* agus seal ciúin lorgánta os comhair an teilifíseáin. An Aoine a bhí ann, a bhuí le Dia, is ní raibh a dhath pleanáilte aici don deireadh seachtaine, ar a shon go mbeadh cóisir ar siúl ag duine de na banaltraí in Winston an tráthnóna dár gcionn le haghaidh Oíche Shamhna. Ina tóiteog, ina 'bolg ar an tolg' a bheadh sí an deireadh seachtaine seo.

In ainneoin na tuirse anois, bhraith Lynn imir den chumha. Ba ar ócáidí mar seo ba ghéire a mhothaíodh sí an chathair mhór uaithi. Thoir in Calgary bheadh páistí ag pleanáil a gcuid feistis le dul thart ó theach go teach ag bailiú milseán an tráthnóna dár gcionn. Gan dabht, na laethanta seo bhí ar na tuismitheoirí a bheith ar a n-airdeall ar fhaitíos go mbeadh gealt amuigh ansin a bhronnfadh úll lannluchtaithe ar na leanaí neamhamhrasacha. Chaithfeadh duine fásta iontaofa a bheith leo le súil a choinneáil orthu. Mar sin féin, ba nós iontach de chuid an phobail *Trick or Treat*, dar le Lynn. B'iomaí cuimhne mheidhreach a bhí aici ar na huaireanta fada a chaitheadh sí féin is na buachaillí ag roghnú is ag cóiriú a mbréagriochtaí. Bhí albaim lomlán le grianghraif den dís agus iad i ndiaidh filleadh abhaile le creach na hoíche: Dwight i gcruth *Superman*; Duane gléasta mar ollphéist óinmhideach ó Phláinéad Zot. Dwight in éide mairnéalaigh nó saighdiúra idir chlaíomh agus each adhmaid; Duane, agus bréagfheisteas crogaill nó órang-útain air. An dís acu gléasta mar Indiaigh dhearga sna laethanta saonta sular tuigeadh don chine geal go rabhadar ag tacú leis an leatrom ar na bundúchasaigh. Slán go deo anois le hamhráin den chineál "*Four wheels on my wagon ...*" a chanadh sí féin is na buachaillí go glórach.

Ó d'fhág an bheirt mhac ealaín na hóige agus an nead ina ndiaidh, thaitin sé léi soilse a chrochadh is fáilte chroíúil thoirbheartach a fhearadh roimh thachráin na comharsanachta. Bhíodh candaí is milseáin is sócamais ann dóibh siúd a thiocfadh chuig a doras. Sin mar a bhíodh an scéal agus cónaí uirthi sa chathair, cibé ar bith. Amuigh anseo is beag páiste a bhí thart ag an am seo den bhliain. Lena chois sin, ní raibh mórán spéise ag John ina leithéid. De réir cosúlachta, ba é an nós a bhíodh aigesean Oíche Shamhna thoir in Calgary na cúirtíní a tharraingt, na soilse a mhúchadh, suí faoin dorchadas agus gan ligean air go raibh éinne sa bhaile nuair a cnagadh ar an doras. B'fhéidir go raibh dearcadh John ag dul i gcion uirthi faoi dheireadh mar ba í seo an chéad bhliain nach raibh an teach gléasta amach d'Oíche Shamhna aici.

D'oscail sí an taobhdhoras is chuaigh isteach sa chistin.

"Táim ar ais, John."

Nuair nár freagraíodh an bheannacht, cheap sí gur dhócha go raibh sé ag obair ina phluais. Ní raibh. Bhí an doras ar leathadh. Bhí an seomra folamh. Ní raibh béile sactha isteach san oigheann aige ach oiread. Chuartaigh sí bord na cistine féachaint ar fágadh teachtaireacht di. Níor tháinig ar a dhath. Ach bhí an trucail páirceáilte amuigh. Ba dhearbh nach raibh sé imithe rófhada ó bhaile, ar sise léi féin go searbh. Má bhí tuairim mhaith aici anois cá raibh sé, ba chuma léi faoin am seo. Ar scor ar bith, b'fhusa déileáil leis an chiúnas ná leis an mhionchaint gan chiall nó leis an tost lánteannais, go háirithe tar éis ar tharla ar maidin.

Sheiceáil sí an t-inneall freagartha teileafóin. Ní raibh aon teachtaireachtaí ann dóibh. A bhuí le Dia gur ghráin le John an *Gin*, a mheabhraigh sí nuair a d'aimsigh sí an buidéal leathlán ó chófra is líon gloine di féin. Thógfadh sí an cithfholcadh ar ball. Bhuail sí fúithi ag tábla na cistine is tharraing amach go drogallach an dá litir óna tiachóg. D'athléigh sí go sciobtha an ceann gairid óna máthair. Bheadh sí ag teacht amach go dtí an loch ar cuairt an tseachtain dár gcionn, a d'fhógair an mháthair go neamhbhalbh. Go seoigh a bhí a fhios ag Lynn cad chuige nár chuir Ruth glao teileafóin uirthi. Ní raibh ón tseanbhean go ngríosódh a hiníon í lena haigne a athrú.

Ní raibh leigheas air sin anois. Bheadh orthu cur suas lena chéile. Ach bheadh ar Lynn a chinntiú fosta nach bhfanfadh sí i bhfad ar eagla go gcuirfeadh an chuairt as do John. Ar a shon, aisteach go leor, gur thaitin John le Ruth i gcónaí, nó ba chruinne a rá nár chuir sí ina choinne riamh mar a chuir i gcoinne Jay, a bhí ina inimirceach nua. Ar bhealach, ní raibh ann ach go raibh scanradh ar Ruth go bhfágfaí a hiníon gan fear gan foscadh dá gcaillfeadh sí an dara céile, is cuma cé chomh corr is a bhí sé. Ar bhealach eile, ba shuaithní gur chreid Ruth gur sheas a cliamhain nua do na luachanna measúla Ceanadacha a bhí uaithi le haghaidh a clainne agus nár thuig sí riamh nár dhreap muintir John thar bhord na loinge isteach ar thalamh glan glasfhuar na hAlban Nua ach glúin ghairid amháin rompu féin. "Nach ainm breá Ceanadach é sin?" ar sise go formadach le Lynn i bhfad siar. In aigne a máthar, pearsantú ar mhianach is ar shuáilcí an Oileáin Úir ab ea an tOllamh John Berry.

Réitigh John is Ruth ceart go leor le chéile tríd is tríd ar a shon gurbh fhollas gur smálaigh na píosaí in *Gion!* clú is culaith an ghaiscígh beagán i súile na máthar. An babhta seo, ámh, thuig Lynn nárbh é John an fhadhb. Agus a haigne déanta suas aici go mbeadh teorainn le faide na cuairte, bhí sí ag smaoineamh uirthi féin. Ní raibh sí chun an mheancóg chéanna a dhéanamh an dara huair.

Bliain fhada ab ea an bhliain a chaith a máthair léi tar éis do Jay imeacht. Bhí an socrú sin sásúil tairbheach i dtús báire. Ach ba ghearr go raibh an dís bhan in adharca a chéile. Duine croíúil gan dochar inti a bhí i Ruth, faoi mar a mhaíodh cairde Lynn. Nárbh iontach an fuinneamh a bhí inti, agus í tar éis ord is eagar a chur ar an teach? Agus an dúspéis a bhí aici i gcoigilt na timpeallachta agus in imeachtaí carthanachta agus i ndul chun cinn a clainne . . .

"Seantíoránach is ea í," a d'fhreagraíodh Lynn go haranta. "Ise atá i gceannas an tí seo agamsa. Ní féidir liom a dhath a aimsiú ann. Tá sí i ndiaidh achan rud a atheagrú, de reir a tola féin, amhail is gurbh é a háras féin é! Tá sí ag caint ar an áit a phéinteáil anois. Lá de na laethanta seo, tiocfaidh mé abhaile le fáil amach go bhfuil sí tar éis é a dhíol!"

"Níl inti ach duine cineálta neamhurchóideach atá ag tabhairt lámh chuidithe duit," a deireadh Gwen, ar mháthair shingil í is cara le Lynn. "Ba cheart duit a bheith buíoch di go raibh sí in ann teacht chun stopadh leat. Dá mbeadh duine agamsa a bheadh sásta an chócaireacht a dhéanamh dom . . . Go háirithe is gan lámh agatsa air sin."

Ba go diomúch briste a chúlaíodh Lynn gan maithín ná graithín a rá go dtí go dtosódh an chéad achrann eile.

Ba iad na buachaillí a sholáthraíodh ábhar an achrainn sin i gcónaí. Bhíodh Ruth ródhian orthu, dar le Lynn. Dhearbhaíodh an tseanmháthair do Lynn go raibh a cuid garmhac millte, ach tógadh ise faoi anáil na seanscoile smachta. Dá réir sin, bhí sí ar a bionda an dochar a bhí déanta ag Lynn a leigheas. B'iomaí tráthnóna, ar fhilleadh abhaile ón chlinic do Lynn, go mbíodh na buachaillí ag caoineadh is ag béicíl thuas ina seomraí leapa, agus gan cead acu amharc ar an teilifís, toisc gur chreid a seanmháthair go raibh siad dalba. B'iomaí argóint bhinbeach a bhí idir an bheirt bhan faoin cheist seo. Faoi dheireadh, bhí ar Lynn a iarraidh ar Ruth bailiú léi. Rinneadh athmhuintearas neamhshocair eatarthu ó shin ach mhóidigh Lynn nach gceadódh sí dá máthair fanacht go fadtréimhseach arís.

Thuig Lynn gurbh í fírinne an scéil í gur fhóir sé do Ruth cur fúithi i dteach a hiníne. Alcólách ab ea a fear céile, Karol, a bhí i ndiaidh géilleadh don chathú tar éis staonadh dhosaen blianta. Ní hé go mbíodh sé trodach nó foréigneach agus é ar na stártha. Tharla an t-aon fhoréigean fisiciúil eatarthu, go bhfios do Lynn, an oíche, na blianta roimhe sin, a bhuail Ruth Karol lena bróg nuair a tháinig sé abhaile ar meisce go mall is gan eochair an tí aige. Fágadh cnámh a ghaosáin ina smidiríní. "Bhí an t-ádh dearg ar an smolaire nach raibh fáil ar thlú," a dúirt an mháthair ó shin. Bhí saol sóisialta gnóthach ag Ruth – achan rud ó chumainn charthanachta go dtí an rince cearnach a mhúin sí do Lynn – agus bhí sé fógartha aici, agus í ag bailiú léi ionsar teach a hiníne, nach raibh sí chun cur suas a thuilleadh le duine nach lorgfadh comhairle phroifisiúnta.

Bhí an eachtra iomlán íorónta go leor, faoi mar a thuig Lynn. Ní fhágfadh a máthair an t-athair choíche murach go raibh sampla Lynn feicthe aici. Eiseamláir bhreá ab ea í sin den dóigh a bhfoghlaimíonn an mháthair óna hiníon. Fós, ba scaradh de chineál ar leith é seo a réitigh le creideamh Caitliceach Ruth ach nach sásódh glúin Lynn. De réir an phlean a bhí ag a máthair, thabharfadh sí cuairt ghairid – ach cuairt sách fada mar sin féin – ar a hiníon nuascartha a shocródh dhá fhadhb. Bheadh cabhair in am an ghátair ag Lynn. Is bheadh go leor ama ag Karol meabhrú ar a raibh le déanamh aige chun meas Ruth a shaothrú agus beart a dhéanamh dá réir. Ar an drochuair, ba léir nach raibh an meisceoir neamhaithríoch – "Ní alcólach mé. Pótaire is ea mé," a dhearbhaíodh sé go dúshlánach – nach raibh sé i ndiaidh marana sách domhain a dhéanamh ar dháiríreacht an scéil. Faraor, de réir cosúlachta, bhí sé ag baint súp blasta as an tsaoirse nua. Ní ligfeadh mórtas Ruth di dul siar ar a bagairt, chloígh sí leis an scaradh agus d'fhan tigh Lynn gur tugadh an bata is an bóthar di is nach raibh an dara rogha aici ach imeacht abhaile. De réir na fianaise, is ar éigean a bhí abairt iomlán malartaithe ag an tseanlánúin thiar ina dteach ó shin.

Agus Lynn ag fás suas, ba í a máthair an duine cumhachtach cois teallaigh. Ise a rialaigh is a stiúir is a smachtaigh. Ina scáil fhann liathbhán de shaghas a bhí Karol, i gcuimhne Lynn. Théadh sé amach go moch ar maidin chuig cibé obair a dhéanann pluiméir agus ba mhinic nár fhill go clapsholas. Thagadh agus d'imíodh sé gan ach focal fánach a chur de is níor ghlac aon pháirt ghníomhach i saol an teaghlaigh. Ní raibh aon ghoile aige le haghaidh na hargóinte má bhí air cur i gcoinne chinneadh Ruth agus, dá réir sin, dhéanadh sé a sheacht ndícheall an choimhlint a sheachaint. Ba é an bunphatrún a bhí ann tríd síos go bhfanadh an t-athair ina thost, go ngéilleadh sé gan chuntar gan phlé, fiú nuair nár aontaigh sé le tuairimí Ruth. Níorbh aon ionadh é, dar le Lynn ó shin, gur lorg sé sólás ón bhuidéal agus gurbh fhearr leis tarraingt ar an teach óil ná ar a theach féin ag deireadh an lae. Ba dhócha go bhfuair sé éisteacht óna chomrádaithe.

Le linn do Ruth a bheith ina cónaí léi in Calgary, ba ghnách le Lynn cuairt a thabhairt ar a hathair a bhí leis féin i dteach na dtuismitheoirí. Bhí uaithi súil a choinneáil air le dearbhú go raibh sé á bheathú féin i gceart. Dhéanadh sí cinnte de gur ullmhaíodh béile, gur níodh éadaí, gur íocadh billí. Níorbh fhada go raibh sí ag tnúth leis na cuairteanna seo, leis an chuid sin den tráthnóna nuair a bhuaileadh an bheirt acu fúthu ag an tábla cistine. Den chéad uair ina saol, bhí seans aici aithne a chur ar a hathair, éisteacht leis ag labhairt is ag freagairt in abairtí a raibh níos mó ná siolla amháin iontu. Chuir sé iontas uirthi a fháil amach go raibh acmhainn grinn aige agus go raibh spéis sa cheol clasaiceach aige. Bhronn sí seinntoir *CD* is dornán dlúthcheirníní air mar fheirín Nollag. Diaidh ar ndiaidh, claochlaíodh an scáil liathbhán ina dhuine beo bríomhar . . . Ar ndóigh, sin mar a bhí an scéal nuair nach mbíodh sé ag ól. Ba dhoiligh cur suas leis fós agus é ag luí go trom ar an bhiotáille. Ag na hamanna sin bhíodh trua ag Lynn dá máthair.

Nach raibh píosa léite aici in iris shnasta de chuid na mban a bhí ag banaltra sa chlinic faoi leabhar nua-fhoilsithe le saineolaí, a mhaígh go bpósann bean macasamhail a hathar? Aisteach go leor, ba mhó cosúlacht a bhí ag a hathair le John ná le Jay sa dóigh go raibh an dís acu spleách ar dhrugaí ar leith, Karol ar an ól, John ar an taighde sin. Ach ba dhoiligh a rá ag deireadh thiar thall cén duine ba lú ar bhain dochar leis. Ba dhócha nach raibh ceachtar acu róshásta lena saol. Bhí Karol ag déanamh damáiste dá shláinte ach ba dhuine míonla grámhar é a bhí cráite ag an saol mór amuigh – ag an mháthair ach go háirithe. Ón taobh istigh a tháinig ábhar cráite John. Agus maidir le téis an leabhair . . . in iris eile an mhí dár gcionn, bhí sliocht ó shaothar nua le saineolaí eile a d'fhógair gurbh éard a bhíonn ó bhean mar chéile ná contrárthacht ghlan a hathar . . .

Níor chreid sí tar éis di féin is do Jay scaradh óna chéile go bpósfadh sí arís go deo. I dtús báire, nuair a casadh John uirthi agus nuair a bhíodh sé ag iarraidh í a mhealladh, dhiúltaigh sí dó uair nó dhó. Is ní ag spraoi leis a bhíodh sí ach oiread. Ba iad an croí is an grá a chuir faoi deara di Jay a phósadh ar an ollscoil i bhfad siar. Nuair a phós sí faoi dheireadh don dara huair – bhí sí róchoinbhinsiúnta san am dul chun cónaí le John gan phósadh, ar a shon dá mbeadh an rogha le déanamh aici athuair anois, ba é sin a dhéanfadh sí go gcuirfeadh sí aithne cheart air – ba chinneadh loighciúil ciallmhar fuarchúiseach é sin, dar le Lynn. Bhí fear, tionchar fir, de dhíobháil ar a cuid mac ina saol. Is ea, d'imigh siad le stopadh le Jay in Toronto cúpla uair sa bhliain ach níor leor sin. Cibé ar bith, cén sórt rólmhúnla dóibh a n-athair? Eisean a bhí ina chónaí le muirleog éigin a bhí deich mbliana níb óige ná é. Murar chruthaigh an fíorathair go maith, dhéanfadh leasathair seasmhach, a bheadh ann ar bhonn laethúil is a mbeadh dea-thionchar aige ar na buachaillí, dhéanfadh sé cúis.

Ar ndóigh, bhí seise uaithi féin a bhféadfadh sí a teach is a saol a roinnt leis. Bhí sé ródheacair, ró-uaigneach clann déagóirí a thógáil léi féin gan chabhair gan tacaíocht. Is bheadh uirthi a bheith ag meabhrú ar an am millteanach nuair a ghreadfadh Dwight is Duane leo is gan fonn uirthi an chuid eile dá saol a chaitheamh ina haonar.

Thuig sí go bhfaigheadh sí bean a aimsiú le teacht chun cónaí léi. Nárbh é sin an rud faiseanta na laethanta seo? Bhíodh Gwen ag tabhairt go leor leideanna di i rith an ama gur chóir dóibh an dá theaghlach a shnaidhmeadh le chéile. Na siúracha ag comhoibriú le chéile ar a son féin i sámhadh tuata de shaghas: an bhean ag seasamh suas di féin agus gan a bheith i dtaobh le fear ar bith. Bhí Lynn ar aon intinn leis an phrionsabal. Ach in ainneoin a dúile i gcuideachta Gwen, dheamhan lé a bhí ag Lynn lena stíl bheatha. Duine a bhí i Gwen a raibh a saol iomlán múnlaithe di ag an fheimineachas, agus a chaith a cuid éitire ag iarraidh a mheas cad iad na táthchodanna sa tsochaí go ginearálta agus i leabhair go háirithe – in aon saothar ón Sean-Tiomna go seoidleabhair Barbara Cartland – a dhaingnigh an greim daingean a bhí ag na fir ar rotha stiúrtha na cumhachta. Rud beag rórighin a bhí Gwen. Ní thógfá go huile is go hiomlán ar an chéile bocht a thréig í, faoi mar a d'admhaíodh Lynn go príobháideach.

Bhí ábhar scoilte ní ba bhunúsaí ná sin idir an bheirt bhan. Bhí ginmhilleadh ag Gwen roinnt blianta roimhe sin. Is ea, thuig Lynn na cúiseanna breátha troma nach raibh leanbh eile óna cara. Cheana féin, ba dheacair di an chlann a bhí aici a thógáil léi féin. Mhéadódh leanbh sa bhreis ar an bhrú aigne is airgeadais ar Gwen. Chuirfeadh sé isteach ar a hiarratas ar ardú céime ina cuid oibre. Cúiseanna dobhréagnaithe praiticiúla loighciúla ab ea iad seo go léir. Ina ndiaidh sin is uile, chuir cinneadh Gwen as do Lynn. Mar Chaitliceach – má ba bhall tite í a bhí i ndiaidh cur suas do theagasc na hEaglaise maidir le colscaradh is le hathphósadh – níor aontaigh sí leis an ghinmhilleadh agus b'údar feirge di, mar dhuine liobrálach, an céad míle toircheas a scriostaí i gCeanada gach bliain. In ainneoin na bolscaireachta faiseanta, níor ghá a bheith i do thréanfhanaiceach reiligiúnach le bheith i gcoinne an ghinmhillte is le creidbheáil gur smál gránna ar Cheanada é. Ach i ndeireadh na dála ba í a saoltaithí chráite phearsanta féin faoi deara an t-easaontas is a thug uirthi tarraingt siar ó chuideachta Gwen.

Ní raibh a fhios ag Lynn cad a bhí ar siúl ag Gwen na laethanta seo. Ba dhoiligh a shamhlú gur tháinig aon chlaochlú drámata ar chúinsí beatha a carad. Cúpla uair, bhí sí féin i ndiaidh sleamhnú isteach in Calgary is amach arís gan a bheith i dteagmháil le Gwen. Tharla gur chuala a cara faoi na cuairteanna gairide seo is, de réir na fianaise, ní mó ná sásta a bhí sí. Ach níorbh é seo an chéad uair a bhí cliste ag Lynn ar Gwen. Ní raibh Gwen róchairdiúil le John riamh. Murab ionann is Ruth, bhí sí go mór i gcoinne an phósta sin.

"Dá bpósfainn an Pápa, ní cheapfá go mbeadh sé maith a dhóthain dom," a d'fhreagair Lynn. "Níl agat in éadan John ach gur fear é. Níl neart ag an chréatúr air sin."

"Sa chás áirithe seo, tá toise breise i gceist. Is daba den tríú grád John Berry."

B'fhiú cuireadh a thabhairt do Gwen teacht amach le haghaidh na hAthbhliana mura raibh na buachaillí le bheith sa bhaile. Thabharfadh sin faill dóibh suí síos is a fháil amach cad a bhí ar siúl ag an duine eile is bheadh seans ag Lynn a neamart a chúiteamh lena cara. Murar aontaigh sé le cinneadh Gwen i bhfad siar, gheobhadh sí féin déileáil leis anois. B'fhéidir nach dtaitneodh an chuairt le John, ach ba chuma. D'fhéadfadh sé an t-am a chaitheamh ina phluais. Nach ann nó taobh amuigh a bhíodh sé an chuid is mó den am cheana féin.

Gan dabht, bheadh ábhar maíte ag Gwen, arsa Lynn léi féin go míshuairc. Nár tháinig an tuar faoina tairngreacht is Lynn pósta den dara huair ar fhear féinspéiseach féinlárnach anabaí nach raibh suim aige ach ina chuid sámhas is sámhnais féin. De réir dealraimh, ba dhual di an chinniúint chéanna athuair. Ach an iarraidh seo, bheadh uirthi cur suas léi mar bhí sí ró-aosta go fisiciúil, ró-dhíblí go síceolaíoch le briseadh saor athuair. Ba mhéanar di siúd a raibh bua an réamhfheasa aici.

Ar an nóta trom sin a dhiurnaigh Lynn a deoch is d'éirigh ón tábla. Bhí sé ag tarraingt ar a sé a chlog. Ba chóir di cromadh ar ghreim bia a ullmhú nó ar a laghad a fháil amach cad a bhí sa chuisneoir. Ach ní raibh ocras uirthi go fóill. Bhí banchuire na clinice i ndiaidh dul amach ag am lóin chun slán oifigiúil a fhágáil le banaltra óg a bhí á haistriú go tuaisceart British Columbia. Ar a shon gurbh é gnáthghearán na foirne é gur ghá dóibh uilig na calraí coimraimhre a sheachaint, bhí an dara pláta den toirtín cáise seacláide acu go léir. Gan trácht ar an mhéathras a d'íosfadh agus ar na deochanna suain a shlogfadh an dream a tharraing ar an bheár *Karaoke* tar éis na hoibre chun dearmad a dhéanamh ar dhéada is ar mháithreacha is ar smuilcíní gan mhúineadh. Bheadh achan duine acu ag atosú ar aiste bia Dé Luain. Ar bhealach, bhí aiféala uirthi anois nár imigh sí amach go dtí an beár leis an fhoireann.

Phioc Lynn suas an litir eile, chuaigh isteach sa seomra suí agus bhuail fúithi ar an tolg. B'annamh a chuala sí aon rud go díreach ó Jay na laethanta seo. Nuair a bhí ar an dís acu cloí le coinníollacha an chomhaontaithe scaraithe, bhídís i dteagmháil lena chéile ó am go ham le socruithe a dhéanamh faoi thicéid eitleáin na mbuachaillí nó faoi bhalcaisí éadaigh nó faoi raicéid leadóige a chuaigh ar strae. Ba go hindíreach a fuair sí eolas faoina chuid imeachtaí: blúire ó Duane go raibh Jay i ndiaidh a jab línitheoireachta a chailliúint; mírín ó Dwight faoi phost nua a n-athar; tagairtí do na mná éagsúla ina shaol, gur thóg Emma Gruagaire go cluiche corrpheile de chuid na Blue Jays iad, go ndeachaigh siad le Merrie Múinteoir chun cluiche haca ag Maple Leaf Garden, go mbeidís ag imeacht ag campáil le Cheryl Bainisteoir Bainc is lena clann, gur bhearr Emma Gruagaire a gcuid gruaige. Ba rud amaideach é, a d'admhaigh Lynn, ach ba é an ceann deiridh ba mhó a chuireadh cantal uirthi. Ní hé amháin gur gheall le hachasán nár choinnigh a máthair go slachtmhar iad ach gur choilleadh geasa é. Níor dhleachtach go lomfadh aon bhean eile a gcuid dual.

Litir ghairid ghonta chlóscríofa a bhí inti.

Lynn:

Tá mé féin le pósadh in Las Vegas aimsir na Nollag. Tuigfidh tú gur mhian liom go mbeadh Dwight is Duane liom ar an ócáid sin. Tá sin socair agam leo. Tá súil agam nach gcuirfidh sin as do do chuid pleananna le haghaidh na Nollag.

Jay

D'fhág sí an litir gan oscailt ar maidin de dheasca bhrú oibre agus toisc gur thuig sí gur dhócha nach dtaitneodh an scéala – cibé scéala a bheadh ann – léi. Anois ba gheall le boiseog san aghaidh gach líne lom ar an chéad léamh agus bhraith sí meascán den fheall is den fhearg nuair a d'athléigh sí na habairtí gearra gona dtiúin fhuar thomhaiste. Gan í a bheith cinnte, áfach, cén duine go baileach ar a raibh braistint an fhill is na feirge dírithe.

Is ea, bhí na buachaillí i ndiaidh díomá a chur uirthi i dtús báire nuair a d'fhógair siad ag Féile an Altaithe nach mbeidís in ann stopadh léi ag an Nollaig. Ach d'fhéadfadh sí glacadh leis sin dá mbeadh orthu a bheith ag obair. Rith sé léi ó shin go bhféadfadh an triúr acu Lá Nollag a chaitheamh le chéile in Seattle nó in Vancouver is bhí sí ag meabhrú ar ghlaonna gutháin a chur ar an dá bhuachaill oíche de na hoícheanta seo chun a plean a chur faoina mbráid. Ach anois ní bheadh an t-údar sásaimh sin aici ó bhí siad i ndiaidh an t-am – nó go leor ama, cibé ar bith – a thógáil saor le gabháil go Las Vegas.

Níorbh fholáir nó go raibh a fhios ag na buachaillí cad a bhí beartaithe ag a n-athair nuair a bhí siad anseo ag an loch cúpla seachtain roimhe sin. Chuir an smaoineamh sin samhnas uirthi. Ach ba dhócha gur thathantaigh Jay orthu gan a rún a sceitheadh go mbeadh na socruithe uilig déanta aige is go scríobhfadh seisean féin chuig a máthair. Ba é sin an saghas scéiméireachta a raibh dúil aigesean ann i dtólamh. Agus cérbh í an tsraoill a bhí le pósadh aige? Arbh í Emma, Merrie nó Cheryl nó óinsín éigin eile a thabhaigh an onóir mhór? Níor thug sé de mhúineadh di ainm na rálaí a lua, arsa Lynn léi féin. Agus pósadh in Vegas! Ba dhoiligh a dhath níb uirísle ná sin a shamhlú. Chomh dócha lena athrach a bhí sé gur aimsigh Jay pacáiste saor: ticéid eitleáin, seomraí óstlainne, pasanna le haghaidh theach cearrbhachais is ceadúnas pósta ó chrios iompair de theampall 24-huaire. Ach ba í an abairt dheireanach den nóta ba mhó a chuir olc uirthi. Go seoigh a bhí a fhios ag Jay go ngoillfeadh an t-athrú plean seo go smior uirthi. Ba chuma leis faoi sin. Ní hamháin sin ach go dtaitneodh an smaoineamh sin leis.

Gan ceist na mbuachaillí a chur san áireamh, ba mhíshuaimhneach léi an dóigh a raibh sí ag freagairt do scéala Jay.

Ba dhoiligh friotal ceart a chur ar a smaointe ach sa dóigh chéanna gur cheap sí i dtosach nach bpósfadh sí féin choíche arís, níor chreid sise riamh go bpósfadh seisean ach oiread. Ach ní ar na cúiseanna céanna. Mar in ainneoin an scata guamóg a bhí luaite ag na buachaillí i gcaitheamh na mblianta a thug fianaise nach raibh Jay ina cheallach aontumha, ba é toimhde dhiongbháilte John é gur homaighnéasach faoi cheilt Jay.

I ndáiríre, ba í an t-aon fhianaise de chineál ar bith a bhí aigesean ná an tuarascáil a d'ullmhaigh Aimée Picelle nuair a bhí Lynn is Jay ag iompairc lena chéile faoi na coinníollacha feighlíochta a bhain leis na buachaillí. Níor tharla a dhath i rith bhlianta an phósta a thacódh leis an teoiric féin. Is ea, ó saolaíodh Duane, ba bheag spéis a bhí ag Jay sa chollaíocht. Ní raibh ann anois ach correachtra ócáideach mheicniúil nuair a mhothaíodh sí a lámha ag dornásc léi agus é ag paidhceáil roimhe sa dorchadas, go n-imreodh sé cluiche an toill léi go tapa amscaí. Ach bhíodh an chiotacht chéanna ag baint le John – faoin am seo ba é a dearcadh dian féin ar chúrsaí craicinn gurbh ionann blaiseadh d'fhear amháin is blaiseadh den chineál fireann tríd is tríd agus ní raibh a dhath oscartha oirbheartach déanta ag John chun an tuairim sin a bhréagnú. Ar ndóigh, nuair a chuir sí aithne air den chéad uair, bhí Jay ag meabhrú ar a thabhairt féin don rialtacht san Eaglais Anglacánach. Gan dabht, b'údar magaidh le John é sin. Ar a shon gur dhearbhaigh seisean arís is arís eile nár thábhachtach leis cúrsaí creidimh, chaith John neart ama ag caint ar an ábhar agus chreid sé go raibh dréimire ann, ó thaobh fhiúntas is thairbhe na reiligiún éagsúil de. Ag a bhun a bhí na hAnglacánaigh, dar leis, toisc nach raibh de bhunús is de bhunchlocha leo – chun Breandán Ó Beacháin, duine de na húdair phríosúin ab fhearr le John, a lua – ach magairlí Anraí VIII. Bíodh sin fíor nó ná bíodh, ba dhoiligh a rá go mbeadh a dhath cam ag roinnt leo siúd a mbeadh gairm chrábhaidh chun na ministreachta san eaglais sin acu.

Ach d'fhóir sé do John i gcónaí a bheith ag spochadh faoi Jay, ainneoin nár bhuail siad lena chéile ach cúpla babhta. Cuir i gcás, ábhar eile magaidh dó ab ea é gur Mheiriceánach ó dhúchas Jay a d'éalaigh faoi choim trasna na teorann aneas sna seachtóidí le héalú ón phreasáil.

"Ní thógaim air nach raibh uaidh gabháil ag troid in Vítneam.

Ach ní raibh sé féin ná a chuid leathbhádóirí de *draft-dodgers* cróga go leor fanacht sa bhaile, a seasamh liobrálach prionsabálta a dhéanamh thíos ansin agus dul go príosún dá mba ghá. B'fhurasta teacht aníos is stádas teifidigh pholaitiúil a éileamh. Agus tusa, a bhíonn i gcónaí ag tabhairt amach faoin ghreim atá ag na Poncáin ar an áit seo, i ndiaidh é a phósadh ansin. Ní thuigim thú, Lynn."

In ainneoin a chuid cainte ar an léann, bhí tuiscint John ar an-chuid rudaí teoranta go leor, faoi mar a thuig Lynn faoin am seo.

B'fhéidir gur dhul chun cinn é nárbh ionann patrún an dá phósadh. Mura raibh mórán cleachtaidh ar ealaín na hargóinte sa bhaile le linn a hóige aici, ba go mear a chuaigh sí – a bhí uirthi dul – i dtaithí ar rialacha, is ar easpa rialacha, na cogaíochta. Ón tús, bhí neart cailicéireachta idir í féin is Jay, go ndéanfadh seisean neamhiontas di, go bpléascfadh sí, go mbuailfeadh sí é (nárbh í iníon a máthar í!), go dtosódh sé ag fochaid uirthi, go mbuailfeadh sí é athuair, go bpléascfadh seisean. Sna laethanta luatha, bhaineadh sí féin sult as an athmhuintearas a thagadh as deireadh na gcluichí seo. Ach in ionad foghlaim ó na babhtaí troda seo agus éirí astu, tharla siad ní ba choitianta. Ní hé gur gortaíodh ceachtar acu go fisiciúil, ach gur ídíodh an dea-thoil agus an fonn comhoibrithe diaidh ar ndiaidh go dtí nárbh fhiú le ceachtar acu badráil a thuilleadh.

Ní raibh an iomaraíl iomluaileach chéanna, an paisean paintéarach, ag roinnt leis an dara pósadh riamh. Ba chúis sóláis é sin toisc nach bhféadfadh sí cur suas leis an tsíorfhíochmhaire. Níorbh é sin le rá nach mbíodh griobach go leor idir í is John. Faoi na buachaillí ba mhó a bhídís ag argóint. Ach tríd is tríd b'argóintí sibhialta go leor iad. In ionad na mbuillí nó an athmhuintearais fiú, ba é an chríoch a bhíodh ar na seisiúin sin go ngreadfadh John leis amach an doras nó isteach ina phluais go mbeadh sé pusach dúnárasach stuacánta go dtí go gcuirfeadh sé an drochribe de, tar éis lá nó dhó nó seachtaine. De réir dealraimh, d'éiríodh leis an scríbhneoireacht ab fhearr a chur i gcrích nuair a bhíodh staincín air.

Ceann de na nithe a cheangail Jay is John agus a hathair le chéile ná na fadhbanna cumarsáide a bhí acu. Ní raibh siad cleachtach, de réir oiliúna, ná de réir nósmhaireachta nó géinte, ar shuí síos chun ceisteanna a phlé. Má bhí sé sin soiléir ó thús an chéad phósta, ba í an tubaiste a bhain leis an chéad toircheas a dhaingnigh an fhíric sin ina haigne.

Nárbh í a bhí ag dúil go cíocrach leis an leanbh sin. Thosaigh sí ar éadaí ildathacha agus ar bhréagáin, idir chinn bhoga is chinn oideachasúla, a cheannach, ar sheomra thuas staighre a chóiriú don bhunóc agus rinne socrú chun saoire mháithreachais a ghlacadh ón chlinic ionas go mbeadh neart ama aici leis an leanbh sula seolfaí go naíolann lae é. Ar ndóigh, bhíodh imní uirthi, mar a bhíonn ar achan bhean, go dtarlódh rud éigin. Tríd is tríd, ní raibh aon deacracht mhór d'aon chineál ann. Agus cad chuige a mbeadh? Bean óg fholláin a bhí inti, nár chaith tobac agus nár ól barraíocht *Gin* is a bhí ag freastal ar a dochtúir go rialta le haghaidh seiceála.

Ba ag ceann de na seisiúin rialta sin i gcaitheamh an tseachtú mí a thug a cnáimhseoir faoi deara go raibh fadhb ann. Ní raibh an leanbh ag corraí i mbroinn Lynn nó ní raibh aon phreabadh croí ann. Is ea, níor bhraith sí an créatúr ag léim thart is ag ciceáil le cúpla lá anuas, faoi mar a d'fhreagair Lynn go bánghnúiseach, ach bhí sí féin gníomhach le tamall anuas . . . agus nach raibh sé léite aici i leabhar nár rud mínormálta é sin . . . is gan mórán spáis ag an leanbh sa bhroinn . . . agus an créatúr ag coigilt a nirt le haghaidh an tsaolaithe . . . D'ordaigh an cnáimhseoir go ndéanfaí scrúdú ultrafhuaime ar an toirt. Níor thuig Lynn go fóill cad é mar a tháinig sí slán ón tréimhse ina dhiaidh sin. D'iompair sí an leanbh ar feadh trí lá dhéag eile sular fáisceadh corp beag na marbhghine as a broinn. De réir an scrúdaithe iarbháis, thacht an tsreang imleacáin an páiste. Ní fhaca Lynn a céad leanbh riamh. Níor tógadh grianghraf den chailín beag. Bhí Lynn róshuaite le seasamh ar an phointe sin. Ní raibh uaithi san am ach codladh is ligean don am pianta na haigne, an anama is na colainne a leigheas. Fágadh faoi Jay socruithe na sochraide a dhéanamh.

Murab ionann is Lynn a bhraith ar feadh i bhfad ina dhiaidh seo gurbh fhaoiseamh aigne is gurbh fhuascailt ó phian an anama í labhairt ar ar tharla, ba bheag a dúirt Jay san am nó ó shin. Ní fhaca sí ag caoineadh é, fiú nuair a íslíodh an chónra bheag bhán isteach san uaigh. A thúisce is a bhí an tsochraid thart is na gaolta imithe abhaile, bhí seisean ag tathant uirthi leanbh eile a bheith aici a luaithe is ab fhéidir. De réir dealraimh, bhí uaidh an eachtra iomlán a chur i leataobh. Má chaígh sé an leanbh, agus ina croí istigh chreid sí gur chaígh, níor roinn sé a bhris léi.

Ghéill sí dá bhrú is do chomhairle a máthar is gineadh Dwight roimh i bhfad. Fós, bhí áit ar leith ag an chailín gan ainm in intinn is i gcroí Lynn. Bhí gearrliosta ainmneacha ban acu ó d'fhoghlaimíodar gur ghirseach a bheadh inti: Melanie, Dawn agus Annie, an t-ainm ab fhearr le Jay. Níor baisteadh an leanbh riamh, ach thagraíodh Lynn do Melanie, agus í ag caint leis na buachaillí faoina ndeirfiúr mhór a bhí ar neamh. Ba í Melanie bheag an fáth a raibh sí chomh bog sin ar na buachaillí. Thuig Lynn go raibh sí i ndiaidh peataireacht a dhéanamh orthu ach ní raibh neart aici air sin. Ba mhairg a chaillfeadh leanbh. Ba mhairg a d'iompródh an dara is an tríú leanbh ar feadh trí ráithe is gan í cinnte nach dtarlódh an tubaiste chéanna arís. Ba mhairg a dhúiseodh i rith na hoíche agus í ag feitheamh go gearranálach le cic beag éadrom.

Nuair a fiafraíodh di cá mhéad páiste a bhí aici, d'fhreagair sí i dtólamh go raibh triúr aici. Is ba ghnách léi déanamh ar an reilig go minic mar ar cuireadh an leanbh. Gan teip, théadh sí ann ar 'lá cuimhneacháin' Melanie mar a thug sí ar an lá a deimhníodh go raibh an páiste ar shlí na fírinne.

Ba rudaí iad seo a chuireadh fearg ar Jay.

"Cad chuige nach ndéanann tú dearmad ar an rud sin. Tá an páiste marbh ach seo thú ag ligean di teacht idir tú is an saol mór. Tá sí ag teacht idir an bheirt againn fosta, toisc nach bhfuil mise sásta do chluiche beag a imirt."

"Ní cluiche é. Ní imrím a leithéid ach tá tusa ró-neamh-mhothálach chun an méid sin a thabhairt faoi deara."

"An t-aon rud a thugaim faoi deara go bhfuil tusa chun an bheirt eile a thachtadh fosta, mura mbíonn tú cúramach."

Phléascfadh sise ar an phointe seo, agus í ag tabhairt "bastard fuarchroíoch" air. Nuair a thosaíodh sé ag magadh fúithi, chaitheadh sí earra éigin, bróg nó cupán nó leabhar, leis.

Thóg sí John ionsar an reilig uair ach, aisteach go leor do dhuine ar mhinic smaointe aige ar an bhás grod, ba bheag spéis a léirigh seisean riamh i Melanie agus níor ghríosaigh sé Lynn le labhairt fúithi. Ó d'aistrigh siad amach ón chathair go dtí an loch, b'annamh a bhí sí in ann tabhairt faoin oilithreacht reilige. Ach ba é sin an chéad rud a dhéanadh sí agus í ar turas go Calgary.

Thuig sí anois gurbh é bás Melanie, an bhris ina dhiaidh agus na fadhbanna cumarsáide a shíolraigh uathu a mharaigh a céad phósadh.

Ní hé nach ndearna sí gach iarracht ar é a shábháil. Nárbh iomaí uair a d'impigh sí ar Jay teacht ina cuideachta chuig comhairleoir pósta? Ráithe sular scaradar óna chéile faoi dheireadh is faoi dheoidh, d'aontaigh Jay dul le haghaidh teiripe.

Comhairleoir a d'fhostaigh comhlacht Jay ab ea Terrence Dante. Cruiteachán beag Sasanach meánaosta a bhí ann, a mbíodh an chuma air gur sheas an chruit d'ualach chúraim shíceolaíocha is mhothúchánacha na cúig céad fostaí. Bhí aithne ag Lynn air tar éis di bualadh leis ag imeachtaí sóisialta an chomhlachta. Ní dheachaigh aon nath gaoise a chuir sé de ar na hócáidí seo i bhfeidhm uirthi. An dá rud a chuaigh i gcion uirthi ná an chruit agus an blas ardghlórach aisteach cainte, nuair a chruinníodh sé féin is a chomh-Shasanaigh le chéile, agus a chuir i gcuimhne di an seanrá nach dtéann na Sasanaigh aon áit riamh mar imirceoirí ach mar impirí.

"Ní chuireann sé as dom a bheith ag labhairt le Sasanach amháin," a dúirt sí le Jay oíche agus iad ag filleadh abhaile i ndiaidh cóisire. "Éirím neamhshocair amhrasach má bhíonn orm déileáil le beirt. Lánchinnte atá mé go bhfuiltear chun mé a choilíniú, má bhíonn triúr acu ann."

"Táthar ann sa tír seo," a d'fhreagair a céile go biorach, "a deir an rud céanna faoi Mheiriceánaigh."

"Cén t-ainm atá amuigh air mar shíceolaí?" a d'fhiafraigh sí de Jay tar éis dó coinne a shocrú le Dante.

"Maítear gur leor seisiún amháin leis."

"In ainm Dé, cad a chiallaíonn sé sin? Gur fear déanta míorúiltí é nó gur lúbaire cruthanta é?"

"Níl a fhios agam ach tá ár seisiún clúdaithe ag pacáiste fostaíochta an chomhlachta. Nach leor nach bhfuil orainn íoc as?"

"Nach fiú cúpla dollar sa bhreis ár bpósadh?" ar sise go dorrga.

"Ní comhairleoir, bíodh a chuid seirbhísí saor nó daor, a shabhálfaidh é sin."

"Cad tá á rá agat?" arsa Lynn go searbhánta. "Go bhfuil sé rómhall chun é a shábháil? Nó nach bhfuil tusa sásta badráil a thuilleadh?"

"Ná bí ag féachaint le brí mo chuid cainte a chur as a riocht," arsa Jay go feargach.

"Bhí brí do chuid cainte soiléir go leor domsa. Cur amú ama is ea é, dar leat, dul chuig comhairleoir nó iarracht a dhéanamh ar an phósadh a shábháil."

"Cuir uait, Lynn. An rud a bhí i gceist agam gur sinne amháin atá in ann na fadhbanna seo againne a réiteach, is cuma cá mhéad seisiún a chaithimid le lucht teiripe."

"Tuigim go maith nach bhfuil uait dul ann."

"Ó, tá," ar seisean go magúil. "Táim ag tnúth le seisiún nuair a bheidh lucht éisteachta agat is tú in ann mé a chúiseamh go poiblí."

"Ní gá domsa sin a dhéanamh. Tá mé suite de go ndamnóidh tú thú féin."

Agus iad in oifig Dante, níorbh fhada gur thuig sise gur thairbhí di seal i bhfíoríochtar ifrinn. Bhí an comhairleoir ag a dheisc, a dhá uillinn ar an bhord agus é cromtha ina dtreo amhail is gur thug sin faoiseamh don ualach a bhí ar a dhroim. Bhí Lynn i ndiaidh deich mbomaite a chaitheamh agus í ar a bionda cuntas cothrom iltaobhach a thabhairt ar na fadhbanna a bhí aici féin agus ag Jay . . . gur dheacair dóibh labhairt le chéile anois gan a bheith ag argóint . . . gur chreid sí go raibh idirghabhálaí oilte seachtrach de dhíobháil orthu a bheadh in ann éisteacht le gach taobh is teacht ar sheifteanna cumarsáide a chuideodh leo . . . Shuigh Jay ann an t-am ar fad, cuma neamhshocair mhíchompordach air sa chathaoir bhog uilleann is gan a dhath á rá aige amhail is nár bhain an comhrá seo leis-sean a bheag nó a mhór is gur mhó an spéis a bhí aige sna fógraí ar an bhalla ná i bhfaoistin Lynn. Gach uair dá stopfadh sí, mhoilleodh sí le súil go labhródh Jay. Faoin am ar chrom sé ar bharra na méar aige a bhualadh ar thaobh na cathaoireach, d'éirigh sí as a monalóg. Mhair an tost nóiméad ar a mhéad agus gan le cluinstin ach ceol na méar gur labhair Dante.

"Cad é mar atá cúrsaí sa seomra codlata?"

Baineadh an anáil de Lynn. Mothaíodh buille buile i siansa Jay.

"Gabh mo leithscéal," arsa Lynn agus snag anála uirthi fós. "Cén bhaint atá aige sin leis an scéal?"

"Tosaíonn céatadan ard d'fhadhbanna an phósta sa seomra codlata. B'fhéidir go mbeadh an réiteach le fáil ann fosta."

"A Chríost, is deacair a shamhlú go mbeadh a dhath le teagasc ag Sasanach fuaránach faoina dtarlaíonn sa seomra codlata," arsa Lynn agus d'éirigh sí óna cathaoir. Agus í ag déanamh ar an doras, mhothaigh sí Dante ag tabhairt bhileog eolais faoi '*Sister Susie's* – Siopa do Dhaoine Fásta' do Jay.

Ba leor an t-aon seisiún le Dante. Is ní raibh an gus i Lynn tathant ar Jay triail a bhaint as comhairleoir eile. Agus maidir le "*Sister Susie's*," ba i gcuideachta John, a raibh uaidh úsáid a bhaint as an lacáiste 40% a bhí dlite dó mar chomhghleacaí acadúil de chuid an úinéara, a thaobhaigh sí an t-áras sin den chéad uair blianta ní ba dhéanaí. Ar an drochuair, ar sise go haranta léi féin anois, ba bheag maitheas a rinne an chuairt áirithe sin dóibh san am sin nó ó shin.

Ar leibhéal an-éadomhain, cinneadh loighciúil sibhialta ab ea an scaradh nuair a thug Jay droim láimhe leis an teiripe. Ba chuimhin léi cúpla comhrá ciallmhar sna seachtainí dár gcionn nuair a labhair siad ar a bpleananna . . . gur chóir do Jay árasán a thógáil ar cíos . . . ceann ina mbeadh an dara seomra leapa do na hoícheanta nuair a bheadh na buachaillí ag stopadh leis . . . is ea, gach re deireadh seachtaine agus gach oíche Chéadaoin . . . Choimeádfadh sise an tábla seo a fuaireadar óna haintín, thógfadh seisean an chathaoir sin. Caithfidh go raibh deiseanna go leor acu i gcaitheamh na tréimhse sin chun an pósadh a shábháil, dá mba mhian leo sin. B'fhollas nár mhian mar níor tapaíodh aon deis acu. Ba mhinic a rith sé léi ó shin gur fhóir an scaradh do Jay.

Faoi dheireadh tháinig an lá nuair a bhailigh sé le chéile a Théidí-Bhéar, 'Vicious Aloysius', a chuid airgí pearsanta féin, baill den troscán, is an leaba dhúbáilte orthu, a ríomhaire, lumpar agus lampar. Níor cheap sí go n-imeodh sé agus fiú nuair a bhí sé ag tiomáint síos an bóthar ina thrucail, bhí sí á rá léi féin nach bhféadfadh sé seo a bheith ag tarlú agus go dtiocfaidís ar a gcéill. Thosaigh an dís bhuachaill ag béicíl nuair a mhínigh sí nach mbeadh Daidí ina chónaí leo go ceann tamaill, go raibh árasán nua dá chuid féin aige ach go bhfeicfidís é ag an deireadh seachtaine . . . Ní dhéanfadh sí dearmad go deo ar éamh na ngasúr an chéad oíche sin: "Tá mo Dhaidí uaimse." "Cá bhfuil Daidí?" Bhuail taom tolgach scaoill í féin a ngéilleadh sí dó ach gur shroich Ruth an teach chun í a tharrtháil. Sna laethanta, sna hoícheanta, sna seachtainí, sna míonna ramhra ina dhiaidh sin, nuair nach bhfeicfeadh sí os a comhair ag deireadh an lae ach an bheirt bhuachaill is a leaba nua aontumha féin, ba mhinic uaithi impí ar Jay filleadh. Ní raibh sé chomh holc sin, faoi mar a mhaíodh sí.

B'fhusa an t-aontíos gona neamhchumarsáid ná an t-uaigneas. An mháthair, cairde mar Gwen lena leabhair féinchuidithe, an obair, gloine *Gin* sa tráthnóna (thiocfadh cumha caointeach cumhscaithe uirthi dá n-ibhfeadh sí an dara gloine), agus na drugaí fhrithísliú meanman óna dochtúir a choinnigh a haghaidh bhán dírithe ar an ród aimhréidh roimpi. Murab ionann is go leor ban mí-ámharach eile, bhí an t-ádh dearg uirthi nach raibh sí i dtuilleamaí na déirce a dtugtar an leas sóisialta uirthi. Fós, bhíodh uirthi éirí gach maidin agus a rá léi féin go liodánach go rachadh an scaradh seo chun tairbhe di féin is dá buachaillí.

Ba sa tréimhse seo a chuaigh sí chuig síceolaí don dara huair. Ba í Gwen a mhol an bhean seo, Lucinda ("Fir atá ag féachaint le beag is fiú a dhéanamh díom a thugann Cindy orm") Crantz. Bhí Gwen féin is scata cairde léi ag freastal ar sheisiúin le Lucinda, agus í ag cuidiú leo déileáil lena saol mar mharthanóirí ón mhí-úsáid, idir fhisiciúil, mhothúchánach is chollaíochta, a d'fhulaing siad mar pháistí, mar dhéagóirí is mar chéilí.

Ba iad sin na téada a sheinn an síceolaí nuair a bhuail Lynn léi. Chaith an bheirt acu dalladh ama ag gabháil siar ar a hóige, ar a tuismitheoirí is ar an chaidreamh eatarthu. Bhí Lynn sásta géilleadh do bharúil Lucinda go raibh droch-thionchar ag iompar na dtuismitheoirí, ag alcólacht an athar is ag cinsealacht na máthar, ar phatrún a cuid cumann féin ó shin. Thuig sí mar an gcéanna go mbeadh ón síceolaí a fháil amach ar mí-úsáideadh í ar aon bhealach. Dhearbhaigh Lynn nár mí-úsáideadh. Níor leag aon fhear lámh uirthi i gcoinne a tola agus í ina leanbh ná ina duine fásta . . . Is ea, bhí amadáin ann i dtólamh a thapaigh gach deis chun bean a mhealladh ach nár rud nádúrtha é sin?

Nuair a chrom Lucinda ar a bheith ag caint ar mheon an íobartachais, shocraigh Lynn a hintinn go raibh a sá cloiste aici.

"Ní haon íobartach mise," ar sise.

"Féach ar an phatrún atá ann. Tá tú ag ligean ort féin nach ea."

"Tá tusa ag féachaint leis an dubh a chur ina gheal orm, le mé a chur ag smaoineamh gur íobartach mé."

Is ea, bhí botúin go leor déanta aici ina saol, a dúirt Lynn léi féin nuair a bhí sí ag fágáil oifig Lucinda. B'fhurasta amharc uirthi féin mar íobartach, mar dhuine a ndearnadh éagóir uirthi. B'éasca glacadh leis an lipéad a thairg an síceolaí – agus Gwen fosta – di. D'fhéadfadh sí féin a rá ansin nach raibh neart aici ar ar tharla di. Ach bhí a fhios aici nach raibh cúrsaí chomh simplí sin. Bhí sí féin freagrach as a fadhbanna féin, faoi mar a bheadh sí feasta as a slánú, as a fuascailt féin. Dá mba thuras fada uaigneach é, thabharfadh sí faoi ar a conlán féin.

Má bhí sí fós ag streachailt le déileáil le briseadh an chéad phósta, thuig Lynn go raibh an t-aothú déanta aici féin an lá ar casadh Jay uirthi ag siopa na dtaoschnónna corradh le bliain i ndiaidh an scartha. Bhí sí tar éis glao teileafóin a chur air an oíche roimh ré is tathant air bualadh léi as siocair "go bhfuil rud práinneach le plé againn." Is í ag an ionad coinne roimhe, bhí faill aici amharc air ag tuirlingt den trucail agus ag tarraingt go péiceallach ar an doras. Bhí sé gléasta san éide deinim a cheannaigh sí dó cúpla Nollaig roimhe sin. D'fhág an meigeall úr is an folt fada cuma mhíshlachtmhar air, a dúirt sí léi féin go míchéadfach. Bheannaigh sé di ón chuntar, d'ordaigh cupán caife dó féin is shuigh síos ag a bord.

Chuireadar seal gairid isteach ag caint ar na buachaillí. B'údar imní é, faoi mar a mhaígh Lynn, go raibh Duane ag fliuchadh na leapa le déanaí. Bhí sí ag meabhrú ar labhairt le comhairleoir le fáil amach arbh é an scaradh faoi deara sin. Mura ndúirt Jay a dhath, thaispeáin an ghruig a chuir sé air féin is an ghriotháil déistine a lig sé as go raibh fearg air. Ní raibh uaidh a dhath a chluinstin faoi lucht teiripe. Tar éis bhabhta mionchainte eile mhothaigh Lynn go raibh cuma mhífhoighneach air nuair a thug sí faoi deara é ag amharc ar a uaireadóir ós íseal.

"Is dócha gur mhaith leat a chluinstin cad chuige a raibh fonn orm labhairt leat?"

"Tá a fhios agam cén fáth," ar seisean agus aoibh an gháire go caithréimeach ar a aghaidh.

"Ó . . ." Níor lig sé di a thuilleadh a rá.

"Teastaíonn uaitse go dtiocfainn ar ais."

Thuig sí ar an bhomaite sin go raibh Jay réidh chun síocháin a dhéanamh agus go bhfillfeadh sé dá dtabharfadh sí comhartha fann uchtaigh d'aon chineál dó. Ba léir fosta gur ghlac Jay leis go raibh sé i ndiaidh a mhúineadh di go raibh seisean de dhíobháil uirthi. Mar sin, bhí sé ag dréim le bratach bhán an ghéillte. In ainneoin an chathaithe is na ndeacrachtaí a bhain le páirt na máthar singil, ní bhfaigheadh sé sin uaithi go deo mar bhí a fhios aici ina croí istigh nach mbeadh ach a thuilleadh díomá i ndán di dá dtoileodh sí le tairiscint an athmhuintearais ach nach mbeadh sé ar a cumas é a chaitheamh amach an dara huair.

Ba go fuarchúiseach a d'fhéach Lynn ar an aghaidh shotalach os a comhair.

"Tá uaim na buachaillí a chlárú i scoil lán-Fhraincise."

Bhí siad scartha le hocht mí dhéag nuair a d'aistrigh a chomhlacht Jay go Toronto. Ba gan choinne a fuair Lynn an scéala óna dlíodóir go raibh an t-athair ag iarraidh feighlíocht na mbuachaillí, ar a shon go rabhadar lena máthair go rialta idir an dá linn, de réir an tsocraithe shealadaigh. Eisean ab fhearr a bheadh in ann iad a thógáil, faoi mar a dhearbhaigh an litir ó dhlíodóir Jay. Ní raibh an mháthair ag ligean dóibh fás suas mar pháistí normálta toisc go raibh sí ag féachaint lena bhforbairt a chrapadh mar gheall ar an leanbh a cailleadh. Ba í an argóint a bheadh á cur i láthair Chúirt an Teaghlaigh go raibh dochar síceolaíoch mothúchánach á dhéanamh aici dóibh agus gurbh é a sochar fadtéarmach é gabháil chun cónaí lena n-athair.

Bhí scaoll fúithi i dtús báire tar éis di an litir a fháil ón dlíodóir. Chaillfeadh sí na buachaillí go deimhin is ní fhéadfadh sí leanúint ar aghaidh dá dtitfeadh a leithéid amach. Ba bheag an sólás é gur leasc le breithiúna cúram na bpáistí a bhronnadh ar an athair. Bhí eisceachtaí ann i gcónaí, nach raibh? Bhí scéalta cloiste ag comhghleacaithe Lynn sa chlinic faoi mhná ar sracadh a leanaí uathu de dheasca éirim an dlíodóra fhreasúraigh.

Ba é an dearcadh tomhaiste a bhí ag a máthair nach raibh feighlíocht na ngasúr ag teastáil ó Jay.

"Ní bheadh a fhios aige cad a dhéanfadh sé dá mbeadh air a bheith leo ar feadh seachtaine fliche," arsa Ruth le teann tarcaisne. "Níl uaidh ach díoltas, go mbeidh ort fanacht is fulaingt go mbeidh sé sásta teacht ar shocrú."

Ba dhoiligh di géilleadh do bharúil a máthar i dtosach ach nuair a tháinig Lynn ar a ciall, thuig sí go bhféadfadh sí samplaí d'iompar mearganta Jay a úsáid ina choinne dá rachadh an cás os comhair breithimh. Nárbh eisean i ndáiríre an duine a raibh damain dheimhin déanta aige dá chlann? Cad faoin eachtra an bhliain roimhe sin nuair a bhí a athair féin ar an dé deiridh? Chuala Lynn ó Jay, a bhí i ndiaidh teacht chun na buachaillí a bhailiú don deireadh seachtaine, go raibh an seanfhear i gcróilí an bháis is rinne suas a haigne go rachadh sí síos lena fheiceáil an mhaidin dár gcionn. Bhí sí ceanúil ar shean-Ralph a bhí i ndiaidh cur faoi in Calgary i ndiaidh bhás a chéile. Ar shroisint an tí do Lynn, chonaic sí gluaisteáin gona n-uimhreacha cláraithe Meiriceánacha a thug le fios go raibh muintir Jay anseo. Ba bheag focal a bhí labhartha aici lena dheartháireacha is lena dheirfiúracha ó aimsir an scartha diomaite de chomhrá nimhneach amháin le Jane a d'fhógair go neamhbhalbh gur thuig sí ón tús go raibh a deartháir rómhaith di. Ní raibh Lynn ag tnúth le bualadh leis an teaghlach anois ach bhraith sí go raibh an chuirtéis seo dlite do sheanfhear a bhí ina otharluí éaga. Ar scor ar bith, nár bhall den teaghlach céanna í le haghaidh na mblianta? Ghlac sí misneach is bhuail fairchín an dorais.

Ní dhéanfadh sí dearmad go deo ar an radharc i seomra codlata Ralph. Ba bheag aird a tugadh uirthi mar a mhoilligh sí gar don doras. Bhí an teaghlach uilig cruinn le chéile timpeall na leapa agus Jane ag caoineadh go faíoch. Ba léir nárbh fhada uathu anois bás an tseanfhir, ar a shon go raibh a mheabhair aige go fóill. Thug Lynn coiscéim nó dhó chun tosaigh i dtreo lár an tseomra. Stop sí go tobann. Tháinig eatal feirge uirthi lena hiarchéile nuair a thug sí faoi deara Dwight is Duane ag colbha na leapa. Méadaíodh ar an fhearg nuair a thuig sí cad a bhí á chaitheamh ag gach duine sa seomra idir óg is aosta. Nuair a chuir sean-Ralph glothar an bháis de, ba dhoiligh a shamhlú cén bhrí a bhain an créatúr as Baicle na mBalcaisí Dubha os a chomhair.

Thosaigh an gheamhthroid ghangaideach nuair a chuir sí in iúl dá dlíodóir féin nach raibh sí ar tí géilleadh do Jay is go dtabharfaí air cur lena chuid cainte. Dréachtaíodh moltaí is frithmholtaí nuair a d'fhéach dlíodóir pháirtí amháin le bagairt ar an pháirtí eile, le mealladh, le cloí, le himeaglú. Agus í ag amharc siar anois, d'admhaigh Lynn go raibh an tréimhse seo nuair a bhíodh sí ag fairís ar fhreagraí ó dhlíodóir Jay ar a moltaí is ar ghlaonna gutháin óna dlíodóir féin níb ídithí ná an t-idirscaradh féin. Ba dhoiligh a chomháireamh cá mhéad uair a chuala sí an scéala ó rúnaí a dlíodóra: "Tá aiféala orm ach tá an tUasal Hall ag cruinniú. An féidir liom teachtaireacht a thabhairt dó?" Nó gur dhearbhaigh seisean go deithideach go raibh sé ar tí an fhadhb, cibé fadhb a bhí ann, a réiteach nuair a ghlaoigh sí. Socair a bheadh sí faoi dheireadh an lae. Gheobhadh Lynn amach an tseachtain dár gcionn gur tháinig práinn eile idir an dlíodóir is an fhadhb. Dhéanfadh an dlíodóir cinnte de anois go láimhseálfaí an deacracht roimh dheireadh an lae sin . . . Ach, iontas na n-iontas, eisíodh na billí ó oifig an dlíodóra chomh sothuartha leis na focail ón scáileán *Karaoke* sa bheár in Winston.

"Deich míle dollar an duine ar a laghad a chosnóidh sé," a dúirt a dlíodóir, "má théann an cás feighlíochta os comhair breithimh. Ba cheart cúpla dollar a shábháil trí theacht ar chomhaontú."

"Bhuel," a d'fhreagair Lynn, "níl Jay sásta suí síos is margadh a dhéanamh, cibé cluiche atá ar siúl aige."

"Is é ár leas é cinntiú go suíonn sé síos. Beidh orainn brú a chur ar an Uasal Dollard."

"Cad é mar a dhéanfaimid sin?" arsa Lynn go míchéadfach.

"Sílim gur chóir go ndéanfadh comhairleoir síceolaíoch, atá oilte ar dhéileáil le fadhbanna feighlíochta, meastóireacht ar an bheirt agaibh."

D'imigh ráithe eile thart sular aontaigh Jay go ngéillfeadh sé don mheastóireacht seo, is ráithe eile sular aimsíodh duine eadrána a bhí saor chun a gcás a ghlacadh as láimh. De réir dealraimh, is ar éigean a bhí comhairleoir díomhaoin amháin in Iarthar Cheanada.

Bean ard fholtbhuí ramhar thart ar dhá scór bliain d'aois ab ea Aimée Picelle a chaitheadh gúna fada ildaite is cuaráin *Birkenstock* de shíor. Is mó cosúlacht a bhí uirthi le bean feasa ar pháirc aonaigh ná le comhairleoir proifisiúnta, dar le Lynn. Ag an chéad seisiún fuaiscneach, mhínigh Aimée ina glór gluair gurbh é a cúram é féachaint go ndearbhófaí sláinte is sochar na mbuachaillí sa todhchaí. Dá réir sin, bheadh sí ag breathnú ar scileanna is ar bhuanna an athar is na máthar.

Sna seisiúin ina dhiaidh seo, chuaigh Aimée Lynn siar ar na gnéithe éagsúla dá saol a bhí clúdaithe ag Lucinda cheana, ar an uair a chéadchuir sí aithne ar Jay, ansin ar na nithe ar chuir sí sonrú iontu, ar bhlianta an phósta, ar an mharbhghin, agus ar a clann. De réir mar a labhair Lynn ar na heachtraí sin, ar na sealanna thuas is ar na sealanna thíos, cuireadh ina luí uirthi chomh hamh frithir is a bhí na cneácha fós.

"An mbíonn deacrachtaí codlata agat?" a d'fhiafraigh Aimée di lá.

"Bhíodh deacrachtaí agam," a d'fhreagair Lynn go leithscéalach. "Luínn sa leaba agus mé ag machnamh ar chúrsaí."

"Cad air a mbítheá ag smaoineamh?"

"Ar ar tharla i gcaitheamh bhlianta an phósta is ó shin."

"Agus ar lorg tú cabhair chun fadhb an neamhshuain a réiteach?"

"D'ólainn corrghloine *Gin* agus shlogainn piolla *Sleep-Ez-ee* ó am go ham," arsa Lynn go cúramach.

"Agus tá fadhb an neamhshuain leigheasta anois mar sin?"

"Bhuel . . . bhí sí feabhsaithe go mór gur thosaigh ceist seo na feighlíochta athuair."

"Feicim . . . Mar sin, tá an fhadhb ann i gcónaí," arsa Aimée agus í ag scríobh. "Agus cén cineál brionglóidí a bhíonn agat?"

"Is minic a shamhlaím go bhfuil na buachaillí i gcontúirt . . . i mbaol a mbáite . . . a ngnéaschiapála . . . a bhfuadaigh," a dúirt Lynn agus í deargleicneach míchompordach. Agus í ag éisteacht léi féin ag cur friotail ar a cuid údar scéine anseo faoi sholas geal an lae, bhraith sí féin imir áibhéil ag roinnt leo.

"Cá mbíonn na hógfhir nuair a bhíonn tromluithe den chineál seo agat?"

"Bíonn siad imithe chun stopadh lena n-athair den chuid is mó."

"Agus cad faoi Jay?"

"Cad faoi?" arsa Lynn go cosantach.

"An mbíonn seisean i do chuid brionglóidí?"

Rinne Lynn gáire faiteach sular fhreagair sí.

"Bíonn sé ann i dtólamh."

Ba í tuairim phroifisiúnta Aimée í go raibh Lynn sa tóir fho-chomhfhiosach ar an teaghlach foirfe, nó ar idéal an teaghlaigh sin a cailleadh nuair a scar sí féin is Jay ar a chéile. Chaithfeadh Lynn gabháil trí chúrsa fada teiripe sula mbeadh sí in ann glacadh le briseadh an phósta, é a chur taobh thiar di, na ceachtanna cearta luachmhara a fhoghlaim uaidh, sula mbeadh sí réidh cromadh ar chumann dáiríre fadtéarmach athuair . . . Anois, blianta ní ba dhéanaí agus í ina suí ar an tolg ag an teach cois locha, bhí Lynn fós ag fulaingt na mbrionglóidí – faoi na buachaillí, faoi Jay, faoin seanteach in Calgary, faoi na tréimhsí campála i rith an tsamhraidh, faoi ghnáthimeachtaí an tsaoil. Aisteach go leor, agus í pósta le John anois le sé bliana, ba é Jay a fear céile iontu i gcónaí, fiú amháin nuair a bhain na bruadair le suíomh, amhail an locha, a bhí ceangailte go huile is go hiomlán le John. Níor chuimhin léi aon bhabhta brionglóidí a raibh John ann. Ná aon cheann ina raibh Jay pósta ar bhean eile.

Ní nach ionadh, leag Aimée béim ar an chaidreamh a bhí ag Lynn lena cuid mac. Mar chuid den mheastóireacht, bhí uaithi na buachaillí a fheiceáil i gcuideachta a máthar. Chuaigh an ceathrar acu ar phicnic. In ainneoin na gréine, is an lóin is na gcluichí, bhí a fhios ag Lynn go raibh Aimée á scrúdú an t-am ar fad. Agus ba ag an seisiún ina dhiaidh sin a labhair an comhairleoir ar an bhaol a bhain leis an mhogallú.

Má d'admhaigh Lynn ina croí istigh gurbh é a leas féin agus leas na mbuachaillí é fadhb seo an mhogallaithe a leigheas, ní raibh sí sásta go huile is go hiomlán le hAimée. Nach raibh sé léite aici in iris eile ó shin go mbíonn 77% de mháithreacha cráite ag an mhogallú? Ach bhí a thuilleadh ann. Ba bheag a bhí ráite ag an chomhairleoir fúithi féin ach go raibh sí pósta agus go raibh beirt chlainne aici. Ach nocht Aimée lá gurbh é seo an tríú pósadh aici agus gur le Fear Céile # 2 na páistí. Níor shocraigh Lynn a haigne riamh cén dóigh go díreach a raibh a saineolas proifisiúnta úsáidte ag an chomhairleoir chun a dhath a fhoghlaim a rachadh chun leas na bpóstaí seo aicisean. Ba í breith thomhaiste John ó shin í – ar a shon nár bhuail sé léi riamh – go raibh Aimée ní ba scaipthe is ní ba mheasctha ná mar a bhí Lynn riamh. Ach nárbh é sin an sórt ruda a déarfadh John? Ní admhódh seisean choíche go bhféadfadh duine oilte neamhspleách cabhrú leo siúd a raibh comhairle phroifisiúnta de dhíobháil orthu, sa dóigh chéanna is a d'íocfadh sé féin as duine oilte chun a theach a phéinteáil nó a chuid pluiméireachta a dheisiú.

San am sin, chreid Lynn go raibh an comhairleoir fabhrach do Jay, toisc go raibh sí pósta tráth ar fhear a thóg dís pháiste leis féin. Thuig sí anois nach raibh an ceart aici. Ón tús, níor réitigh Jay is Aimée le chéile. Ní dhearna seisean iarracht dá laghad ar an drochmheas a bhí aige ar phroifisiúnaithe a cheilt. Ag an chéad seisiún, thosaigh sé ag tabhairt amach di, agus é ag maíomh nach raibh aon iontaoibh aige as aicme a bhí ag teacht i dtír ar fhadhbanna an chine dhaonna agus mar a tuairiscíodh sa tuarascáil dheiridh a d'ullmhaigh Aimée, "'nach bhfuil puinn difríochta idir iad is na seadáin ach gur chuid de shlabhra an dúlra amuigh na súmairí fola.' Ní admhaíonn an tUasal Dollard," a thug an tuarascáil le fios, "gur féidir le proifisiúnaithe cuidiú leis a bheag nó a mhór. Ní leigheasfar a chuid fadhbanna go mbeidh sé sásta a admháil go bhfuil teiripe de dhíobháil air."

Ba é an toradh a bhí ar an ealáin seo gur shocraigh Aimée ar theisteanna síceolaíocha a dhéanamh ar Jay – is ar Lynn chun an chothromaíocht a chinntiú. Tharla go raibh comhghleacaí ag Aimée a bhí ag obair san áras céanna léi, a stiúrfadh na teisteanna – ar tháille breise. Míle dollar an duine an costas seo, má ba bhuan cuimhne Lynn. Agus nárbh é Jay nár lig an fhaill thairis lena dhéistin a chur in iúl d'Aimée faoi sin? "*Marriage is grand. Divorce is twenty grand*," ar seisean le teann tarcaisne. Ach ní raibh an dara suí sa bhuaile aige ach géilleadh do na teisteanna is do na fiacha ó chomhairligh a dhlíodóir dó go bhféadfaí aon diúltú dá chuid a úsáid ina choinne.

B'aisteach le Lynn san am go raibh na seantrialacha sin san fhaisean fós. Cheapfá faoin am seo go mbeadh inneall ardteicneolaíochta acu a dhéanfadh an jab nó gurbh fhéidir cúpla leictreoid a cheangal as an chloigeann a bhaileodh an t-eolas cuí. Ba chuimhin léi ceistiúcháin phearsantachta de shaghas an MMPI a dhéanamh nuair a bhí sí ar scoil cúig bliana is fiche roimhe sin. In aois a trí bliana déag mar a d'fhéach sí leis na céadta ráiteas den saghas: "Ní dhéanaim mórán brionglóidí", "Is taitneamhach liom scéalta bleachtaireachta is scéalta rúndiamhra" nó "Braithim neamhshocair agus mé taobh istigh den teach" a rangú de réir a gcruinnis, níor thuig Lynn ach go n-úsáidfí na freagraí le fáil amach ar chóir dá tuismitheoirí cúpla míle dollar a chaitheamh in aghaidh na bliana feasta chun ligean di staidéar leathghairmiúil a dhéanamh ar an dordveidhil. Blianta ní ba dhéanaí agus uamhan Dé uirthi go gcaillfeadh sí a cuid buachaillí, bhí a cuid saineolais fairsing go leor gur thuig sí go rabhadar ar lorg claontaí saofa nó claontaí paiteolaíocha is paranóia a dhealódh an ciontóir nó an t-ábhar ciontóra ón duine normálta. Chinn sí ar ghlacadh lena cinniúint agus ar ghabháil trí na ráitis is iad a rangú chomh hionraic is a d'fhéadfadh sí, toisc gan rogha ar bith eile aici. Is ar éigean a smaoinigh sí ar Jay a bhí ag fulaingt na dianbhreithe céanna sa seomra eile.

Faoin am a raibh uirthi dul faoin Triail Rorschach, thuig Lynn óg go raibh a todhchaí mar dhordveidhleoir ag brath ar thoradh na teiste. Ach ní raibh dúil aici san uirlis sin, ar a shon gur dhearbhaigh a múinteoir go raibh bua an cheoil aici. Dá rachadh sí leis an ghléas go lánaimseartha, bheadh uirthi a bheith ag cleachtadh seacht lá sa tseachtain, murab ionann is an tincéireacht a bhí ar siúl aici go nuige seo. Ní bheadh mórán saorama aici le caitheamh ag spraoi lena cairde scoile feasta. Agus gach uair dá ndéanfadh sí clamhsán, bheadh uirthi cur suas lena máthair agus í ag caint ar an airgead mór a chosain na ceachtanna agus ar an dua maslach a bhí curtha aici uirthi féin chun na nicilí a chruinniú.

Nuair a leagadh an chéad smearadh dúigh os a comhair agus nuair a míníodh go raibh uirthi a bhreacadh síos cad a chuir an patrún mire i gcuimhne di, thuig Lynn óg gurbh é seo a seans deireanach le héalú ó thíorántacht na dordveidhle. Má chuir an íomhá i gcuimhne di buachaill beag ramhar ag stánadh ar an ghealach úr, scríobh sí síos nach bhfaca sí ach leathanach smálaithe gan bhrí gan chiall. An rud céanna a rinne sí leis na samplaí eile a tugadh di. Má tháinig deireadh le ré ábhar dordveidhleora ar an lá seo, ba ghearr go raibh a máthair ag féachaint le rinceoir cearnach a dhéanamh di. Ar a laghad mura raibh mórán spéise ag Lynn sna gúnaí ornáideacha agus sa chaint fholláin ar shaol is ar thréithe traidisiúnta cheannródaithe an Iarthair, thug na seisiúin damhsa faill di bualadh le buachaillí.

Anois agus smearadh dúigh eile os a comhair ní fhéadfadh Lynn a bheith chomh fuarchúiseach fuarchroíoch is a bhí an déagóir. Má bhí uaithi deimhniú go gcoimeádfadh sí a buachaillí, níorbh fhéidir léi a bheith ag pleidhcíocht. Ach murab ionann is an Triail MMPI nuair a thuig sí nach raibh a dhath le ceilt aici ó fhreagairt measartha ionraic, níor shoiléir anois cad iad na gnéithe go díreach a mbeadh an saineolaí ag breathnú orthu sna híomhánna dúigh.

Mar a tharla, níor ghá di a bheith buartha faoi aon cheann de na teisteanna seo. Is ea, thángthas ar chlaonadh mífholláin an mhogallaithe, ar lé bheag leis an histéire is ar a leithéid. Ach níor dhada é sin i gcomparáid lenar aimsíodh sna trialacha ar Jay. De réir thuarascáil dheiridh Aimée, ní hé amháin "nach bhfuil an tUasal Dollard in ann ionannú lena clann ar bhonn mothúchánach" –

chiallaigh sé sin gur bhastard crua é a bhí chomh híogair cineálta le *bronco* fiáin ag Táinrith Calgary is nach raibh fuil ach oighear ina chuid cuislí aige – "ach go bhfuil an baol ann go mbeadh deacrachtaí aige le cur in iúl a chuid collaíochta." An gnéaschlaonaí é? an chéad cheist a rith le Lynn nuair a léigh sí an tuarascáil. Mharódh sí é dá leagfadh sé lámh ar na buachaillí. B'údar sóláis an léamh a bhí ag John ar an scéal ó shin gur homaighnéasach folaithe Jay. Ba é sin rogha an dá dhíogha. Lena chois sin, mhíneodh sé – agus gan aon chuid den mhilleán uirthi féin, dá réir sin – cén fáth ar theip ar an phósadh.

Chuir an tuarascáil clabhsúr tobann ar iarracht Jay ar fheighlíocht na mbuachaillí a ghnóthú. Rinne sé féin is a dhlíodóir neart cainte ar theisteanna úra neamhspleácha. Ní raibh ann ach nach raibh uathu géilleadh gan chuntar. Leasaíodh corrphointe sa chomhaontú feighlíochta a bhronnfadh goblach de shaghas ar Jay ionas nach gcaillfeadh sé a oineach. Choinnigh Lynn an churadhmhír is an chlann.

Bheadh sé spéisiúil a fháil amach ar thaispeáin sé an tuarascáil sin do Merrie/Cheryl/Emma. Má thaispeáin, níor léir go ndearna sé sin, is na tagairtí dá chuid "deacrachtaí", puinn difríochta. Thabharfadh Lynn féin an leabhar gur coimeádadh cuntas Aimée faoi rún. Gan dabht, bhí dalladh scéalta cloiste acu uilig faoin bhean bhuile a raibh Jay bocht faoi chuing throm an phósta aici ar feadh na mblianta fada agus a sciob a chlann ionúin uaidh.

D'éirigh Lynn ón tolg. Bhí sí chun a gnáthriail a bhriseadh is gloine eile *Gin* a ibhe. Bhí drochghiúmar uirthi cheana agus ní dhéanfadh an braon breise lá dochair di. B'fhéidir go bhfaigheadh sí faoiseamh ó bhabhta caointe fiú. Nuair a líon sí an ghloine, bhí sí ag iarraidh tátal cinnte a bhaint as an fhreagairt dhiúltach seo aicisean ar scéala Jay. Bhí gach ceart aige pósadh athuair, faoi mar a bhí déanta aici féin. Ní raibh anseo ach an séala ar an bhriseadh eatarthu, fiú má bhain an scéala féin geit aisti.

Ba thrua nach bhféadfadh sí a bheith i dtaobh le John le haghaidh éisteachta báúla. Mhaíodh seisean i dtólamh gur dhuine oscailte é a chuireadh fáilte roimh an phlé. Ach níorbh fhada gur thuig sí gur scaothaireacht fholamh í sin. Bhí John is an lucht acadúil i gcoitinne chomh tógtha sin lena stádas féin nó leis an pholaitíocht inmheánach nó le tógáil impireachta nó leis an troid shuarach phearsanta gur bheag am a bhí fágtha acu le haghaidh na díospóireachta oscailte macánta. D'fhéadfadh John a rá, faoi mar a dúirt sé ag cóisir tigh na dTuffties Oíche Chinn na Bliana, go raibh mná ann, "amhail banfhiaclóirí, a bhreathnaigh ar uirlisí a gceirde, na druilirí is na snáthaidí, mar uirlisí sa chogadh mór i gcoinne na bhfear." Thosaigh na fir ag gáire agus d'fhreagair braobaire acu: "Ní hintrust bean le druilire. Bheadh scanradh orm go rachadh sí le craobhacha agus go bhféachfadh sí le míchearta an domhain a leigheas in aon bhuille fill amháin." Ach ar a laghad, bhí tairbhe phraiticiúil sochaí ag baint le gairm an fhiaclóra. Dá mba rud é go raibh Gwen i láthair an oíche sin . . . Níorbh fhiú do Lynn a bheith ar buile le John. Dhearbhódh sé nach raibh acmhainn grinn aici. Ar ndóigh, ba é an pointe ba bharrúla den scéal nach bhféadfadh aon bhean druilire lá dochair a dhéanamh do John bocht! Bíodh sin mar atá, bhí sí féin i ndiaidh díoltas a imirt air ó shin nuair a bhí déideadh air. Bheadh air, a dúirt sí, fiaclóir nua fir a fháil is íoc as a chuid cuairteanna is cóireála feasta.

Ar scor ar bith, ba bheag ceart a bhí ag John a bheith ag séideadh faoina proifisiún. Eisean a bhí gafa le pornagrafaíocht an fhoréigin faoi ainm bréagach na scoláireachta. Ba dhoiligh a shamhlú go bhféadfadh fear meabhrach a oiread sin ama a chaitheamh le rud chomh suarach folamh leis an dúnmharú. Ar ndóigh, bhí an ghné phearsanta ann, an seanscéal sin faoin eachtra fhuilteach in Éirinn na cianta cairbreacha ó shin. An t-aon rud fiúntach arbh fhéidir a rá faoi nach raibh sé ag déanamh damaine d'aon duine amuigh, nach raibh sé ach ag ídiú a chuid éitire féin. Sa dóigh sin, b'ionann a chuid taighde is an lámhchartadh.

Lá agus í i gcuideachta Gwen in Calgary, tamall tar éis an phósta, d'fhiafraigh a cara di cén cineál taighde a bhí ar siúl ag John.

"A thiarcais, an dúnmharú!" arsa Gwyn. "Nach gcuirfeadh sé sin scanradh ort? Seans go bhfuil tú i do chónaí le sraithmharfóir."

Rinne Lynn gáire.

"Bíodh ciall agat. Scoláire is ea John. Tá sé ag scríobh leabhair ar an ábhar."

Níor luaigh Lynn lena cara a dhath faoi ghaolta a céile nua. Go paiteanta a bhí a fhios aici cad a déarfadh Gwen.

Déanta na fírinne, bhíodh meas aici féin ar obair John. I dtosach, nuair a chloiseadh sí é ag caint ar a mhuintir, b'údar alltachta di, mar áitreabhach cathrach i dtír gan stair gan fréamhacha, go gcromfadh duine ar staidéar a dhéanamh ar imeachtaí sa réamhstair chian. Samhradh amháin nuair a bhí na buachaillí ag stopadh lena n-athair, chuaigh sí go hÉirinn le John ar feadh coicíse. Chaith sí seachtain ag gabháil ó iarsmalann go gailearaí le linn dósan a bheith i Leabharlann Náisiúnta na hÉireann. D'éirigh sí bréan de Bhaile Átha Cliath roimh i bhfad is í léi féin den chuid ba mhó, is gan carr aici ó nach raibh uaithi tiomáint ar an taobh contráilte den bhóthar. Sa dara seachtain, lig sé di cuidiú leis lena chuid taighde. Bhí a droim is a muinéal frithir faoina dheireadh ach ar a laghad bhain sí sult as na huaireanta fada a chuir sí isteach ag breathnú ar na taifid oifigiúla, rialtais, eaglaise is cúirte a bhain le sinsir John. Ar feadh tamaill ar fhilleadh ar Calgary di, rinne sí féin lagiarracht ar theacht ar a thuilleadh eolais faoina sinsir Pholannacha is chrom ar chraobh ghinealaigh a thógáil. D'éirigh sí as nuair a thuig sí nach raibh óna máthair labhairt ar na laethanta nuair ba shaoránaigh den dara grád a bpobal i gCeanada. Dá mbeadh go leor ama aici suí síos i gcuideachta a hathar, ba dhócha go meallfadh sí an t-eolas uaidh, ní hé amháin faoina muintir ach faoina óige is faoin dóigh ar tháinig sé slán ó ár Fhoraois Katyn ach ní raibh Ruth sásta ligean dó labhairt faoi na nithe sin ná, fiú amháin, faoina ngaolta a d'fhan sa Pholainn. Ba é an dearcadh a bhí aici gurbh fhearr dearmad a dhéanamh ar na drochlaethanta. D'fhóir an tOileán Úr agus an easpa fréamhacha is staire di. Go bhfios do Lynn, ba ar chorrócáid phoiblí amháin nuair a bhíodh an tseanghlúin ag slogadh an Tae Pholannaigh a d'ardaítí an cuirtín síceolaíoch ar an saol thoir ar an taobh eile den Chuirtín Iarainn. D'éiríodh na seandaoine súgach maoithneach agus chlaochlaítí an t-atmaisféar ó fhéasta go faire roimh dheireadh na hoíche. Níor chúis iontais í gur sheachain sí an Tae Polannach ó shin agus é ceangailte ina haigne leis an bhogúire bhraonach. Ní raibh sé ólta aici ó thathantaigh John uirthi é a chóiriú dó seal sular pósadh iad.

Má thuig sí ó bhlianta a hóige gur de bhunadh Polannach í, níor spreagadh í chun a thuilleadh a fhoghlaim faoina cúlra. Bhí lárionad Polannach in Oirthuaisceart Calgary inar reáchtáiltí imeachtaí cultúrtha; ní thaobhaíodh an teaghlach iad. Earcaíodh Lynn sna ranganna damhsa chearnaigh in ionad rang an rince Pholannaigh as siocair gur chreid Ruth gur chóir go mbeadh a hiníon sáite in imeachtaí "traidisiúnta Ceanadacha" is nach mbeadh uirthi cur suas leis na scéalta grinn frith-Pholannacha. Má baisteadh 'Ewa' is 'Maria' is 'Zosia' ar chailíní beaga Polannacha eile in Calgary, léiriú ar thóir na máthar ar luachanna measúla folláineacha shaol an Oileáin Úir ab ea an t-ainm 'Lynn.' Ba i gcoinne thoil Ruth a tugadh ainm chomh heitneach sin ar a mac, Benedict. Bhí sí i ndiaidh na foirmeacha oiriúnacha a aimsiú chun an sloinne 'Bohdanowicz' a chlaochlú go ceann 'Ceanadach' de shórt 'Boggan' murach gur bhagair Karol, nach raibh ag baint don bhiotáille ag an am, go dtosódh sé air arís. Ba bheag bua eile a bhí ag Karol ar an mháthair.

I bhfad siar, d'impigh Ruth ar Lynn glacadh le sloinne Jay. Murar thaitin an fear féin léi, nárbh í a máthair a lig rosc agus ruthag di ag moladh is ag móradh an tsloinne 'Dollard' i dtús báire, is 'Berry' ina dhiaidh sin. Agus má d'ob Lynn d'achainí a máthar ó thús deireadh ar dhalladh cúiseanna – agus an t-eolas gurbh fhaill bhreá í seo le díoltas a imirt ar Ruth orthu – scríobh an tseanbhean sloinne an fhir amháin ar aon chomhfhreagras chuig a hiníon. 'Lynn Berry' a bhí ar chlúdach na litreach a tháinig chun na clinice ar maidin.

Ábhar aiféala ab ea é, dar le Lynn, nár ghríosaigh Ruth a clann chun an Pholainnis a fhoghlaim. Níor faomhadh labhairt na teanga sa teach. Agus bhí an bhean chéanna meáite ar scolaíocht de shaghas nach raibh aici féin nó ag Karol a bhronnadh ar an chlann, go mbainfidís grád níos airde ná bean an tí is pluiméir amach. Shaothródh sí an t-airgead chun oideachas den scoth a thabhairt dóibh. I gcaitheamh a hóige, diomaite de chúram is de rialú an tí, bhíodh Ruth i bhfeighil bhaicle páistí a raibh a dtuismitheoirí ag obair is bhíodh scata lóistéirí ag stopadh leo. Scaití, ba gheall le ceannáras na Náisiún Aontaithe an teach, agus daoine de gach dath is cine ag stopadh ann. Ar a shon gurbh é Benedict an t-aon duine eile sa chlann, níor chuimhin le Lynn aon uair nach mbíodh an teach seo acusan plódaithe. Ní raibh seomra dá cuid féin aici go dtí gur ghread sí léi chun na hollscoile in Toronto.

Dlíodóir, dochtúir, innealtóir, cuntasóir. Ba chuma le Ruth fad is go rachadh a muirear le gairm phroifisiúnta. Chuaigh Benedict leis an ailtireacht. (Ba mhinic a mhaígh Lynn, agus í ag meabhrú ar leagan amach an tí seo cois locha, gur mhór an trua nach bhfuair John comhairle phroifisiúnta de chineál eile sular thóg sé an teach!) Dóbair go ndeachaigh Ruth le craobhacha nuair a mhothaigh sí go raibh a hiníon ag smaoineamh ar dhul leis an mhortlaíeolaíocht. Nach raibh go leor corp feicthe acu uilig thoir san Eoraip? Nuair a d'fhógair Lynn gur chreid sí go raibh na scileanna aici le cabhrú is le cásamh leo siúd a chaill ciallach nó cara, mhol a máthair di clárú i gcumann carthanachta lasmuigh d'uaireanta oibre. Tar éis do Lynn éirí as an chúrsa mortlaíeolaíochta agus gabháil leis an fhiaclóireacht – ní raibh fonn uirthi a bheith ina dochtúir ach d'fhéadfadh sí cuidiú le daoine go fóill – ba le faoiseamh, is le slisín amhrais, a mhaígh Ruth: "Bhuel, ar a laghad beidh fiacla lofa ann i dtólamh, is dócha."

Níor chúis alltachta í go ndearna Lynn a cinneadh i bhfad siar nach dtabharfadh sí ar a clann féin géilleadh do ghairmeacha ná do phoist nach raibh suim acu iontu. D'fhágfadh sí fúthu féin teacht ar chinneadh agus thacódh leo, ba chuma cad a bhí uathu. Ba chóir go dtuigfeadh John go raibh na buachaillí ag blaiseadh den saol mór sula socróidís síos. Chomh dócha lena athrach a bhí sé – agus nach airsean a bheadh an t-iontas amach anseo – go bhfillfeadh an dís acu ar an staidéar is go rachaidís ionsar an ollscoil fiú amháin. Nach raibh Duane i ndiaidh geit a bhaint aisti féin aimsir Fhéile an Altaithe agus iad amuigh ar an loch, nuair a chrom sé ar cheisteanna a chur uirthi faoina gcúlra Polannach.

Ba é Benedict, a chaith mí ar saoire sa Pholainn cúpla bliain roimhe sin, an chéad bhall den teaghlach a chuaigh ar ais, agus imní ar go leor Polannach a thréig a dtír dhúchais nár leor an pas dúghorm Ceanadach chun iad a chosaint ar ghéarchluicheadh an Rialtais Chumannaigh. Má chuir na scéalta grinn a bhí ag Benedict faoi chomh cúlráideach is a bhí an tseantír, is chomh leisciúil barbartha is a bhí an dream thoir, olc ar chuid mhaith dá mhuintir, ar fhilleadh ar Cheanada ina steillbheatha dó, ba shuaithní gur fhaomh Ruth an cúlghearradh seo: ní hé amháin gur deimhniú a bhí ann ar spiorad is ar éitir na n-imirceach i Meiriceá Thuaidh a d'oibrigh go dian chun céim suas a fháil is chun a gclanna a chur chun tosaigh, ach dearbhú sásúil a bhí ann ar an seanrá gurb í an aicme threallúsach fhorásach a thugann an bád bán orthu féin. D'fhóir sé di neamhiontas a dhéanamh den seanrá eile gurb é an dream nach mbíonn an dara rogha acu a imíonn ar imirce.

Bhí muirín Benedict cláraithe i ranganna Polainnise agus páirteach in imeachtaí cultúrtha ag an ionad Polannach in Edmonton anois. Bhí Duane ag tóraíocht eolais ar a shinsear. Nárbh é sin an nós a bhí ann i gcónaí, go gceiltí a n-oidhreacht ar an chéad ghlúin imirceach, mar gheall ar choimpléasc a muintire nach raibh uathu seasamh amach i dtír choimhthíoch, agus go ndeachaigh an dara nó an tríú glúin, a raibh stádas compordach acu sa tír, sa tóir ar an oidhreacht sin?

B'iomaí uair le roinnt blianta anuas a smaoinigh sí gur bhreá léi cuairt a thabhairt ar na seanfhóid anois ó athraíodh cúrsaí polaitíochta thall. Ach níor mhaith léi dul ann ina haonar. Ba dheas léi imeacht lena hathair ach bheadh scanradh an domhain uirthi go gcromfadh sé ar an Tae Polannach a ól. Ba dhócha nach mbeadh Ruth sásta dul léi, ach ní mhaithfeadh sí do Lynn dá n-imeodh sí leis an athair amháin. Maidir leis na buachaillí . . . ba dheacair aon rud a shocrú leo na laethanta seo, gan an scéala a chuala sí ar ball a chur san áireamh. Ní bheadh aon spéis ag John i dturas dá leithéid. Ar scor ar bith, ní raibh uaithi dul ar laethanta saoire leis. Is ea . . . Thabharfadh aistear seans di éalú uaidh go ceann tamaill. B'fhéidir go bhfanfadh sí go dtí an t-earrach is greadadh léi go dtí an Pholainn. Idir an dá linn, gheobhadh sí amach an raibh cumann Polannach nó rang oíche in Winston ina múintí an teanga.

D'amharc sí ar an chlog os cionn an mhatail. Bhí sé ag tarraingt ar a seacht a chlog agus fós ní raibh tásc ná tuairisc ar John. B'fhéidir nach raibh an ceart aici. Seans gur imigh sé amach ag siúl nó go raibh sé ag cuidiú le fearas a chur le chéile thuas ag an pháirc shiamsaíochta.

Gan eachtra na hadhmhaidine féin a chur san áireamh, bhí John iontach corr le déanaí. *Ok*, bhí sé corr i dtólamh – ba dhoiligh a shamhlú cad iad na seoda dorcha a nochtfaí chun solais dá rachadh *seisean* faoin MMPI is faoin Rorschach nó cén t-adhmad a bhainfeadh Aimée as an dúil sin a bhí aige in ealaín dhubh an dúnmharaithe – ach bhí rud eile ar leith ag dó na geirbe aige ar na saolta deireanacha seo, dar léi. Gan aon agó, bhí imní air faoi na cora crua a bhain le hIonad Spraoi Okie, ó fógraíodh go hoifigiúil coicís roimhe sin an scéala a bhí ina údar ráfla. Bheadh 'Páirc Ogopogo' le hoscailt an bhliain dár gcionn agus airgead na mbundúchasach is beannachtaí an Rialtais

Chónascaigh taobh thiar di. Ó shin, bhí sí féin is John i ndiaidh freastal ar chúpla cruinniú de chuid an chomharchumainn mar ar cíoradh impleachtaí an scéil. D'fhéadfadh na scairshealbhóirí troid i gcoinne an fhiontair trí fhoireann dlíodóirí a fhostú chun mioniniúchadh a dhéanamh ar scéim na mbundúchasach, faoi mar a dhearbhaigh baill áirithe den chomharchumann. Seans go bhféadfaidís teacht i dtír ar aon lúb ar lár a bhí ann chun é a neamhniú. Thuig Lynn gur ar éigean a bhí John in ann guaim a choinneáil air féin ar chluinstin sin dó.

"Níl sibhse chun an t-airgead seo agamsa a dhiomailt ar fhanartaigh is ar fhaladhúdaithe nach ndéanann a dhath ach an rud fiúntach a mhilleadh," a mhaígh sé go feargach. "Bheadh sé chomh maith dúinn an diabhal rud a bhronnadh ar na faolchúnna anois mar chomh siúráilte le héirí na gréine, lomfaidís gach rud idir fheoil is chnámha."

Ba é sin an t-aon uair a labhair John go poiblí i gcaitheamh na gcruinnithe. Ach níor chuir sé i gcoinne chinneadh an tromlaigh go ndéanfaí staidéar ar na féidearthachtaí go ndúnfaí Ionad Spraoi Okie is go ndíolfaí le lucht forbartha é chun tithe príobháideacha nó óstlann is machaire gailf nó ionad saoire príobháideach a thógáil ar an suíomh. Cibé rud a thitfeadh amach feasta, ní bheadh scairshealbhóirí an Ionaid Spraoi thíos le tionscnamh nua na mbundúchasach mar go ndéanfaidís uilig brabach breá ar an suíomh cois locha. Ach in ainneoin an airgid, níor thaitin an smaoineamh le Lynn go bhfaigheadh na grabálaithe talún an Pháirc. Mar an gcéanna, thuig sí nach dtaitneodh an t-athrú a bhí le teacht luath nó mall le John. Níor dhuine riamh é a ghéill go réchúiseach don athrú.

Is ea, bhí an scéala seo ag goilliúint air. Ach níorbh é sin an t-aon ní a bhí ag cur isteach air, dar le Lynn. Bhí sí cinnte de le tamall go raibh John ag clárú Ellen Tufftie. Ní thiocfadh léi a bheith cinnte cén uair a d'fhabhraigh an smaoineamh ina haigne den chéad uair. Ar Fhéile an Altaithe, b'fhéidir, nuair a fuair sí sceiteadh súl ar thrucail John páirceáilte lasmuigh de theach Tuffties. Bhí a fhios aici, tar éis di a bheith ag labhairt le hEllen thíos ag an loch, iarnóin na Féile, go raibh Vaughn imithe siar go Vancouver. Ba dhíol spéise é, dar léi ag an am, nach ndúirt John go raibh sé ag teach na gcomharsan. Cúpla tráthnóna ó shin i leith, mhothaigh sí go raibh John ag cur spéise in imeachtaí Ellen. Ní hé go luadh sé aon rud go hoscailte. Níorbh é sin a mhodh oibre. Ní raibh ann ach go raibh sí féin i ndiaidh teacht air amuigh ar an deic agus é ag stánadh i dtreo áras na dTuffties.

An comhrá a bhí aici le hEllen ar an Fhéile, ba é sin an comhrá ab fhaide a bhí acu le chéile riamh. Bhí an bheirt bhuachaill amuigh sa luamh ar an loch nuair a chonaic sí Ellen ag gluaiseacht ina treo go stadach i ndionga mótair. Ceann nua costasach ab ea é a bhí ceannaithe ag na Tuffties le déanaí, faoi mar a chuala Lynn ó othar dá cuid ar dhíoltóir bád in Winston é. An lá roimhe sin, chonaic Lynn Vaughn is Ellen araon amuigh ann agus ón dóigh ar stopadh an soitheach go hobann díoscánach, b'fhollas nach raibh lámh mhaith acu air go fóill. Anois, ba go mall cúramach a threoraigh Ellen an dionga isteach i ngar d'ionad feistithe mhuintir Berry.

"Uaireanta, ba bhreá liom an diabhal rud a chur go tóin poill," ar sise de ghlór ard le Lynn. "Ach gheobhaidh mé máistreacht air."

"Caith chugam an téad feistithe."

Agus Ellen ar an duga múrála, thairg Lynn tae oighir di agus bhrostaigh suas chun an chábáin lena fháil. Gan cur isteach ar John a bhí crom os comhair an ríomhaire ina phluais, bhailigh sí a raibh uaithi ar thrádaire is rinne ar Ellen a bhí ina suí ar chathaoir gréine.

"Cheap Vaughn gur cheart an dionga a cheannach ionas go bhféadfadh sé féin is a chairde dul ag iascaireacht," a dúirt Ellen amhail is nach raibh aon bhriseadh sa chomhrá.

Gan ó Lynn a rá nach mbeadh go leor spáis sa dionga le haghaidh dhá iascaire, gan trácht ar a gcuid trealaimh, ní dúirt sí a dhath.

Shuigh siad le chéile ar feadh uaire nó mar sin gur tháinig na buachaillí i dtír. An aimsir, na buachaillí, imeachtaí an deiridh sheachtaine, tógáil tithíochta i limistéar an locha, ba iad sin na hábhair mhóra a bhí idir chamáin acu. Ní raibh a dhath róphearsanta ag roinnt leis an chomhrá. Ba bheag a bhí le rá ag Ellen faoi Vaughn. Is ar éigean a thagair sí féin do John. B'iomaí comhrá ní ba dhoimhne, ní ba chluintí a bhí aici sa chlinic, a dúirt Lynn léi féin san am.

Déanta na fírinne, nuair a d'úsáid Lynn sciath cosanta na spéaclaí gréine le hEllen a scrúdú, bhí sí ag meabhrú ar bhlúirín béadáin a bhí cloiste aici ó othar eile dá cuid. Ba le Bill Tyler an t-aon siopa maith leabhar in Winston. Murab ionann is caracatúr an tseandíoltóra thostaigh leabhar, a bhíodh naimhdeach leis an té a mbeadh de dhánaíocht air ceann dá chuid peataí ionúine a cheannach, b'ógfhear treallúsach cainteach Bill a bhí i ndiaidh bialann a oscailt ar an dara leibhéal den siopa agus ríomhairí a sholáthar trína bhféadfadh an t-aos óg triail a bhaint as gréasán an Idirlín.

"Cloisimse go bhfuil comharsana clúiteacha nua agaibh amuigh ansin ag an loch," arsa Bill le Lynn lá agus é istigh le haghaidh seiceála.

D'fhreagair sise nach raibh a dhath ar eolas aici faoi na Tuffties.

"Níl ach aithne súl agam ar Vaughn," arsa Bill. "Ach bhí aithne agam ar Ellen i bhfad siar sular shaothraigh sí cáil di féin mar scríbhneoir Nua-Aoise."

"Níl aon saothar dá cuid léite agam," faoi mar a d'admhaigh Lynn.

"Ba bhaill an dís againn de chiorcal liteartha – tá a fhios agat, ábhair scríbhneoirí ag promhadh a bpinn agus ag crá achan duine eile leis an chacamas ar cheart dóibh a fhágáil ina ndiaidh sa seomra folctha."

"Caithfidh gach scríbhneoir tosú áit éigin, is dócha."

"Bhuel, bhí go leor céille agam tuiscint gur cheart dom cloí le díol leabhar in ionad a bheith á scríobh."

"Rinne an promhadh pinn sin leas Ellen, cibé ar bith. Chuala mé go bhfuil ráchairt idirnáisiúnta ar a cuid leabhar."

"Is ea . . . tá sí ar na scríbhneoirí is mó díol thíos sa siopa seo agamsa. Tá réamhorduithe faighte agam cheana le haghaidh a céad saothair eile. Leabhar faoi na Ceiltigh."

"Ba cheart duit cuireadh a thabhairt di é a sheoladh i do shiopa ós rud é go bhfuil seanaithne agaibh ar a chéile agus gur scríbhneoir áitiúil í, ar bhealach."

Rinne Bill gáire fada.

"Thabharfainn an leabhar nach mbeadh Ellen sásta leis sin."

"Cén fáth?"

"B'fhearr le hEllen dearmad a dhéanamh ar na drochlaethanta nuair nach raibh inti ach cailín beag Úcránach darbh ainm Larysa Prokopiw."

"Nach iomaí údar a dhéanann an rud céanna – ainm cleite de shórt a tharraingt chuige? Más é Tufftie sloinne Vaughn, nach bhfuil ann ach sampla den chleas sin?"

"I gcás Ellen, níl ann ach cleas. Níl a dhath fíor ag roinnt léi. Breathnaigh uirthi na laethanta seo agus í ag siúl thart, dath rua ar a cuid gruaige, bróistí clúdaithe le móitífeanna ó mhiotaseolaíocht na hÉireann uirthi agus í ag craobhscaoileadh shuáilcí na gCeilteach i mbaile agus i gcéin."

"Tá a fhios agam go bhfuil an stuif sin faiseanta faoi láthair."

"Sin Ellen duit. Na Ceiltigh inniu, agus í ina Boudicca ina steillbheatha. Cúpla bliain ó shin agus í ag obair ar leabhar ar Ghuatamala, bhí sí ag gabháil thart agus í i gcruth bhean tuaithe Maya. Ba Inuit í roimhe sin. Amárach dá gceapfadh sí go raibh ábhar leabhair ann, rachadh sí thart, ceannbheart ar nós na Máthar Treasa uirthi agus í ag spalpadh na bolscaireachta cuí."

"Ach nach mbaineann sé seo uilig lena creideamh i reiligiún na Nua-Aoise?" arsa Lynn, a bhraith gur chóir di Ellen a chosaint ar ionsaí Bill.

"An t-aon rud a gcreideann Ellen ann ná inti féin. Agus tá a féiníomhá chomh solúbtha so-athraithe éadomhain le féiníomha Madonna."

San am mhaígh Lynn nach raibh i bhfocail Bill ach an t-éad. Ach thug radharc na mná eile, gona folt rua, gona dealg Cheilteach, an comhrá sin chun cuimhne di agus iad ina suí cois locha. Ag an am céanna, mura raibh Lynn deimhin fós cén cineál beithígh Ellen (nó mura raibh a fhios ag Ellen féin ó lá go lá, arsa Lynn léi féin, cén cineál beithígh í féin fiú amháin), thaitin sé léi i dtosach go mbeadh an bhean eile ag stopadh cois locha go ceann tamaill. Seans go mbeidís in ann roinnt ama a chaitheamh le chéile sna tráthnónta. Lá nó dhó ina dhiaidh sin, mar sin, chuir sí glao teileafóin ar Ellen ag tabhairt cuiridh di teacht amach ag siúl. Ba go leithscéalach a chuir an bhean eile suas don tairiscint. Bhí sí gafa lena cuid scríbhneoireachta, ar sise. Ó shin bhí Lynn i ndiaidh bualadh le hEllen dhá uair. Dheamhan fonn a bhí ar an bhean eile moilliú is dreas cainte a dhéanamh léi. Timpeall an ama sin a thosaigh an t-amhras ag fabhrú in aigne Lynn, ba dhócha.

Cheapfaí faoin am seo go mbeadh sí díonta ar a leithéid go síceolaíoch is go mothúchánach, go bhféadfadh sí a rá go macánta – nó ligean uirthi féin fiú amháin – gur chuma léi. Mura raibh a fhios aici riamh an raibh Jay mídhílis di, bhí a sá cleachtaidh aici ó bhuail

John léi. I dtús báire, bhain oidhe Marjorie Benjamin, an scannal in Ollscoil na mBunchnoc a thug orthu Calgary a thréigean, agus an t-aoradh ar leathanaigh *Gion!* geit aisti. Mar sin féin, bhí sí in ann glacadh leis go raibh John ag gabháil don fhraecsáil sin i bhfad sular pósadh iad féin. Fear singil ab ea é fiú má bhaineadh sé mí-úsáid as a phost is as a stádas. Cibé ar bith, d'íoc sé go daor as a thacha cúraim is stuaime mar gheall ar an cheartaiseacht pholaitiúil. Thuig Lynn nach n-aontódh Gwen go deo léi nó leis an léamh sin. Nárbh í Gwen a mhaífeadh gurbh é John a tharraing an trioblóid air féin toisc nach raibh sé in ann sip a bhríste a choinneáil dúnta. In ainneoin mhícharthanacht a carad, rinne Lynn suas a haigne tar éis dóibh teacht amach chun cónaí ag an loch gurbh fhiú tosú as an nua. Bhí sí chun an deis seo a thapú agus dúshraith úr láidir a chur faoin phósadh seo.

Bhí go maith is ní raibh go holc. B'iomaí buntáiste a bhain leis an athrú saoil. Thaitin ceantar an locha léi, go speisialta i gcaitheamh an tsamhraidh nuair a thiocfadh léi gabháil ag snámh is ag bádóireacht. Bhí neart áiseanna in Winston a bhí gar go leor dóibh. Sa chlinic, ba í a saoiste féin í tar éis di achar fada a chaitheamh ag sclábhaíocht chun airgead mór a shaothrú don fhiaclóir sinsearach in Calgary. Ar leibhéal eile ar fad, seans a bhí ann briseadh saor go síceolaíoch ón chéad phósadh is ligean do na cuimhní pianmhara maolú. Bhí John ag teacht chuige féin athuair agus cuma níb fholláine air ná mar a bhí sna laethanta deireanacha sa chathair, nuair a bhí siad go léir faoi cheo trom an náirithe phoiblí. Bhí sé ag scríobh is ag caint ar chnámhscéal a scríbhinne a sheoladh chuig foilsitheoirí. A chomhluadar féin ba mhó a thaitin leis agus bhíodh sé canránach taghdach go leor nuair a bhíodh na buachaillí ar cuairt ach tríd is tríd b'fhollas go raibh sé ag socrú síos go maith agus é ag baint suilt as an saol athuair.

Ba é an glao teileafóin a fuair sí féin seal tar éis dóibh teacht chuig an loch a chuir in iúl di nach raibh John réidh lena chuid cleasanna. Ní bhfuair sí amach ainm na mná ach go raibh sí féin is John ag bualadh le chéile ag comhdhálacha acadúla le fada agus nár inis John don óinsín riamh go raibh sé pósta. "Fiafraigh de d'*fhear céile* cad a bhíonn ar siúl aige agus é as baile," arsa an guth histéireach ar an taobh eile den líne ghutháin le Lynn. Ar údar éigin nár thuig sí féin, níor luaigh sí an eachtra seo le John. Choinnigh sí an t-eolas seo chuici féin ach shocraigh a haigne go gcúlódh sí go mothúchánach ón chumann. Ní raibh an fuinneamh aici le haghaidh scarúna eile ach pósadh in ainm amháin a bheadh ann feasta. D'úsáid sí argóint amaideach éigin seal ina dhiaidh sin chun dul a chodladh i seomra eile agus chloígh leis an socrú sin ó shin.

Ba dheacair a rá an mó *bimbo* bhaotshánta eile a bhí ann ó pósadh iad. Nárbh iomaí faill a bhí ag John agus é anseo leis féin i rith an lae? Ach cheapfá go mbeadh a dhóthain céille aige gan dul ag fiach i ngar don bhaile. Fiú dá ngéillfeadh sé don chathú sin, bheadh sé chomh maith dó a bheith sásta leis na déagóirí somheallta déadacha dea-dhéanta thuas ag Ionad Spraoi Okie. Nach orthu ba mhó a raibh cleachtadh aige cheana ar an ollscoil! Rinne Lynn gáire searbh. Níor dhuine mailíseach í riamh, dar léi. Ach b'fhéidir nárbh fhíor é sin.

Ach cad chuige a mbeadh spéis ag Ellen ann, in ainm Dé? D'fhéadfadh sí a bheith tuirseach de Vaughn. Ach bheadh sé chomh maith di *toyboy* lántrealmhach a fháil a mheilfeadh na huaireanta di in ionad a bheith gafa le strompa meánaosta. Cibé ar bith, nár scríbhneoir rathúil í féin a raibh ráchairt ar a cuid leabhar, murab ionann is John a bhí ag obair ar thionscnamh tur acadúil nach léifeadh breis is leathchéad duine dá ndeoin féin dá bhfeicfeadh sé solas geal an lae choíche. Ba dhócha nach raibh feicthe ag Ellen fós ach an aghaidh fidil phoiblí aoibhiúil a chuireadh John air féin nuair a thagadh sé chun na clinice in Calgary blianta roimhe sin. D'fhoghlaimeodh Ellen amach anseo go raibh an dara haghaidh ann. B'údar sóláis di an smaoineamh sin.

Lena chois sin, ar sise léi féin go searbhánta, ba bharrúil dá mbeadh sé ag clárú Ellen, ó poiblíodh go raibh Vaughn ag obair le haghaidh na mbundúchasach Okanagan. Ag ceann de na cruinnithe a tionóladh le déanaí a dearbhaíodh an ráfla sin a bhí le cluinstin tamall i ndiaidh Fhéile an Altaithe. Ní hé amháin sin, bhí ráfla eile sa cheantar go mbeadh Vaughn agus ceannairí na mbundúchasach ag teacht go dtí an cruinniú áirithe sin le cuntas a thabhairt ar scéim na páirce nua. Agus í agus John ag déanamh ar a suíocháin, mhothaigh Lynn blúirí de chomhráite príobháideacha feargacha. "Má cheapann na bastaird fhalsa sin . . . na súmairí ghlice sin d'Indiaigh . . . go mbeidh rath ar a bhfiontar choíche, beidh breall orthu," arsa iarpholaiteoir mór-le-rá amháin. Bhí an teannas trom le brath san atmaisféar sa seomra sular fógraíodh nach mbeadh na bundúchasaigh nó an tUasal Tufftie i láthair. Agus an cruinniú ar siúl, bhí na cainteoirí uilig sách discréideach, ar eagla go mbeadh téipthaifeadán ag duine éigin sa halla, nach ndúirt siad a dhath oscailte i gcoinne na nIndiach. Ina ionad sin, díríodh an naimhdeas ar fad ar an dlíodóir, "an tréatúr dá chine," mar a chuir bean theasaí amháin síos air. Anois agus Lynn ag cuimhneamh siar ar ionsaí John ar dhlíodóirí an oíche chéanna, rith sé léi gurbh fhéidir go raibh gné phearsanta, a bhain le hEllen, ag roinnt leis an ionsaí.

Ach amháin go raibh deifir mhór uirthi, dóbair gur thug Lynn faoi John i gceart ar maidin. Bhí sí ar tí imeacht amach go dtí a gluaisteán nuair a bhain torann amuigh geit aisti. Bhí duine nó daoine thíos ar an deic. Ar an toirt smaoinigh sí ar an rabhadh a d'eisigh na Mounties in Winston ar na mallaibh faoi shraith gadaíochta i limistéar an Okanagan. Ghluais sí i dtreo dhoras sheomra codlata John, bhuail ar an doras agus ghlaoigh air éirí agus teacht amach. Dheamhan freagra a fuair sí. D'oscail sí an doras. Bhí an leaba cóirithe néata. Bhrostaigh sí isteach sa seomra staidéir. Bhí sin folamh fosta. De réir cosúlachta, bhí John i ndiaidh bailiú leis tar éis di dul a luí. Go tobann, bhí tuairim mhaith aici cé a bhí thíos ar an deic cois locha. Las sí an spotsolas éigeandála agus chonaic John ina sheasamh ar imeall na deice, cúpla buidéal fíona ina ghlac agus é á gcaitheamh uaidh ceann ar cheann ar a neart amach sa loch.

D'athraigh braistint na geite go fearg mar a d'oscail Lynn an doras scáthláin ar cúl, bhrostaigh amach ar an deic agus stop thart ar scór méadar ó Berry.

"Cad chuige a bhfuil tú ag déanamh amadáin díot féin ag an am seo den mhaidin?"

Dheamhan aird a thug John uirthi. Chuir sí an cheist air don dara huair. Chas sé timpeall ina treo amhail is a bhí an glór i ndiaidh é a dhúiseacht ó thámhnéal. Níorbh eol do Lynn cá fhad a d'fhan an bheirt acu mar sin: ise ag amharc ar an fhuath seo i bhfannléas fuar na hadhmhaidine; eisean, dar léi, ag breathnú tríthi.

Bhí sé ina sheasamh ann fós nuair a chúlaigh sí. Más ag stánadh uirthi a bhí sé an t-am ar fad, b'fhollas léi go raibh a aigne dírithe ar rud nó ar dhuine eile. Ar phearsana a chuid taighde, b'fhéidir . . . Ar an Pháirc Shiamsaíochta, seans . . . Ar thodhchaí a thí chois locha . . .

Ar Ellen Tufftie . . .

Anois agus í ina suí ar an tolg, mheabhraigh Lynn ar feadh meandair ar imeacht sall go cábán na dTuffties le fáil amach go deimhin an raibh John ann. Ach chuir sí an smaoineamh uaithi ar an toirt. An *Gin* ar phutóga folmha faoi deara idéanna amaideacha leath-histéireacha den saghas sin. Ghabh creathán tríthi. Mhothaigh sí truaillithe ag an chíoradh seo uilig, ag an phlé seo ar shuarachas a beatha féin is bheatha a chiorcail leathnaithe, ó Jay go dtí na tuismitheoirí, ó John go dtí na Tuffties. Leag sí an ghloine fholamh ar thábla is d'éirigh le tréaniarracht. Ghlanfadh cithfholcadh an ramallae bréan seo.

* * * * *

Thrasnaigh sí an chistin is tharraing ar an chuisneoir. Bhí boige is teas an uisce i ndiaidh a haigne a shuaimhniú. Is éard a bhí uaithi anois ná greim bia chun a bolg a cheansú. D'aimsigh sí ábhar ceapaire, d'ullmhaigh an raisín is rinne ar sheomra staidéir John. Má bhí sí chun an tráthnóna seo a chaitheamh aisti féin, d'úsáidfeadh sí é chun a leasa, chun cibé smoirt neirbhíseach a bhí inti a dhíriú chun maitheasa di féin. B'fhearr é sin ná éirí maoithneach is caointeach agus géilleadh don chathú albam ghrianghraif an chéad phósta a tharraingt amach.

Bhrúigh sí isteach an doras is chroch an solas. In ainneoin an chóta tí, bhraith sí fuar i dtoibinne. Theann sí an crios. Is ea, bhí an aimsir ag athrú, má bhí an dúiche intíre seo ní ba chineálta ná Calgary. Bheadh uirthi labhairt le John faoin fhoirnéis a sheirbheáil is faoi chual connaidh a cheannach a mhairfeadh an geimhreadh. Ach b'fhuar léi an phluais seo i dtólamh. B'fhuath léi an t-urlár lom, na ballaí gona gcraiceann mathúna gona seilfeanna longadánacha leabharluchtaithe. Cúpla samhradh ó shin, is Benedict is a theaghlach ar cuairt, d'ullmhaigh sí féin is a deartháir plean athdheartha trína suiteálfaí fuinneog dhín a scaipfeadh an dorchadas buan nár mharaigh na soilse aibhléise i rith an lae féin is a scaoilfeadh aer úr isteach sa phluais ó am go chéile. Chuir John i gcoinne na n-athruithe.

Dhearbhaigh sé go gcosnódh na deisiúcháin barraíocht. Is éard a chiallaigh sé sin, faoi mar a tuigeadh do Lynn, nach raibh uaidh ligean d'éinne seilbh, dá shealadaí é, a ghabháil ar a sheoimrín.

Ba ó na leabhair dheannachúla a shíothlaigh an boladh stalctha marbh. Sin mar ba chuí nuair a chuimhneofá ar an ábhar lenar bhain a dtromlach, arsa Lynn léi féin go haranta. Ba chuma. Bhí jab le déanamh aici. Shuigh sé síos ag an deisc.

Bhí an bord clúdaithe le comhadchártaí. Gan cur isteach ar an ord, bhog sí i leataobh go cúramach iad. Mar a charn sí ar a chéile na leabhair, d'fhéach sí ar a dteidil: *Sárú Cearta Daonna i bPeiriú: An Tríú Tuarascáil ó Amnesty International*; *An Sádachas: Lámhleabhar Praiticiúil maisithe le pictiúir dhaite* le hIan Blunt, M.D.; imleabhar den *Motif-Index of Folk Literature* le Stith Thompson; *Witchcraft* le Lucy Mair; agus *Old World, New Age* – stop Lynn – má bhain na cinn eile a bheag nó a mhór le taighde John, ní raibh sí ag dúil le leabhar le hEllen Tufftie a fheiceáil anseo. D'oscail Lynn an clúdach tosaigh agus í ag dréim le tíolacadh lámhscríofa. Ní raibh a dhath ann.

Agus í anois ag breathnú ar thaighde John ar an deisc os a comhair, ar na dioscaí ríomhaire, ar na boscaí bróg a bhí lomlán le comhadchártaí taobh leis an bhord, ar na leabhair aisteacha seo uilig, rith smaoineamh siabhránach léi. Nárbh iomaí leagan den scéal céanna a bhí cloiste is feicthe aici le déanaí: an bhean chéile/choibhche a bhaineann díoltas as a ridire mídhílis/brúidiúil/piansatóineach, tríd an ní is luachmhaire leis a mhilleadh? Cad faoin bhean a bhain na pócaí is na muinchillí as cultacha an ghaige arbh ansa leis a chuid balcaisí? Cad faoin bhean a scríob le seantairne meirgeach cabhail úr shnasta *Jag* an chneámhaire a loic uirthi? Cad faoin bhean a d'oibrigh scian fhaobhrach ar bhod an chodaí agus a chaith i dtraipisí ó fhuinneog gluaisteáin an toilfhéith theasctha? Níorbh fhiú bacadh le héadaí John. Déanta na fírinne, dhéanfadh sracadh straitéiseach anseo is ansiúd iad a fheabhsú. Ag Lynn a dhéanadh an t-aistear laethúil go Winston a bhí an fheithicil mhaith. Is níorbh ise an saghas a dhéanfadh dochar fisiciúil do dhaonnaí, fiú má lig sí glao gártha faoi choim léi siúd a scaoil amach an bobbittín. Rinne sí meangadh gáire íseal neirbhíseach. B'fhéidir gur leor na bealaí thuas le sásamh a bhaint as fir eile ach ní raibh ach dóigh éifeachtach amháin leis na boinn a bhaint ó John seo aicise: mar atá, a chuid taighde a scrios.

Táthar ann, faoi mar a thuig sí, a théann ar lorg Chailís nó Lomra Óir na Neamhbhásmhaireachta trína gclanna, trí eachtraí is éachtaí polaitíochta, trí mheán na cogaíochta. Agus táthar ann, amhail John, a shantaíonn an Neamhbhásmhaireacht trína gcuid scríbhneoireachta. Ní bheadh páistí aige choíche. B'fhéidir go raibh sin i ndiaidh méadú ar an leannán smaointe seo ar an taighde, gur bhraith sé gur ghá díriú ar an ghné eile a chúiteodh an chéad easpa leis. Ba é an tionscnamh seo, a tharraing le chéile an rud liteartha is an phornógrafaíocht, a ba chlann agus todhcaí agus leacht cuimhneacháin don Ollamh John Berry. Má bhí aon chuspóir morálta taobh thiar den saothar riamh, ó phlé ar a dtugann ar dhúnmharfóirí an tabú is mó sa tsochaí a choilleadh go cíoradh ar an tsíorchoimhlint idir an tOlc is an Mhaith in anam an duine, cailleadh sin i bhfad siar. Ní raibh ann anois, go bhfios do Lynn, ach an taighde folamh ar son na taighde. Ach is cuma cé chomh suarach is a bhí an t-ábhar seo ina haigne is in aigne an phobail i gcoitinne, bhí an bhunchloch seo de dhíobháil ar John. Is cuma gur dhócha nach bhfoilseodh sé an mórshaothar seo choíche, is nach mbeadh sé ach ag tincéireacht leis na táthchodanna fuilsmeartha go deo. Thiocfadh léi a chuid cártaí, na leabhair, na dioscaí, an ríomhaire féin a thógáil amach is cnámhthine bhreá Shamhna a dhéanamh díobh. Bheadh an díoltas foirfe aici ansin. Agus, chomh maith leis sin, ba cheart go dtuigfeadh John, a raibh an t-eolas teoiriciúil marbh is an taithí bheo aige ar an díoltas, an siombalachas cuí. Ach cad a d'éireodh dó ansin? Cad a bheadh i ndán d'fhear a raibh blianta raimhre caite aige ag gabháil don taighde corr seo ar an dúnmharú? An dtitfeadh sé as a chéile? An gcuirfeadh sé lámh ina bhás féin? An ndéanfadh sé iarracht aithris a dhéanamh ar imeachtaí a chuid pearsan buile? An rachadh sé le craobhacha is slad a dhéanamh i scoil, i bproinnteach, nó sa chlinic fiaclóireachta in Winston lá éigin amach anseo?

Ar feadh meandair, bhí an cathú, an fonn millte seo, fabhraithe in aigne Lynn. Ruaig sí an frídín as a cloigeann. Ní raibh an mianach ceart inti gníomh mar sin a dhéanamh. Lena chois sin, an bhféadfadh sí a rá go fírinneach gur ar John is nár ar Jay a bhí a fearg is a frustrachas dírithe i ndáiríre ag an nóiméad seo. Cibé ar bith, níorbh é sin an tasc a chuir sí roimpi a dhéanamh anocht.

Chuir sí an ríomhaire ar siúl. Ní raibh sí leath chomh deaslámhach ar *Mac* John is a bhí sí ar an *PC*. Botún a bhí ann ceadú do Dwight a sean-*PC* a chartadh leis go Vancouver. Ar a shon nach bhfuair sé ach ar iasacht é, níor dhócha anois go dtabharfaí ar ais é choíche.

Ainneoin go raibh tuirse uirthi athuair, bhí uaithi cromadh ar an jab beag seo. Nós ab ea an fhoirmlitir Nollag a chuaigh siar chuig laethanta luatha an chéad phósta nuair a bhíodh cónaí uirthi féin is ar Jay in Toronto. Chloígh siad leis an nós tar éis dóibh filleadh ar Calgary. Faill a bhí ann a bheith i dteagmháil in aon bhabhta amháin le cairde is le gaolta nach raibh feicthe acu le seal, lena gcoinneáil suas chun dáta lena raibh ar siúl ag an teaghlach. Ní hé amháin go n-ullmhóidís an litir seo ach, ó saolaíodh na buachaillí, go seolfaí amach cárta speisialta Nollag ina raibh grianghraf. Thart ar an am seo gach bliain, tharraingídís go léir na héadaí ab fhearr orthu go rangódh George Grianghrafadóir an ceathrar acu. Bhíodh cúpla milseán aige le haghaidh na mbuachaillí. An t-ord céanna a bhíodh ann i gcónaí: Daidí faoina chulaith mhaith ina sheasamh go halltrach athrúil chun cúil; Mamaí i ngúna máithriúil néata ina suí ar chathaoir; Dwight ina sheasamh os comhair Jay; Duane ag lámh dheas Lynn. Bhíodh cúpla iarracht tástála ann i dtosach go spreagfaí iad le meangadh gáire a dhéanamh, le bheith ar a suaimhneas. "Meabhraígí ar Mickey Mouse," a déarfadh George agus ghabhfaí íomhá theaghlach idéalaíoch na nDollard go ceann bliana eile.

D'athraigh an feisteas ó sheisiún go seisiún. Mar a d'fhás na buachaillí, níor éirigh le breab na gcandaí a thuilleadh agus ba dheacra do George iad a rangú agus púic na hormón oibrithe a chlaochlú ina haoibh fholláin ghealgháireach. An bhliain dheireanach sular scar Lynn is Jay óna chéile, earcaíodh na Teenage Mutant Ninjas in ionad na Luchóige ach tríd is tríd, níor athraigh an bundeasghnáthas i gcaitheamh shealanna thuas is shealanna thíos an chéad phósta sin. Bhí an t-albam lán le grianghraif ina theistiméireacht air sin.

A –, a chara. Thiocfadh léi na hainmneacha is na seoltaí a fhí isteach amach anseo trí mheán dhraíocht na teicneolaíochta.

Beannachtaí na Nollag is na hAthbhliana oraibh go léir.

Chaithfeadh sí cuimhneamh ar sin a athrú tríd síos go

'Beannachtaí Hanukkah' nuair a bhí cúpla litir ar leith á n-ullmhú aici.

Nach go beo a d'imigh an bhliain isteach agus Féile na Nollag ag druidim linn arís!! Thapaíomar an deis seo cuntas gairid a bhreacadh síos ar ár gcuid imeachtaí ón am seo anuraidh.

Má bhí neart cártaí grianghraif den mhúnla céanna faighte aici óna lucht aitheantais, chuir sí deireadh le nós an ghrianghraif tar éis an scartha. Ní raibh suim ag John ann ó shin. Níor chuir sin as di féin: nárbh iomaí uair a raibh uirthi aghaidh fidil phoiblí ghealgháireach a chur uirthi, ar ordú George, ar a shon go raibh sise is Jay araon i ndiaidh a bheith in árach a chéile.

Bliain chruógach thairbheach a bhí ann dúinn go léir. Ach táimid inár sláinte agus sinn ag tnúth go mór leis an bhliain atá romhainn.

Arbh fhéidir le haon duine a bhí ag amharc ar na grianghraif a rá cad a bhí ar siúl i saol, i bpósadh na bpearsan? Ar smaoinigh aon duine den lucht aitheantais a fuair grianghraf de mhuintir Dollard um Hanukkah/Nollaig 1983 gurbh aisteach an rud é gur scar an óglánúin shona shásta sin óna chéile go grod gangaideach sa tríú seachtain de Mhí Eanáir 1984?

Tá John ag obair go dícheallach ar a leabhar mór acadúil go fóill. Go gcríochnaí sé é i gcaitheamh 1993! Tá sé cinnte go mbeidh éileamh maith air agus tá roinnt foilsitheoirí i ndiaidh spéis a chur sa scríbhinn cheana féin. Nuair a thiocfaidh an saothar mór amach, táim féin cinnte go mbeidh fonn oraibh rith amach chuig an siopa leabhar chun cóip a fháil!

Nárbh iomaí sceireog a insímid go léir chun ligean don saol mór a chreidbheáil go bhfuil gach rud ar deil? Gan dabht, leanfadh sí ar aghaidh ar ball le cur síos iontach ar chomh breá is a bhí ag éirí le Dwight is le Duane. Cheana féin, bhí na bunphointí a bhí le clúdach á rangú ina haigne aici. Níor athraigh an fhoirmle ó bhliain go bliain. Ba ise ba dheireanaí a luafaí: chuirfeadh sí síos ar a saol spéisiúil ilghnóthach ilghnéitheach mar bhean chéile, mar mháthair, mar fhiaclóir – chuirfeadh an ceann áirithe sin fonn gáire orthu! – agus mar bhall réidh úsáideach den chine daonna.

Dá mbeadh an misneach is an mhuinín aici, chaithfeadh sí an diabhal foirmle i leataobh is dhréachtódh litir a thabharfadh léargas fírinneach ar a saol. Ní hé go mbeadh a dhath ródhona ann. In ainneoin mhaíomh Gwen is Cindy Crantz, níorbh aon íobartach ise.

Níor éigníodh riamh í; níor batráladh go fisiciúil í ach oiread. Níor fágadh gan tíos gan teacht isteach í. Is ea, theip ar a céad phósadh; ba dhócha go raibh an dara céile imithe le leannán; bheadh a cuid páistí ag freastal ar phósadh a n-athar in Vegas in ionad a bheith léi aimsir na Nollag. Dá mba ise Gwen, seans go gcumfaí litir lom mhacánta den saghas sin. Ach níorbh í. Agus nuair a thiocfadh Ruth an tseachtain dár gcionn, ní ligfeadh Lynn uirthi go raibh a dhath cearr.

Lá éigin, bliain éigin, seans, bheadh an fuinneamh is an misneach aici le briseadh saor arís, is aghaidh a thabhairt ar an todhchaí, má ba thodhchaí uaigneach féin í. Agus na buachaillí imithe anois, b'fhéidir go ndéanfadh sí an gníomh roimh i bhfad . . . b'fhéidir nach bhfágfadh John an dara rogha aici . . .

Ba mhithid di scor den obair is den ábhar machnaimh seo mar bhí tinneas cinn ag teacht uirthi anois ón *Gin*. Shábháil sí an t-ábhar litreach ar dhiosca agus mhúch an ríomhaire. Chuirfeadh sí glao gutháin ar Ruth ar ball le fáil amach cén uair go baileach a bheadh sí ag teacht. D'fhillfeadh sí féin ar an rédhréacht seo i gcaitheamh an deiridh sheachtaine nuair a bheadh sú na hinspioráide ina thuile shí. D'ísligh sí a cloigeann ar an deisc go dtitfeadh tionnúr codlata uirthi, go bhfaigheadh sí faoiseamh beag ón mhothú síleáilte. Bhí súil as Dia aici nach mbeadh tromluí aici faoi Jay.

An Ceangal

AN LIARLÓG LUARGA LUAIDEÁN IS MÓ DÍOL IN IARTHAR CHEANADA

G ION!

*Ní Grith go **Gion!** Ní Cion go **Gion!***

Uimhir 612 5ú Samhain 1992

AN tOLLAMH LE MURDAL!

AESHMA. . . BARRY LYNDON . . . BELIAL . . . CASANOVA an CHAMPAIS . . . DMITRI, duine de na DEARTHÁIREACHA KARAMAZOV . . . FALSTAFF . . . FRITZ CAT . . . PAN . . . PORNEIUS . . . VATHEK . . . Tá an Seanghabhar i mbun aicsin! Cuir i bhfolach do chuid ban! Cuir crios geanmnaíochta ar do chuid iníonacha!

Beidh cuimhne mhaith ag ár gcuid léitheoirí ar 'Don Juan' Berry, iar-Ollamh le Táth in Ollscoil na mBunchnoc (Uimhir 563; 564, Fómhar 1990). Chruinnigh an buachaill báire saolach a phróca óir de phinsean is ghread leis go hiargúlacht Loch Okanagan tar éis do *Gion!* a fhoilsiú go raibh Lothario ag inghreim Margaret Benedict, banscóláire dá chuid a chuir lámh ina bás féin ó shin nuair nach bhfuair sí éisteacht ó Thiuc-Tiuc MacLeod is óna chriú scléipeach thíos i bPálás an Mhúnclaim.

Is deacair fear maith a choinneáil ina thost. Is deacra fáil réidh le péist. B'fhéidir gur chreid ár léitheoirí go raibh an chruimh seo i ndiaidh sleamhnú isteach faoi bhollán mar a raibh faoi fanacht go satlólfaí air. Faraor nach bhfuil an t-ádh sin orainn. Mar tá an ráca rábach i mbéal an phobail arís, tar éis dá bhean chéile, a sheas go feirc leis aimsir an scannail, dianéag a fháil in British Columbia.

AR LEATHANACH 8 —

CASANOVA agus AN NUA-AOIS: An raibh ceangal ag reiligiún na Nua-Aoise le hanbhás Lynn Berry?

VAUGHN is ELLEN TUFFTIE: Próifil ar Lánúin Ghustalach Nua-Aoiseach

PÁIRC OGOPOGO — COMH-AONTÚ MÍNAOFA IDIR NA BUNDÚCHASAIGH IS FAOLCHÚ CORPARÁIDEACH

AN BLEACHTAIRE PHILIP LOEWEN: PÓILÍN agus ÁBHAR POLAITEORA

***AGUS* AR LEATHANACH 11 —**

NA FANAICIGH ÓN EITE DHEAS ATÁ AG BAGAIRT ar SHAOIRSE na mBAN GINMHILLEADH a FHÁIL: Staidéar speisialta

Tuairiscítear gurbh é Berry a chuir glao ar an RCMP thart ar a hocht a chlog Dé hAoine seo caite is a thug eolas beacht dóibh faoi shuíomh an tí. Aimsíodh corp na mná ina luí i seomra staidéir ann. Tógadh Berry ar thángthas air laistigh den teach go Winston le haghaidh ceastóireachta. Rugadh ar ár laoch agus é fós sínte os cionn an choirp. In aice leis bhí bior rósta *barbeque* a bhí úsáidte ag an Dochtúir Jekyll. Agus é á cheistiú ag an RCMP, d'admhaigh Berry gurbh eisean a mharaigh Lynn Berry, fiaclóir arbh as Calgary di ó dhúchas. Go nuige seo, tuigtear nár mhínigh sé cad chuige ar mharaigh sé í.

Bíodh sin mar atá, tá foinsí iontaofa *Gion!* ag fógairt go bhfuil ráflaí forleathan sa cheantar intíre seo cois Okanagan go raibh Belial Berry cairdiúil le bean eile nárbh í a bhean chéile í. Ní chuirfeadh scéala dá shaghas lá alltachta ar lucht aitheantais an tSeanghabhair. Tá ráfla eile le mothú go raibh baint ag Berry le lárionad siamsaíochta a bhfuil teipthe air ar na mallaibh.

Ní nach ionadh, tá an choir ghránna seo i ndiaidh fearg a chur ar phobal an Okanagan i gcoitinne agus ar ghrúpaí na mban ach go háirithe. Bhailigh baicle ban le chéile lasmuigh d'áras an RCMP in Winston mar a raibh Berry á cheistiú. Mhóidigh urlabhraí ar son na n-agóideoirí, Gwen Mendelldohtor, ar chara leis an bhean mharbh í, go mbeidís ag déanamh stocaireachta go gcuirfí pionós an bháis i bhfeidhm arís. "Nílimid sásta cur suas leis an tuilleadh foréigin i gcoinne na mban," arsa Ms. Mendelldohtor. "An rud is mó gur féidir linn a dhéanamh chun cuimhne is íobairt Lynn a bhuanú ná a chinntiú go n-íocfaidh na coirpigh go daor as a gcuid barbarthachta."

Tá Don Juan san fhaopach an iarraidh seo. Má thug Pálás an Mhúnclaim cead a chinn dó nuair a ciapadh Margaret Benedict bhocht, ní bheidh sé chomh héasca dó greadadh leis anois. Táimid anseo in oifig *Gion!* ag tnúth go mór leis an triail. Idir an dá linn, tugaimid cuireadh dár gcuid léitheoirí a síniú a chur leis an fhorógra ar leathanach 32, ag tathant ar an Rialtas pionós an bháis a thabhairt isteach arís.

Beidh sé tugtha faoi deara ag ár léitheoirí gurb é an Bleachtaire atá i gceannas ar an chás seo an Philip Loewen céanna a luadh san iris seo cheana. I Mí na Nollag 1988 (Uimhir 471), thuairiscíomar go raibh an bleachtaire seo os comhair cúirte in Vancouver. Ní haon nuacht é sin toisc gur minic a bhíonn an Bleachtaire Loewen ag tabhairt fianaise i dtrialacha dúnmharaithe. An iarraidh seo, ba eisean an cosantóir nuair a chuir a chéad bhean chéile ina leith nach raibh a chuid airgid chothabhála íoctha aige le bliain.

San am, creideadh go raibh Loewen, fear ard amhulchach thuas sna tríochaidí, ag meabhrú ar éirí as an RCMP is ar ghabháil leis an pholaitíocht. Chuir an drochphoiblíocht deireadh leis an scéim sin. Deir foinsí iontaofa i gceantar Winston gur manna ó neamh an cás dúnmharaithe seo as siocair go dtugann sé seans do Loewen an pobal a mhealladh chun dearmad a dhéanamh ar a chuid ceacharthachta.

Tá Loewen pósta faoi dhó cheana. Más cruinn an cogar a cuireadh i gcluasa *Gion!*, tá scéal spéisiúil nó dhó le reic ag Bean Chéile # 2. Coinnígí súil ar an leathanach seo!

NUACHT WINSTON

15ú Bealtaine 1993 **Winston, British Columbia**

LEASATHAIR AN OILC

In agallamh eiseach leis an *Winston Times*, labhair an t-údar iomráiteach is an Ceiltíseolaí, Ellen Tufftie, ar Lynn Berry is ar John Berry a rachaidh príosún lena shaol air as a bhean chéile a dhúnmharú Deireadh Fómhair seo caite. Fágadh ceannfháthanna an iarollaimh le Béarla doiléir nuair a phléadáil sé ciontach sa mharú i gcúirt in Winston inné. Ba chinneadh é sin a chuir iontas ar an slua a bhí cruinn i dteach na cúirte le haghaidh na trialach. Tháinig siad agus iad ag dréim leis go ndéanfadh Berry, nach raibh dlíodóir aige ar a iarratas féin, cosaint bhríomhar ar a shon féin. Ina ionad sin, sheas Berry suas ag tús an tseisiúin agus d'fhógair go raibh sé ag pléadáil ciontach. Shuigh sé síos ansin gan a thuilleadh a rá gan seolán ar bith a thaispeáint gur tógadh amach as an chúirt é. Ceaptar gur bhain freagairt an chime geit as an Choróin a raibh feadhain mhór finnéithe is fianaise throm ullmhaithe acu le cur os comhair na cúirte.

D'áitigh an Bleachtaire Philip Loewen a bhí i gceannas ar an chás, go raibh áthas air gur gearradh an pionós seo ar Berry ach d'admhaigh sé nár thuig sé féin fós cad chuige ar dhúnmharaigh Berry a bhean chéile. D'fhógair an Bleachtaire, a cheistigh Berry i Samhain 1992, nár thaispeáin an dúnmharfóir go raibh aiféala air. "Seo duine a d'amharc ar a choir, ar an ghníomh uafásach seo mar chluiche, seo duine a bhí chomh tógtha sin lena mhórtas féin go raibh sé dall ar bhunluachanna a bhaineas leis an mhaith is leis an olc." Ba leasc leis tagairt a dhéanamh do ráiteas an tsíceolaí, Lucinda Crantz, go mbeadh fir eile ag déanamh aithrise ar Berry. "Má tá cabhair shíceolaíoch de dhíobháil ar an fhear seo, gheobhaidh sé a dhóthain di sa phríosún," a dúirt Loewen.

San agallamh a rinne Ellen Tufftie leis an nuachtán seo tar éis imeachtaí an lae inné, d'fhógair sí nach raibh ach breacaithne aige ar Berry is ar an íobartach. "Duine breá ab ea an bhean mharbh," arsa Tufftie. "Bhuail mé léi ar chúpla ócáid agus bhí sé follasach i dtólamh gur bhean lách shéimh í a bhí doirte dá clann mhac." Nocht an scríbhneoir gur mhothaigh sí ón teagmháil a bhí aici leis an chiontóir gur dhuine é a bhí suaite corraithe. "D'inis Lynn Berry dom go raibh a céile gafa leis an dúnmharú ... B'fhéidir nach ndúirt sí go hoscailte é ach bhí sé le tuiscint gur bhraith sí faoi bhagairt le fada an lá ach nach raibh sí in ann labhairt le héinne faoina cruachás. Ní féidir linn ach a shamhlú chomh dorcha is a bhí scamall na scéine a raibh ar an bhean bhocht maireachtáil faoi."

Agus dhearbhaigh Ellen Tufftie, a bhfuil leabhar nua, *Celtic Leavings*, díreach foilsithe aici, gur chreid sí nár chomhtharlú tragóideach é gur ag an am seo a thit an tubaiste seo amach. Mhínigh sí gurb ionann Halloween is Féile na Samhna sa saol Ceilteach nuair a bhí an tseanbhliain ag druidim chun deiridh agus nuair a bhíodh sprideanna an oilc ón saol eile gnóthach. "Ón taighde atá déanta agam le haghaidh *Celtic Leavings*, feictear dom gur dúnmharú deasghnách é seo," arsa Tufftie. "Ní de thaisme a roghnaíodh an ócáid ná an gléas maraithe. Is ionann úsáid a bhaint as bior *barbeque* is sá siombalach le huirlis a sheasann do 'Céideamhain', dia Ceilteach na tine."

Ina theannta sin, thug Ellen Tufftie le fios don nuachtán seo go bhfuil sí ag meabhrú ar leabhar a scríobh ar anbhás Lynn Berry. "Tuigim gur tháinig an RCMP ar cháipéisí a bhaineas leis an dúnmharú i seomra staidéir Berry. Beidh mé ar lorg cead breathnú ar na doiciméid sin. Foinse mhór eolais a bheadh iontu agus mé ag féachaint le léargas a fháil ar aigne is ar shaol dúnmharfóra." Mar an gcéanna, bheadh cead uaithi éisteacht leis na téipeanna ón seomra ceastóireachta. Ní raibh sí sásta a admháil an raibh sí i dteagmháil le John Berry cheana le fáil amach an gcomhoibreodh sé léi.

ONG an IARTHAIR

Vancouver, British Columbia 4 Márta 1995

Caitheann Lucinda Cranz súil ar leabhar nua conspóideach Ellen Tufftie

Ó! J. BERRY

Peaca an tSinsir

le hEllen Tufftie

Foilseacháin Nua-Ré, Nua-Eabhrac, 1995

348 lch., $29.99

Más féidir leis an phobal amuigh a rosc a ardú ó thriail O. J. Simpson go ceann tamaill, tuigfidh siad tar éis dóibh *Peaca an tSinsir* a léamh, nach rud a bhaineas leis na Stáit Aontaithe amháin an spórt seanbhunaithe, an caitheamh aimsire is an tionscal sin de chuid na bhfear, dúnmharú na mban.

In ainneoin na poiblíochta atá faighte ag triail Simpson, is beag bean i gCeanada nach mbeidh cuimhne aici ar dhálaí anbhás Lynn Berry. Ach ní cuntas ar bhás mná amháin atá againn anseo ná cuntas ar bhás triúr ban amháin. Winifred Perryman ... Marjorie Benjamin ... Lynn Berry ... Neartaíonn an ghluaiseacht suímh is amanna, ó Éirinn ag tús na haoise seo, go Calgary i lár na n-ochtóidí, go Loch Okanagan sa bhliain 1992 ar an tuiscint gur ráiteas is ea ar tharla dóibh d'aincheist na mban i gcaitheamh na mblianta. Scéal na mban i gcoitinne is ea a scéalsan.

Mar bhean is mar íobartach, chuir oidhe na mban mágra éadain orm. Tuigimid go maith cad is féidir le fir a dhéanamh ach nuair a fheiceann tú cuntas chomh lom seo ar an olc, is amhlaidh is mó a léirítear glonn na bhfear. Is féidir William Perryman agus John Berry a dhamnú. Is féidir a cheistiú cad é mar a fuair John Berry post in ollscoil riamh, murach go bhfuil go leor fear eile ann sna hollscoileanna fós, in ainneoin fheachtas na mban, atá báúil le heachtraí Berry. Is féidir plé a dhéanamh, mar a dhéanann Tufftie, ar fhréamhacha na ndúnmharfóirí seo. Cé go n-aithnítear Tufftie mar shaineolaí ar na Ceiltigh, ní leor a áiteamh go bhfuil bunús a gcoireanna le fáil ina bhfuil Cheilteach agus, toisc gur ar Lá San Vailitín is ar Fhéile na Samhna a thit na dúnmharuithe amach, go bhfuil toise mór siombalach ag roinnt le gníomhartha na bhfear. Ró-éasca atá sé sin sa dóigh go gceadaíonn sé do na fir i gcoitinne éalú gan phionós. Mar caithfear é a rá go neamhbhalbh gan fiacail bhréige a chur ann nach raibh sna dúnmharuithe seo ach eiseamláir mhaol den tslí ina bhfuil fir i ndiaidh géarleanúint a dhéanamh ar na mná. Níl sa dúnmharú ach gléas eile dá gcuid.

Bhí aithne agam ar Lynn Berry. Níl mé ag briseadh mhóid na rúndachta faoin am seo má deirim gur tháinig sí chugam agus í ar lorg cabhrach. Rinne mé mo sheacht ndícheall cuidiú léi agus cur ina luí uirthi gurbh íobartach í. Bhí an bhean chomh dallta meallta sin ag na fir éagsúla ina saol nach raibh sí in ann sin a admháil fiú amháin. Chomh dócha lena athrach atá sé go mbeadh sí beo inniu dá bhféadfadh sí an méid sin a admháil is cúrsa a beatha a athrú in am. Ar an dóigh sin, tá ceacht pianmhar luachmhar in anbhás Lynn a rachaidh chun tairbhe do gach bean.

Ábhar lúcháire is ea é nach féidir le William Perryman a thuilleadh dochair a dhéanamh d'aon bhean. Ábhar scannail is ea é go bhfuil cead ag John Berry a bheith ag múineadh a chomhchimí i bPríosún. Tugann Tufftie cuntas ar Berry i seomra staidéir na Carcrach agus é ag tabhairt shraith léachtaí ar dhrámaí díoltais de chuid na Ré Eilísí. Bainfidh an radharc sin nuair a fheictear Berry is a chomhdhúnmharfóirí cruinn le chéile ag cíoradh anbhás na bpearsan stáitse biongadh as gach bean. Agus ní bheimis ag súil lena mhalairt ón Ghobharnóir a deir gur "tábhachtach an rud é go mblaiseann na cimí den chultúr is den litríocht." An chuid is measa den scéal go ndeir Tufftie go gcreideann Berry go bhfuil an tearmann nár aimsigh sé riamh in ollscoil ná cois teallaigh faighte aige i bpríosún, go mbraitheann sé níos suaimhní anois ná mar a bhraith sé le fada an lá, go bhfuil sé i ndiaidh an taghd a bhí ann agus an taighde a bhí aige a chur de agus é dóchasach go bhfaighidh sé éisteacht bháúil sa bhliain 2007 nuair a bheidh cead aige cur isteach ar pharúl. Uaireanta, is deacair gan a chreidbheáil gurb é modh oibre Loreena Bobbitt an ceann is oiriúnaí agus is faobhraí le déileáil le Berry is lena leithéid.

Scéal tábhachtach atá le hinsint ag Ellen Tufftie agus mura n-aontaím le cuid dá conclúidí, tréaslaím a saothar léi. Más fíor a ríomhtar, gheobhaidh an scéal seo a thuilleadh poiblíochta go luath mar táthar chun scannán a dhéanamh ar ábhar an leabhair seo agus Meryl Streep i bpáirteanna na mban marbh is Tommy Lee Jones i bpáirteanna na ndúnmharfóirí.

Síceolaí is ea Lucinda Crantz a bhfuil leabhar nua, ***Ó Íobairt go hÍobartachas***, foilsithe aici.